Andrea Habeney

**Mord mit Grüner Soße**

# MORD MIT GRÜNER SOSSE

ANDREA HABENEY

Moenus-Verlag

**Im Moenus-Verlag sind bisher erschienen:**
**Mörderbrunnen**, ISBN 978-3-000332-46-3
**Mord ist der Liebe Tod**, ISBN 978-3-000348-93-8

*Auch wenn manche Institutionen in Frankfurt tatsächlich existieren, sind doch Personen und Handlungen frei erfunden. Etwaige Ähnlichkeiten mit tatsächlich existierenden Personen sind rein zufällig und nicht beabsichtigt.*

---

Bibliografische Information der Deutschen Nationalbibliothek
Die Deutsche Nationalbibliothek verzeichnet diese Publikation in der Deutschen Nationalbibliografie; detaillierte bibliografische Daten sind im Internet über http://dnb.d-nb.de abrufbar.

ISBN 978-3-000372-16-2


www.moenusverlag.de

Umschlagfoto: Grüne Soße-Denkmal
Fotograf: Dietmar Schmidt
Lektorat: Gerd Fischer, Mainbook Verlag
Druck und Bindung: PRISMA Verlagsdruckerei GmbH, Saarbrücken

Zutaten für Frankfurter Grüne Soße

1 Paket Kräutermischung

bestehend aus:

Petersilie, Pimpinelle, Sauerampfer, Schnittlauch, Gartenkresse, Kerbel und Borretsch

4 hart gekochte Eier

1 EL Essig oder Zitronensaft

2 EL Öl

¼ L Schmand oder saure Sahne

150 g Joghurt

Salz, Pfeffer

Evtl. etwas Mayonnaise

## Frankfurt, an einem Mittwoch im September

Die Fische bissen heute einfach nicht. Franz Woslowski saß schon seit dem frühen Morgen auf der Ufermauer in Frankfurt-Griesheim und hielt die Angel in den Main. Jetzt war es schon gegen Mittag. Die Sonne stand hoch und brannte ihm in den Nacken.

Unruhig blickte er sich um. Angeln war hier, so nahe an der Staustufe, nicht erlaubt und die Wasserschutzpolizei tauchte immer wieder unerwartet zu Kontrollen auf, schrieb Anzeigen und beschlagnahmte das Angelgerät.

Es wurde sowieso Zeit heimzugehen. Mürrisch blickte er in den blauen Eimer zu seinen Füßen. Zwei mickrige Rotfedern waren darin. Das würde kaum reichen zum Mittagessen.

Noch zehn Minuten. Träge beobachtete er ein Frachtschiff vorbeiziehen. Was schwamm denn da Blaues? Er kniff die Augen zusammen und blickte übers Wasser. Mit der nächsten Welle tauchte vor seinen Augen eine große blaue Plastiktüte auf. Ein Aldi-Rochen, wie seine Kinder sagen würden. Die Leute warfen ihren Müll einfach in den Main.

Die Tüte schien voll zu sein, halb hing sie unter Wasser und dümpelte träge herum. Bestimmt kostengünstig entsorgte Abfälle. Direkt vor Woslowski blieb die Tüte an einem Mauervorsprung hängen. Tat er halt ausnahmsweise mal ein gutes Werk und holte den Müll aus dem Wasser. War ja auch nicht gut für die Fische. Er holte seine Angel ein und legte sie zur Seite.

Ächzend kniete sich Woslowski hin und zog an der Tüte, die sich als unerwartet schwer erwies. Er hievte sie ans Ufer, dabei riss sie auf und ein bestialischer Gestank strömte heraus. Kreidebleich taumelte er zurück. Hatte da jemand seinen toten Hund entsorgt? So was stand neulich in der Zeitung. Er schnappte sich einen herumliegenden Ast, hielt sich mit einer Hand Nase und Mund zu und beugte sich herunter. Vorsichtig stocherte er in der Öffnung. Das war doch ...

Woslowski fuhr augenblicklich zurück, stolperte ein Stück zur Seite und kramte nach seinem Handy. Hastig wählte er 110.

„Polizei? Ich hab eine Hand gefunden, kommen Sie schnell!"

## Frankfurt

Jenny Becker wäre gefühlt an tausend Orten lieber gewesen als hier in der Abflughalle des Frankfurter Flughafens. Ihr Flug nach Los Angeles war aufgerufen worden, doch es würde noch über eine Stunde bis zum Abflug dauern.

Sie hasste große Höhen und musste sich immer wieder ermahnen, dass sie sich auf den bevorstehenden Amerika-Urlaub wie verrückt freute.

Verdient hatte sie ihn sich wahrlich. Erst die lange Genesungszeit, nachdem der Sagen-Mörder, wie ihn die Presse tituliert hatte, sie schwer verletzt hatte. Der Mord an ihrer Freundin, den sie erst vor wenigen Wochen aufklären konnten. Und dann die anonymen Briefe. Der erste wurde in ihr Büro im Polizeipräsidium geschickt und enthielt nur ein einfaches weißes Blatt mit der Aufschrift

*Ich denke an Dich*

Zunächst hatte sie an einen albernen Scherz geglaubt. Als jedoch einer dieser harmlos wirkenden weißen Umschläge zu Hause auf ihrem Kaminsims lehnte, bekam sie es mit der Angst zu tun. In ihm steckte ein Blatt Papier mit den Worten

*Und jetzt bin ich da*

In Panik war sie herumgefahren und hatte fast erwartet, den Schreiber hinter sich zu finden. Doch niemand befand sich mit ihr im Zimmer. Vorsichtig kontrollierte sie die Wohnung, froh, dass sie ihre Dienstwaffe mit nach Hause genommen hatte. Doch alles war wie immer. Kein Eindringling versteckte sich hinter dem Duschvorhang.

Die Spurensicherung fand keine Hinweise, wie jemand in die Wohnung hatte eindringen können. Die Nachbarn hatten weder etwas gesehen noch gehört.

Nun spürte Jenny am eigenen Leib, wie groß der Einbruch in die Privatsphäre war, wenn sich die eigene Wohnung als unsicher erwies. Kein Wunder, dass die Opfer oftmals nach einem Einbruch rasch umzogen. Doch das wollte sie auf keinen Fall, schließlich war sie erst vor einigen Monaten in diese Wohnung gezogen, auf der Flucht vor der Erinnerung an andere, noch schlimmere Erlebnisse. Doch die Angst blieb seither ihr ständiger Begleiter, auch wenn sie mittlerweile über eine Alarmanlage und Riegel an Türen und Fenstern verfügte.

Bis heute wusste man nicht, wer der Briefeschreiber war. Der Einzige, dem sie ein Motiv zutraute, war Paul Gascon, der ‚Sagen-Mörder', mit dem sie unseligerweise vor seiner Entlarvung eine Beziehung hatte. Doch er saß im Untersuchungsgefängnis Weiterstadt in strengster Isolation und wartete auf seinen Prozess. Wie also hätte er die Briefe schreiben und ihr zukommen lassen können?

Ihre Kollegen Logo Stein und Sascha Meister hatten sich der Aufgabe verschrieben, sie zu beschützen, doch konnten sie nicht Tag und Nacht um sie herum sein. Staatsanwalt Biederkopf, mit dem sie schon in mehreren Fällen zusammengearbeitet hatte, nahm ebenfalls regen Anteil. Er war es gewesen, der sie nach ihren körperlichen und seelischen Verletzungen überredet hatte, in den Polizeidienst zurückzukehren. Sie wusste oder vielmehr vermutete, dass er mehr in ihr sah als eine Arbeitskollegin. Doch beiden war klar, dass sie noch lange nicht für eine neue Beziehung bereit sein würde.

Ihm hatte sie den Urlaub zu verdanken, den sie heute antrat. Wenn sie nicht noch in letzter Minute einen Rückzieher machen würde. Der Gedanke, einfach wieder aus dem Flughafen hinaus zu spazieren, war verführerisch.

Eigentlich sollte Biederkopf heute hier sitzen. Doch er war vor knapp zwei Wochen mit dem Fahrrad so unglücklich gestürzt, dass er sich den rechten Knöchel gebrochen hatte. Schon nach zwei Tagen war er mit einer Gehhilfe wieder im Polizeipräsidium erschienen. Doch eine Rundreise durch den Südwesten der USA, wie er sie geplant hatte, schien in diesem Zustand nicht empfehlenswert.

Vor knapp zwei Wochen, es war morgens kurz nach neun und Jenny saß gerade mit ihren Kollegen in einer Besprechung, rief Biederkopf an und bestellte sie in sein Büro. Jenny ahnte nichts Gutes, als sie eintrat und vor seinem Schreibtisch Platz nahm.

„Frau Becker“, begann er gewichtig und lehnte sich vor. „Ich habe eine prächtige Idee.“ Jenny schluckte. Sie hatte gewisse Zweifel, dass sie die Idee genauso prächtig finden würde.

„Ich habe mir Ihre Personalunterlagen kommen lassen.“ Sie blickte ihn verwirrt an, doch Biederkopf sprach ungerührt weiter. „Wenn ich das richtig sehe, hatten Sie seit fast eineinhalb Jahren keinen Urlaub.“ Er hob abwehrend die Hand. „Nein, Ihre Krankenzeit zählt nicht. Ihnen stehen tatsächlich noch über dreißig Urlaubstage zu.“

Jenny wusste, dass er recht hatte, aber Urlaub? Allein zu Hause sitzen und grübeln. Nein, da ging sie lieber arbeiten und war beschäftigt.

Biederkopf lehnte sich weiter vor. „Ich weiß genau, was Sie jetzt denken. Aber mir geht es nicht einfach nur darum, Ihnen freizugeben.“

„Nicht?“, warf Jenny verwirrt ein.

„Nein, ich will Sie auch noch wegschicken.“

„Wegschicken?“, echote sie und kam sich dabei vor wie ein Papagei.

„Sie wissen doch, dass ich eine Reise geplant hatte. Eine USA-Reise, um genau zu sein. Ich liebe den Südwesten. Waren Sie schon einmal da?“

Sie schüttelte den Kopf.

„Nun, dann wird es Zeit. Ich kann ja nicht fahren und wenn ich die Reise so spät storniere, fallen horrende Gebühren an. Wie wäre es, wenn Sie statt meiner fahren? Und bitte“, fügte er hinzu, als sie zum Sprechen ansetzte, „überlegen Sie es sich erst einmal, bevor Sie ablehnen. Urlaub machen Sie, das ist eine Dienstanweisung. Und wäre es dann nicht schöner, ihn mit einer tollen Rundreise zu verbringen? Und außerdem wären Sie hier aus dem Schussfeld. Die Sache mit den Briefen geht mir nicht aus dem Kopf.“

„Aber ...“, meinte Jenny hilflos.

„Nichts aber! Sie werden sehen, es wird Ihnen gefallen. Die Rundreise dauert nur zwei Wochen und findet in einer geführten Kleingruppe statt. Nichts mit Bussen und Massentouristik. Übernachtet wird nur in ausgesuchten Hotels. Ist extra gedacht für Singles. Sie müssen sich um rein gar nichts kümmern, alles durchorganisiert. Das Ganze ist zwar recht teuer, aber ich weiß, dass Sie es sich leisten können. Und es würde Ihnen bestimmt gut tun.“

Jenny schüttelte den Kopf. Sie fühlte sich überrumpelt. „Darf ich erst mal drüber nachdenken? Wann soll die Reise denn losgehen?“

„In knapp zwei Wochen. Hier sind die Unterlagen. Schauen Sie in Ruhe rein. Aber bitte sagen Sie mir bis Ende der Woche Bescheid. Ich muss ja ansonsten stornieren. Und das wäre wirklich schade.“

Jenny hatte die Unterlagen genommen und war kopfschüttelnd in ihr Büro zurückgegangen. Logo und Sascha, ihre Kollegen, bestürmten sie und wollten wissen, was der Staatsanwalt von ihr gewollt hatte. Natürlich fanden die beiden die Idee toll.

„Der Biederkopf ist immer für eine Überraschung gut!“, meinte Logo und der große schlanke Sascha nickte dazu wie ein Wackeldackel.

„Tolle Idee. Es wird sowieso Zeit, dass du mal Urlaub machst. Und so ne Reise, Mensch, da träum ich schon lange von.“

„Dann fahr du doch“, murmelte Jenny.

„Nee, du bist diejenige, die hier mal weg muss. Vielleicht finden wir in der Zwischenzeit raus, wer diese Briefe schreibt.“

„Ist ja gut. Könnten wir jetzt das Thema wechseln?“

Der Gedanke, den Biederkopf ihr in den Kopf gesetzt hatte, ließ sie nicht mehr los. Zwar hasste sie es ihrer Arbeit den Rücken zu kehren, die USA zu bereisen war jedoch ein lange gehegter Traum von ihr. Und tatsächlich, sie hatte letztes Jahr ihre Wohnung in Sachsenhausen so gut verkaufen können, dass es finanziell keine Probleme geben würde. Und die Reise, die der Staatsanwalt sich ausgesucht hatte, war vom Feinsten. Sie würde nach Los Angeles fliegen und dort die Reisegruppe kennenlernen. Am nächsten Tag würden sie die Stadt Richtung Osten verlassen und über Palm Springs Richtung Las Vegas fahren. Von dort aus über das Death Valley nach Norden und durch den Yosemite Nationalpark nach San Francisco, von wo sie zurückfliegen würden.

Als sich auch Jennys Therapeutin, die sie nach wie vor jede Woche konsultierte, begeistert von der Idee zeigte, gab sie sich einen Ruck und sagte zu.

Mit dem Ergebnis, dass sie jetzt hier am Flughafen saß und ihre Entscheidung zutiefst bereute.

Als die Ansage kam, an Bord zu gehen, wurde es immer schlimmer. Mit verkrampftem Lächeln passierte sie die Stewardess, die ihr strahlend einen guten Flug wünschte. Im Gedränge im Gang bekam sie Platzangst. Wahrscheinlich würde sie zwischen einem übergewichtigen Kettenraucher und einer Mutter mit schreiendem Baby sitzen.

Sie ging tapfer weiter. Ah, ihr Platz. 49 G. Am Fenster, na toll! In der Reihe saß noch niemand und sie quetschte sich hinein, nachdem sie ihre Tasche im Fach darüber verstaut hatte. Mit gemischten Gefühlen blickte sie den Gang entlang. Da, der Dicke. Sie hätte wetten können, dass er ihr Sitznachbar war. Aber zum Glück schnaufte er an ihr vorbei. Zu schön wäre es, wenn der Flug nicht ausgebucht wäre und die Nachbarplätze leer blieben. Kaum hatte sie die Hoffnung zu Ende gedacht blieb ein jüngerer, schüchtern aussehender Mann vor ihrer Sitzreihe stehen und starrte auf seine Karte. Nach kurzem Zögern schob er sich in die Reihe und nickte ihr zu. „Ich glaube, ich sitze hier."

Jenny lächelte ihn freundlich an. Immerhin wog er nicht mehr als achtzig Kilo. Und unangenehmer Körpergeruch strömte ihr auch nicht entgegen. Etwas seltsam sah er schon aus. Sehr konservativ für einen Mann seines Alters. Die Haare hatten einen Seitenscheitel und er trug einen Pullunder mit einem rosa Hemd darunter. Auch die Tasche, die er auf den Knien balancierte, war altmodisch und hätte eher zu einem Rentner gepasst. Sie sortierte ihn in die Kategorie Muttersöhnchen ein.

Kurz bevor die Türen geschlossen wurden hechelte noch eine ältere Dame den Gang entlang und ließ sich auf den dritten Platz fallen.

„Geschafft", stöhnte sie. „Diese Taxifahrer sind wirklich unmöglich."

Als Jenny und Muttersöhnchen ihr höflich zunickten, verfiel sie in eine weitschweifige Erklärung für ihr spätes Eintreffen.

Jenny bekam davon nichts mehr mit, denn in dem Moment, als die Motoren des Flugzeugs starteten, verabschiedete sich ihr Gehirn in den Stand-by-Modus.

Als der große Flieger zur Startbahn rollte, verweigerten ihre Muskeln jeden Befehl, außer den, sich möglichst fest an die Armlehnen zu klammern. Das würde im Falle eines Unfalls bestimmt helfen. Hilfreich war auch die Einweisung der Stewardess für den Notfall. Jetzt gesellten sich zu ihrem Kopfkino auch noch Bilder von herabfallenden Atemmasken und ausgefahrenen Notfallrutschen. Ob sie für alle Fälle schon mal die empfohlene Haltung für Abstürze einnehmen sollte?

Mist, es ging los. Die Motoren heulten auf, die schwere Maschine setzte sich langsam in Bewegung und raste nach wenigen Momenten die Startbahn entlang. Nie würde das riesige Ding abheben, da war sie ganz sicher.

Irgendwie musste es doch geklappt haben, denn sie spürte, wie sich die Maschine schräg legte. Und als sie einen Blick durch fast geschlossene Augenlider riskierte, waren Bäume und Häuser klein wie Ameisen.

Ein Blick zu ihrem Sitznachbarn zeigte, dass sie wohl nicht die einzige mit Höhenangst war. Mit zusammengekniffenen Augen saß er da und krallte sich in die Armlehnen. Die ältere Dame hingegen blätterte ungerührt im Duty Free-Katalog.

Jenny schubste ihn vorsichtig mit dem Ellbogen und ließ die Armlehnen langsam los. „Sie fliegen auch nicht so gerne, was?“, meinte sie freundlich.

Es dauerte einen Moment, bis er ihr antworten konnte. „Ist mein erster Flug“, kam es kläglich.

Sie nickte verständnisvoll. „Ab jetzt wird es besser. Der Start ist am schlimmsten.“

„Und die Landung?“, fragte er mit aufgerissenen Augen.

„Halb so wild“, beruhigte sie ihn, ohne selbst daran zu glauben. Sonderlich überzeugt sah er nicht aus.

Dafür entspannte sich Jenny und kramte einen Roman heraus. Ablenkung war immer eine gute Idee.

Die erste Hälfte des Fluges war langweilig. Sie flogen über den Wolken, ihr Krimi war nicht wirklich fesselnd und über das Essen sollte man besser den Mantel des Schweigens breiten. Über dem amerikanischen Kontinent änderte sich das jedoch. Jenny klebte durchgehend mit der Nase an der Scheibe.

Zuerst flogen sie über Neufundland, dann über die großen Seen. Bald überquerten sie die Rocky Mountains, und als sie deren Größe und Erhabenheit von oben sah, schien es ihr unvorstellbar, dass einst Siedler den Weg von der Ost- zur Westküste in Planwagen zurückgelegt hatten.

Ihr Sitznachbar schlief die meiste Zeit und seine Nachbarin hatte Unterhaltung auf der anderen Gangseite gefunden.

Elf Stunden später begann der Landeanflug auf Los Angeles. Der Blick auf eine der größten Städte der Welt war spektakulär und sie konnte es kaum erwarten, ihren Fuß endlich auf amerikanischen Boden zu setzen. Die Einreiseformalitäten waren jedoch langwierig und es dauerte über eine Stunde, bis sie mit ihrem Koffer vor dem Flughafen in der Sonne stand und ihr Hoteltaxi suchte.

Kurz darauf fuhr es vor und sammelte sie ein. Die Fahrt ging über mehrspurige, palmengesäumte Straßen ins Zentrum von Los Angeles, wo ein älteres uriges Hotel mit einem hübschen, exotisch bewachsenen Innenhof auf sie wartete.

Sie checkte ein und freute sich, dass ihr eingerostetes Englisch offenbar verstanden wurde. Mit einem klapprigen Aufzug fuhr sie in den dritten Stock und brachte ihr Gepäck ins Zimmer. Schnell zog sie sich um. Die Luft war warm und drückend. In kurzen Hosen fuhr sie wieder nach unten und schlenderte durch die Lobby zum Innenhof. Ein kleiner Swimmingpool war von Palmen und Büschen mit großen Blüten umgeben. An einer Seite befand sich eine Bar, an der sie Platz nahm und sich eine Cola bestellte. Es herrschte wenig Betrieb. Zwei Frauen sonnten sich, während ihre beiden etwa zwölfjährigen Töchter auf Luftmatratzen im Pool trieben. Ein älteres Ehepaar saß im Schatten und las. Ob schon andere Mitglieder ihrer Reisegruppe hier waren? Sie war gespannt, wer dazugehörte. Und auch etwas besorgt. Was, wenn die Mitreisenden unsympathisch waren oder aufdringlich? Das konnte die schönste Landschaft nicht aufwiegen. Man würde sich kaum aus dem Weg gehen können. Zum Glück hatte sie ein Einzelzimmer. Etwas anderes wäre auch nicht infrage gekommen.

Jenny nahm ihr Glas und bummelte ins Foyer. Der Stil des Hotels war mexikanisch. Überall farbige Kacheln und Webteppiche. Auf einem der Tische stand ein Aufsteller mit der Aufschrift „Special Adventures", der Name ihrer Reisegesellschaft.

Verzeichnet waren auf einem eingesteckten Blatt das Treffen heute Abend um neunzehn Uhr und die Abfahrt morgen früh. Sie machte große Augen. Acht Uhr? Das würde wohl kein Erholungsurlaub werden. Sie brachte ihr Glas zurück zur Bar und trat vor das Hotel. Nachdem sie in alle Richtungen geblickt hatte, verging ihr die Lust auf einen Spaziergang. Sie war mitten in Downtown, dem Äquivalent zu Frankfurts Büro-City. Überall Hochhäuser und Beton. Sie ging wieder hinein und verbrachte den Rest des Nachmittages am Pool. Abends gegen halb sieben ging sie auf ihr Zimmer und zog sich um.

Als sie wieder herunterkam, sah sie von Weitem einige Leute am Tourentisch sitzen. Nervös ging sie zu ihnen und stellte sich vor.

Ein dunkelhaariger, hagerer junger Mann schüttelte ihre Hand und stellte sich mit Schweizer Akzent vor. „Hi, ich bin der Markus, dein Tourguide. Willkommen in den USA."

„Danke", lächelte sie und setzte sich zu den anderen. Ein gegenseitiges Vorstellen begann. Neben ihr saß ein junges Mädchen, höchstens Anfang zwanzig, in Jeans und bauchfreiem Top. Sie stellte sich als Mandy vor. Augenbrauen, Nase und Oberlippe waren gepierct, die Ohren voller Stecker. Wie sie sich eine solch teure Tour leisten konnte, wunderte sich Jenny. Vielleicht würde sie es ja im Verlauf der Reise erfahren.

Neben ihr saß ein muskulöser Typ, den Jenny auf Ende zwanzig schätzte. Er trug Shorts und ein kurzärmliges Hemd. Hosenbeine und Ärmel waren fast zu eng für seine Muskelpakete. Bodybuilder wahrscheinlich, von Arbeit oder normalem Sport sah man nicht so aus. Kevin war sein Name.

Ein Platz weiter saß eine Frau, deren Alter Jenny gar nicht schätzen konnte. Sie sah unscheinbar aus, war ziemlich mollig und, nun ja, wohlwollend würde man das, was sie trug, als hausbacken bezeichnen. Ihr rosa und braun gemusterter Pulli, der viel zu warm für das Klima schien, war selbstgestrickt, ihr dunkelbrauner Rock aus einem Material, das Jenny an Teleshopping erinnerte. Die Schuhe wirkten klobig und passten eher zu einer älteren fußkranken Dame. Dicke Nylonstrumpfhosen rundeten das Bild ab. Ganz offensichtlich war sie kürzlich beim Friseur gewesen. Das mausbraune Haar lag in ordentlich ondulierten Wellen. Mit leiser Stimme stellte sie sich vor. Irmtraud, passte ja.

Ein weiterer Mann kam lässig auf die Gruppe zugeschlendert. Er trug einen hellen Leinenanzug und sein weißes Hemd gewährte einen Blick auf seine dunkle Brustbehaarung. Im Gegensatz zu dieser waren die kurzen welligen Kopfhaare blond gesträhnt, eine Lacoste-Sonnenbrille war auf die Stirn hochgeschoben. Sonnenstudiobräune zierte sein markantes, leicht herablassend wirkendes Gesicht. Tourguide Markus begrüßte ihn und stellte Johann den anderen vor. Jenny und Mandy ernteten interessierte Blicke, Kevin einen abschätzenden. Irmtraud wurde kaum beachtet.

Die letzten zwei Mitglieder der Reisegruppe trafen gleichzeitig ein. Eine ältere Dame mit knallroten Haaren kam durch die Halle gehetzt. Schon von Weitem entschuldigte sie sich für ihr Zuspätkommen, dabei war es erst kurz nach Sieben. Auf den ersten Blick hatte Jenny eine Vermutung, was sie aufgehalten hatte. Ihr Gesicht war dick mit Schminke zugekleistert. Knallblauer Lidschatten und Mascara, so dick, dass sie aussah wie ein Waschbär. Alles an ihr war mit Goldschmuck behangen, ihre Ohren, ihr faltiger Hals und ihre Armgelenke, die aus einem weiß-pinken Jogginganzug herausragten. An den Füßen trug sie neue weiße Joggingschuhe.

„Huhu, ich bin die Walli!“, rief sie quer durch die Halle, sodass etliche Leute sich umdrehten. Markus sah leicht verdattert aus und Jenny fühlte Sorge in sich aufsteigen. Das war ja eine illustre Gesellschaft, mit der sie die nächsten zwei Wochen verbringen sollte.

Sie wandte ihren Blick dem letzten Ankömmling zu, der in der Aufregung um Walli ganz untergegangen war und stutzte. Das war doch ... natürlich ... ihr Sitznachbar aus dem Flugzeug. Pullunder und Stoffhose hatte er gegen Shorts und T-Shirt ausgetauscht und sah damit aus wie verkleidet. Jenny guckte genauer hin. Das Shirt musste er wohl gerade erst gekauft haben. Es war hellblau und darauf stand: „I love LA“. Wie originell. Endlich hatte Markus ihn bemerkt und begrüßte ihn. Wie sich herausstellte, hieß Muttersöhnchen Wolfgang. Ob seine Mutter ihn wohl Wolfi rief, fragte sich Jenny.

Jetzt, wo alle da waren, hielt Markus eine Begrüßungsrede und erklärte ihnen die Durchführung der Reise. Jeden Tag würden sie früh aufstehen und eine neue Etappe der Rundreise in Angriff nehmen. Der Guide würde ihnen die schönsten Plätze zeigen und sie in die besten Restaurants führen und mehr oder weniger würden sie alles zusammen machen. Natürlich war es kein Zwang bei der Gruppe zu bleiben, doch Jenny hatte den Eindruck, als käme es äußerst selten vor, dass jemand eigene Wege ging.

Auf einer Karte zeigte Markus ihnen die Route. Fahren würden sie in einem großen Van, erklärte er, das Gepäck würde ein Hänger transportieren und der Gepäcktransport zu und von den Zimmern wäre inklusive. Sie müssten es nur zur angegebenen Zeit vor die Zimmertür stellen.

Nach seiner Ansprache führte er sie zur Bar und sie nahmen einen Drink. Langsam setzte die allgemeine Müdigkeit ein. Schließlich waren alle aufgrund der Zeitverschiebung schon wesentlich länger auf den Beinen als üblich. Markus riet ihnen schlafen zu gehen, um morgens fit zu sein. Die Einzige, die protestierte, war Walli. Sie schlug vor, noch in einen Club zu gehen, doch niemand ging darauf ein. Wolfi, wie Jenny ihn insgeheim nannte, schlief fast auf dem Barhocker ein.

Kaum war Jenny in ihrem Zimmer überwältigte sie ebenfalls die Müdigkeit. Trotz der klappernden Klimaanlage schlief sie wie ein Baby und wachte erst auf, als der Wecker klingelte.

**Los Angeles, nächster Morgen**

Als Jenny um 7.20 Uhr die Hotel-Lobby betrat, standen ihre Mitreisenden bereits an der Frühstücks-Theke.

Wie in den meisten amerikanischen Hotels gab es auch hier kein Frühstück im europäischen Sinn, sondern nur Kaffee und Muffins. Jenny war das recht. Sie frühstückte sowieso meistens nicht, ihre Mitreisenden schauten jedoch teils suchend, teils unglücklich. Jenny blieb an der Kaffeemaschine stehen und Kevin gesellte sich zu ihr.

„Normalerweise lebe ich ja gesund, aber morgens brauch ich erst mal kannenweise schwarzen Kaffee!", gähnte er.

„Geht mir auch so", lächelte Jenny. „Auf feste Nahrung kann ich bis mittags gut verzichten."

„Ich auch. Während der Stadtrundfahrt sollten wir später was finden."

Jenny nickte. Sie schwiegen eine Zeit lang, während sie Kaffee tranken, und schauten dem Treiben in der Hotelhalle zu. Walli saß in einem Sessel und kontrollierte ihr Make-up. Wolfgang rührte unglücklich in seiner Tasse und sah recht verloren aus.

Mandy und Irmtraud unterhielten sich angeregt. Worüber wohl, überlegte Jenny. Zwischen den beiden schien es so gar keine Gemeinsamkeiten zu geben. Kurz vor acht tauchte Markus in der Halle auf und trieb seine Schäfchen zusammen. Der knallrote Van wartete direkt vor der Tür, das Gepäck war schon im Hänger verstaut. Kurz gab es Gerangel um die Plätze. Da niemand vorne bei Markus sitzen wollte, stieg Jenny ein. Von dort hatte man den besten Blick.

Sie fuhren zur Olvera Street, einem der ältesten Teile von L.A.. Mexikanische Geschäfte und Lokale reihten sich aneinander und sie bummelten an den Schaufenstern entlang. Danach besichtigen sie die Hollywood Bowl, den Rodeo Drive und Hollywood selbst. Markus erzählte ausführlich über Geschichte und Sehenswürdigkeiten.

Die Unterhaltung zwischen den übrigen Mitreisenden kam schleppend in Gang. Walli kommentierte alles freizügig, Mandy beschränkte sich auf Kaugummi kauen und Irmtraud auf zustimmendes Nicken zu allem und jedem. Die drei Männer beäugten sich misstrauisch. Johann war ausgesprochen charmant zu Jenny, ignorierte Kevin und konnte mit Wolfgang ganz offensichtlich nichts anfangen.

Als geschickter Tourguide verstrickte Markus die Teilnehmer immer wieder in Gespräche, sodass sogar der schüchterne Wolfgang ab und zu seine Meinung äußerte.

Um die Mittagszeit machten sie an einem großen Markt halt, wo neben allen möglichen Waren auch Imbissstände aller Art aufgebaut waren. Sie verabredeten, sich in zwei Stunden wieder am Parkplatz zu treffen, und zogen ohne ihren Guide los. Beim Schlendern teilte die Gruppe sich nach und nach auf und Jenny fand sich auf einmal allein mit Johann. Wie schon abends zuvor war er lässig und angeberisch gekleidet. Am Handgelenk trug er eine Rolex, die, wenn sie echt war, ein Monatsgehalt von Jenny kostete.

„Mexikanisch?“, fragte er und wandte sich ihr zu.

Jenny hatte gar nicht vor mit ihm zu essen. Von allen Teilnehmern fand sie ihn am unsympathischsten. Aber sie konnte kaum ablehnen, ohne unhöflich zu sein. Und sie musste noch fast zwei Wochen mit dem Mann verbringen. Also nickte sie ergeben. „Mexikanisch wär prima.“

Er griff sie am Ellbogen und schob sie durch das Gedränge in Richtung eines Standes, dessen grün-weiß gestreifte Markise für mexikanisches Essen warb.

Ganz Kavalier bestellte er für sie und zahlte auch trotz ihres Protestes. Mit Enchiladas und Cola setzten sie sich an einen der Tische.

„Und?“, er lehnte sich vor, „was hältst du von unserer kleinen Gruppe?“

Jenny hob die Achseln. „Ist noch zu früh, um etwas zu sagen. Wir kennen uns ja kaum. Ganz nett auf den ersten Blick.“ Sie strich sich die kurzen blonden Haare aus dem Gesicht und biss in ihre Enchilada.

Er folgte ihrem Beispiel. „Diese Mandy is ja ein heißer Feger. Warum wohl macht die so ne Reise?“

Jenny antwortete nicht und aß weiter. Allerdings hatte sie sich die Frage auch schon gestellt.

Johann schwadronierte weiter. „Dass die das bezahlen kann. Und diese Irmtraud. Das Mauerblümchen. Hat wahrscheinlich ewig gespart. Vielleicht sucht sie nen Mann. Hat sie wohl Pech. Die Auswahl is ja klein.“

„Wieso? Sind doch drei Männer dabei? Plus dem Guide.“

„Kommt ja wohl kaum jemand infrage. Alle zu jung. Die Irmtraud ist doch mindestens, na mindestens vierzig. Wir sind ja alle viel jünger.“

Jenny schätzte ihn trotz seines gestylten Äußeren auch nicht jünger ein, eher sogar auf ihr eigenes Alter, Mitte vierzig, enthielt sich aber einer Antwort. Stattdessen nickte sie nur unbestimmt und aß weiter.

„Schaun Sie, da ist der Junge. Wie heißt er?“

Sie blickte sich um. „Wolfgang?“

„Genau. Ist bestimmt das erste Mal von zu Hause weg.“ Johann reckte den Kopf und stand sogar auf, um besser sehen zu können. „Steht am Militärstand. Scheint ihn ja sehr zu interessieren.“

Jenny seufzte. Hoffentlich hatte sie ihn nicht den Rest der Reise an der Backe. In diesem Moment fiel ein Schatten über sie. „Darf ich?“

„Markus“, meinte sie erfreut. „Klar, setz dich!“

Er hatte ein Tablett in der Hand, auf dem ein großes Stück Käsekuchen neben einem Pott Kaffee stand.

Johann nickte ihm gnädig zu. „Ist aber nicht gesund das süße Zeugs."

Jenny blickte an Markus herunter, der mit etwa einem Meter achtzig Größe sicher nicht mehr als siebzig Kilo auf die Waage brachte.

Markus lächelte freundlich. „Bei mir setzt nichts an." Er genehmigte sich einen großen Bissen. „Und? Wie ist euer erster Eindruck von den USA?"

Bevor Jenny antworten konnte, legte Johann schon los. Ausführlich erklärte er Markus, was ihm in den paar Stunden seit seiner Ankunft alles negativ aufgefallen war, und schloss: „Und alle lächeln einen an. Weiß man ja, dass das nicht echt ist. Wollen nur Trinkgeld. Nicht, dass ich aufs Geld schauen müsste."

Jenny verdrehte die Augen, ohne dass es einer der beiden sah. Was für ein Kotzbrocken. Markus nahm das Ganze gelassen. Er hatte sicher schon die verschiedensten Gäste bei seinen Touren dabei gehabt und war abgehärtet. Freundlich hörte er Johann zu und nickte ab und zu verständnisvoll.

Jenny schaute den vorüberlaufenden Leuten zu und ihre Gedanken drifteten ab. Sie saß tatsächlich mitten in Los Angeles. Wer hätte das vor ein paar Wochen gedacht? Was wohl die Kollegen in Deutschland gerade machten? Ob es interessante Fälle gab? Sie hatten ihr untersagt anzurufen, zumindest nicht dienstlich, aber sie konnte ja mal einfach so....

Sie schaute auf die Uhr. Hoffentlich ging es bald weiter. Sie hätte sich zwar gerne auf dem Markt weiter umgeschaut, befürchtete aber, dass Johann ihr folgen würde. Jenny war erleichtert, als Markus vorschlug, gemeinsam zum Van zurückzulaufen. Den Nachmittag wollten sie am Venice Beach verbringen, von dem sie schon so viel gehört hatte.

**Mittwoch, Frankfurt**

Während Jenny in Los Angeles in der Sonne saß, regnete es in Frankfurt Bindfäden. Logo und sein junger Kollege Sascha hatten sich hingesetzt, um anstehende Schreibarbeiten zu erledigen, starrten stattdessen jedoch missmutig aus dem Fenster.

„Da wird man ja trübsinnig“, murrte Logo.

Sascha nickte, zog seine Schreibtischschublade auf und wühlte darin herum.

„Du hast doch nicht schon wieder Hunger?“, meinte Logo.

Ertappt zog Sascha die Hand zurück. „Hab nur einen anderen Stift gesucht“, meinte er entrüstet.

„Wer´s glaubt“, konterte sein Kollege und seufzte tief. „Nicht auszuhalten, das Wetter. Sowas nennt sich Sommer. Ich glaub, ich lass das mit dem Bootskauf.“

„Bootskauf? Außerdem ist es Herbst.“

„Hab mir ein kleines Motorboot angeschaut. Wollte ich immer schon haben. Ist gar nicht so teuer. Bis zum Wochenende hab ich Bedenkzeit.“

„Kostet das nicht einen Haufen Unterhalt? Und Sprit?“

„Geht so. Billig ist es nicht bei den momentanen Spritpreisen. Der Liegeplatz ist das kleinere Problem. Liegt im Polizeisportverein am Niederräder Ufer und da könnte es auch bleiben.“

„Und was sagt deine Freundin dazu?“ Eine lange Pause entstand. „Ach die.“

Sascha blickte überrascht auf. „Dicke Luft?“

Logo wand sich etwas. „Momentan läuft’s nicht so gut. Naja, schon etwas länger, ehrlich gesagt.“

Sascha war zwar neugierig, wollte aber nicht weiter nachbohren. „Kommt vor“, war sein einziger Kommentar und Logo ließ es dankbar auf sich beruhen.

Das Telefon klingelte und beide griffen danach. Sascha war schneller.

Ich werd alt, dachte Logo missmutig.

Sascha hörte aufmerksam zu und nickte dann, „Wir sind unterwegs."

Hoffnungsvoll blickte Logo auf.

„Ein Angler hat Leichenteile im Main gefunden. Ist noch unklar, ob es sich um Mord handelt, aber wir sollen uns das mal anschauen."

„Na, dann nichts wie los", meinte Logo, „besser als hier rumzuhocken, auch wenn´s regnet. Wieso denken die an Mord? Fällt doch alle Nase lang jemand in den Main. Oder springt rein und kommt in eine Schiffsschraube."

„Die Körperteile waren in einer Tüte."

„Okay, das ist ein Argument."

Sie fuhren über die Miquelallee stadtauswärts auf die A 66 und über Höchst Richtung Griesheim.

Am Mainufer war die Hölle los. Boote der Feuerwehr und der Wasserschutzpolizei suchten die Ufer ab. Kollegen vom Griesheimer Revier hatten die Fundstelle weiträumig abgesperrt und befragten Zeugen. Ein Fotograf machte Aufnahmen und der Gerichtsmediziner Dr. Schwind, von allen Prof genannt, beugte sich über einen blauen Müllsack. Hinter der Absperrung standen an die zwanzig Passanten und reckten die Hälse.

Sascha und Logo bahnten sich einen Weg durch die Menge und wiesen sich bei dem Beamten an der Absperrung aus. Er zeigte zum Mainufer, ein Stück entfernt von der Fundstelle.

„Kommissar Winkler spricht gerade mit dem Angler, der die Teile gefunden hat."

Logo sah in die angegebene Richtung. Winkler war schon älter und offensichtlich gutem Essen sehr zugetan. Ein beachtlicher Bauch wölbte seine Uniformjacke nach außen.

Woslowski stand ihm, was den Bauch anbelangt, in nichts nach, schien jedoch deutlich jünger zu sein. Logo schätzte ihn auf Mitte fünfzig.

Er winkte Sascha, ihm zu folgen, lief zu den beiden Männern und stellte sich vor.

„Tach Kollege“, sagte Winkler, „Herr Woslowski hier hat beim Angeln die Tüte entdeckt, sie herausgezogen und geöffnet. Als eine Hand zum Vorschein kam, hat er uns gleich angerufen. Mehr kann er uns nicht sagen.“

Logo nickte. „Wie muss ich mir das vorstellen? Kam die Tüte angeschwommen oder hing sie schon am Ufer?“

Woslowski wirkte fahrig. Er befeuchtete mehrmals die Lippen, bevor er endlich anfing zu sprechen. „Die kam angeschwommen. Ein Lastschiff ist kurz vorher vorbeigekommen. Das macht riesige Wellen.“

Logo betrachtete ihn einen Moment nachdenklich. Dann winkte er Winkler zur Seite. „Warum ist der so aufgeregt?“

Winkler grinste. „Weil er hier nicht angeln darf. Viel zu gefährlich wegen der Staustufe. Ist nicht das erste Mal, dass er erwischt wird. Diesmal dürfte der Angelschein weg sein.“

„Verstehe. Kann man Fische aus dem Main überhaupt essen?“

„Klar, der ist wieder recht sauber. Ich angel selbst ganz gerne mal. Natürlich nur, wo´s erlaubt ist“, fügte er schnell hinzu.

„Klar“, meinte Logo mit einem Augenzwinkern. Er wandte sich an Sascha, der immer noch hinter ihm stand. „Lass uns zum Fundort gehen und mit dem Prof reden.“

Sie gingen hinüber und sahen einen Moment zu, wie Dr. Schwind, der nicht gerade für sein ausgeglichenes Temperament bekannt war, mit einem zangenartigen Instrument in der Tüte herumstocherte. Wie immer war er wie aus dem Ei gepellt. Seine beige Hose wies bereits Grasflecke am unteren Rand auf und seine Wildlederschuhe waren schlammig.

Logo räusperte sich vorsichtig.

Der Prof sah nicht einmal auf, sondern knurrte unwirsch: „Was?“

„Können Sie uns schon irgendwas sagen?“

„Kann hier ja nicht alles auspacken wie im Supermarkt an der Kasse. Auf jeden Fall eine Männerhand. Das andere fühlt sich an wie ein Ellbogen. Die Tüte war zugeknotet und ist wegen der entstandenen Gase geschwommen. Schwer zu sagen wie lange.“

Logo war baff. So redselig war der Gerichtsmediziner sonst nie. Das musste er ausnutzen. „Wann können Sie uns mehr sagen?“

Jetzt stand der Prof ächzend auf und sah ihn von oben bis unten an. „Nachdem das Zeugs im Institut ist und meine Sachen in der Reinigung. Wo ist Frau Becker?“

Logo konnte dem Themawechsel nicht so schnell folgen, aber Sascha bemerkte hilfreich: „Los Angeles.“

Der Prof schnaubte: „Blödsinn, was will sie denn da?“ Er drehte sich zu seinem Assistenten um. „Einpacken! Und nichts verlieren!“ Dann stapfte er grußlos davon Richtung Auto.

Logo trat ans Wasser. Das kleine Boot der Feuerwehr legte gerade an. „Könnt ihr mich übersetzen? Ich würd gerne mit den Kollegen von der Wasserschutz-Polizei sprechen.“

„Klar, springt rein.“

Sie kletterten an Bord und kurz darauf ging das Boot längsseits des Polizeibootes „Hessen 6“. Sascha guckte unglücklich.

„Wie das schaukelt. Da soll ich hochklettern?“

„Hochheben kann ich dich nicht“, grinste Logo. An Bord erwartete sie ein junger Kollege. „Moin, Frühauf mein Name. Wie kann ich helfen?“

Logo kratzte sich am Kopf. „Mir ist nicht klar, wie diese Tüte hierher kommt. Wie weit schwimmt denn sowas?“

„Schwer zu sagen. So groß, wie die Tüte war, glaub ich nicht, dass sie ein Wehr passiert hat. Müsste also zwischen Offenbach und hier ins Wasser gelangt sein."

„Und die geht nicht unter?"

„Am Anfang schon. Im Zug der Verwesung entstehen dann aber Fäulnisgase und dadurch ist sie wieder aufgetaucht. Alles kommt irgendwann wieder nach oben."

Logo verzog das Gesicht. „Wie lange dauert das?"

Der Kollege zuckte mit den Schultern. „Wenn Leichen unverpackt im Wasser liegen, ein paar Tage. Aber in so einem Sack ... keine Ahnung. Das können die in der Gerichtsmedizin sicher besser sagen."

Logo seufzte. „Frag mich nur, wo der Rest ist. In der Tüte sind ja nur ein paar Teile."

„Wir suchen Ufer und Wehr ab. Wenn da noch eine Tüte ist, kann sie irgendwo unter Wasser festhängen. Und unverpackte Körperteile futtern die Fische oder sie treiben bis Köln. Selten, dass man die findet. Und wenn, dann oft erst Wochen später."

Logo war etwas mulmig, aber Sascha guckte interessiert. Zu Jennys und Logos Schrecken war er ein großer Fan von Obduktionen und allem, was damit zusammenhing. Bevor Sascha nach weiteren Details fragen konnte, bedankte und verabschiedete sich Logo. Sie kletterten vorsichtig die Leiter herunter und ließen sich ans Ufer zurückbringen. Die Spurensicherung war fertig mit ihrer Arbeit und die Gaffer zerstreuten sich langsam.

Kollege Winkler kam auf sie zu. „Braucht ihr Woslowski noch? Sonst lass ich ihn gehen."

„Wir haben ja seine Personalien. Wir machen uns dann auf den Weg. Hier gibt´s nichts weiter für uns."

Zurück im Präsidium gingen sie die Vermisstenmeldungen der letzten Wochen durch.

„Vermisste Männer gibts genug“, verkündete Sascha. „Letzten Dienstag ist ein Unbekannter in den Main gesprungen. Von ihm fehlt jede Spur. Aber er wird sich schwerlich in eine Tüte gepackt haben.“

Logo verzog das Gesicht. „Wohl kaum. Hoffentlich sagt der Prof uns bald den Todeszeitpunkt. Fingerabdrücke müssten wir auch bekommen. Dann können wir das Opfer vielleicht über AFIS identifizieren. Also abwarten.“

„Und Berichte schreiben!“, ergänzte Sascha.

## Los Angeles

Während Logo und Sascha in Deutschland längst in ihren Betten lagen und schliefen, aalte sich Jenny in Los Angeles am Strand. Durch die neun Stunden Zeitverschiebung war es früher Nachmittag. Wie erhofft hatte sie es geschafft, die anderen Mitglieder ihrer Reisegruppe im Getümmel an den Ständen von Venice Beach abzuhängen.

Nun lag sie hier am Wasser, die nächsten Menschen mindestens hundert Meter entfernt, und blickte auf den Pazifik hinaus. Zum ersten Mal seit ihrer Ankunft stellte sich so etwas wie Urlaubsfeeling ein. Frankfurt und ihre Probleme rückten nach und nach in weite Ferne. Vielleicht war es doch gut, dass sie sich hatte überreden lassen, überlegte Jenny.

Sie blickte auf ihre Armbanduhr. Kurz nach vier schon. Sie sollte sich langsam auf den Weg zum Treffpunkt machen. Sonst fuhren die anderen ohne sie los. Wenn sie bei der Besprechung vorhin richtig zugehört hatte, würden sie kurz zurück ins Hotel fahren, um zu duschen und sich umzuziehen und dann in einem Restaurant in Hollywood zu Abend essen. So wenig ein komplett durchgeplanter Tag zu ihr passte, so nett war es doch, sich um nichts kümmern zu müssen.

Sie zog sich bis auf die Schuhe an und lief am Wasser entlang. Kaum eine Menschenseele begegnete ihr, alle waren weit entfernt an der Promenade, saßen in einem der kleinen Lokale, kauften Souvenirs oder ließen sich massieren.

Markus wartete schon neben dem Van und unterhielt sich mit Johann und Mandy. Sie stellte sich daneben und versuchte ihre Füße von Sand zu befreien. Als sie kurz aufblickte, merkte sie, dass Mandy ihr Kaugummi kauend zuschaute. Sie lächelte dem Mädchen freundlich zu, erntete aber nur einen merkwürdig abschätzigen Blick.

Jenny zuckte die Schultern und zog ihre Schuhe an. Nacheinander trudelten die anderen Mitglieder ihrer Reisegruppe ein, zuletzt Walli, die mehrere große Tüten schwenkte. Im Van setzte sie sich neben Irmtraud und zeigte ihr ausgiebig ihre Einkäufe. Irmtraud bewunderte sie pflichtbewusst, warf aber immer wieder hilfesuchende Blicke in die Runde.

Jenny hatte offensichtlich die richtige Entscheidung getroffen, als sie den Beifahrersitz wählte. Die anderen hatten eine Art Rotation abgesprochen, Jennys Platz jedoch davon ausgenommen.

Sie warf einen Seitenblick zu Markus, den dieser lächelnd erwiderte. Hübscher Junge, dachte sie, aber jung, viel zu jung. Sie schüttelte den Kopf. Zum Flirten war sie bestimmt nicht hier. Männer brachten Komplikationen und gerade davon hatte sie im letzten Jahr genug gehabt.

„Und was machst du so, wenn du nicht gerade durch Amerika tourst?“, fragte er sie.

Die Frage musste ja kommen. Sie hatte sich schon gewundert, dass Johann sie nicht nach ihrem Beruf gefragt hatte, aber der war viel zu Ich-bezogen, um sich für sie zu interessieren. Markus wollte mit Sicherheit seinen Tourguide-Pflichten nachkommen und dazu gehörte das ‚Wo-kommst-du-her-und-was-machst-du-beruflich‘-Ritual nun mal.

Jenny versuchte leise zu sprechen. „Ich bin bei der Polizei.“

Zu ihrer Erleichterung antwortete er ebenso ruhig. „Interessanter Job. In welcher Abteilung?“

„Mordkommission“, erklärte sie. Markus machte große Augen.

Walli unterhielt unterdessen den Rest der Truppe, indem sie lautstark ihre Meinung zu ihren Einkäufen einforderte. Die Zeit verging wie im Flug und bald waren sie im Hotel eingetroffen.

In der Lobby raunte Johann. „Ne echte Plage die Alte. Solln wir uns nachher absetzen?“

Jenny lächelte unbestimmt und ließ ihn stehen. Ganz sicher nicht. Wovon träumte er nachts?

Zurück im Zimmer duschte sie schnell und überlegte, was sie anziehen sollte. Ihren Koffer hatte sie gar nicht ausgepackt. Schließlich würden sie morgen schon wieder weiterreisen. Jetzt nahm sie die oberen T-Shirts heraus und stieß auf etwas Weißes. Was war das denn? Auf der einzigen Bluse, die sie eingepackt hatte, lag ein Umschlag ohne Aufschrift. Es überlief sie eiskalt. Bitte nicht! Mit spitzen Fingern öffnete sie ihn und zog ein Blatt heraus.

*Schönen Urlaub!*

Zwei Worte reichten, um Jenny erstarren zu lassen. Obwohl es im Zimmer trotz Klimaanlage sehr warm war, brach ihr der kalte Schweiß aus.

War das von ihrem unbekannten Briefeschreiber? Wie war er an ihren Koffer gekommen? Ihr Puls raste und ihre Gedanken überschlugen sich. Wann hatte sie den Koffer gepackt? Wo hatte er sich seitdem befunden?

Eigentlich war es unmöglich, dass jemand etwas hätte hineinschmuggeln können. Außer hier im Zimmer ... aber das war absurd, oder?

Jenny hatte erst am Tag vor der Abreise gepackt. Abends hatte sie in einer Pizzeria gegessen. Morgens hatte Logo sie abgeholt und zum Flughafen gebracht, wo sie sofort das Gepäck eingecheckt hatte. War jemand abends in ihre Wohnung eingedrungen? Aber wie? Sie hatte die Schlösser doch austauschen lassen. Sie griff nach dem Handy, zögerte dann jedoch. Sie versuchte, sich zu beruhigen. Es gab bestimmt eine harmlose Erklärung für alles. Wenn sie jetzt die Pferde scheu machte wegen nichts, machte sie sich vollends lächerlich. Außerdem war es in Deutschland mitten in der Nacht.

Ihre Kollegen schliefen bestimmt tief und fest. Sie steckte den Brief zu ihrem Pass und zog sich an.

Um neunzehn Uhr war sie in der Halle, wo die anderen schon warteten. Alle hatten sich fein gemacht, sogar Wolfgang trug ein Jackett, in dem er allerdings aussah, als würde er zur Konfirmation gehen. Zu ihrer Überraschung räusperte er sich und sprach sie an. „Ich hab mitgehört im Auto, also ich hab nicht gelauscht ..."

„Ja?"

„Also, dass Sie ... ähm ... dass du bei der Polizei bist."

Sie nickte abweisend. Dafür hatte sie jetzt gar keinen Sinn. Der Schreck steckte ihr noch zu tief in den Knochen. Von hinten legte sich ein schwerer Arm um ihre Schultern.

„Polizei?", dröhnte Johanns Stimme. „Da können wir uns ja alle besonders sicher fühlen, nicht wahr?" Beifall heischend schaute er sich um.

Peinlich berührt blickte Jenny ebenfalls in die Runde. Mandy starrte sie mit zusammengekniffenen Augen an, Walli mit geöffnetem Mund. Kevin schien uninteressiert und blätterte in einer Zeitung.

Am meisten wunderte sich Jenny über Irmtrauds Reaktion. Sie war abrupt aufgestanden, blass geworden und lief aus der Halle Richtung Waschräume. Selbst Johann war das aufgefallen. „Ha, vielleicht haben wir sogar Verbrecher unter uns?", dröhnte er. Jenny machte sich unwirsch von ihm los. „Jetzt isses aber gut."

Er blickte gekränkt. „War doch nur´n Witz."

Jenny wandte sich wieder Wolfgang zu. „Was wolltest du sagen?"

Er errötete. „Ach nichts. War nicht wichtig."

Markus erschien und winkte sie zum Van. Durch die abendliche Stadt fuhren sie zum Griffith Observatorium, wo sie einen atemberaubenden Ausblick über Los Angeles hatten. Jenny nahm ihn kaum war, so sehr kreisten ihre Gedanken um den mysteriösen Brief.

Anschließend brachte Markus sie zum Essen in den obersten Stock eines Hochhauses. Von einem Drehrestaurant aus genossen sie den wundervollen Blick über die ganze Stadt.

Nach zwei von Johann spendierten Tequila ging sogar Wolfgang etwas aus sich heraus. Er saß Jenny gegenüber und lehnte sich über den Tisch. „Ich bin das erste Mal von zu Hause weg, wissen Sie."

Jenny wusste nicht, aber gedacht hatte sie es sich.

Er kicherte. „Mutter wollte mich gar nich weglassen. Aber ich wollte immer schon mal hierher. Route 66 und so weiter."

Jenny nickte belustigt. Der Junge war voll wie eine Strandhaubitze.

„Das können Sie sich jetzt nicht vorstellen, nich? Mich auf ner Harley. Aber ich sag Ihnen, in mir steckt mehr, als alle denken!" Er nickte bekräftigend.

Jenny blickte hilfesuchend nach links und rechts. Hoffentlich sülzte er sie nicht den ganzen Abend zu. Aber wenigstens lenkte er sie von ihren trüben Gedanken ab.

Neben ihr sprach Walli auf Kevin, ihren Nachbarn zur Rechten, ein und ruderte dabei mit ihren schmuckbehangenen Händen in der Luft.

Links neben Jenny saß Markus, der Irmtraud aufmerksam lauschte. Jenny warf Irmtraud einen kurzen Blick zu und sah, dass sie sie anstarrte. Sie lächelte der Frau freundlich zu, erntete aber keine Reaktion.

Wolfgang schaute jetzt weinerlich. „Was Mutter jetzt wohl zu Hause macht?"

Das hatte er jetzt nicht wirklich gesagt, oder? Sie gab sich interessiert. „Du wohnst noch zu Hause? Wo stammst du denn her?"

Er schien einen Moment überlegen zu müssen. „Aus Oberursel. Mutter hat da eine Gärtnerei und ich helfe ihr. Und du?“

„Frankfurt-Sossenheim“, sagte Jenny, ohne zu überlegen. Mist, das war ihr rausgerutscht. Als Polizistin gab sie ihre Privatadresse ungern preis. Mit dem Stadtteil allein konnte zum Glück niemand etwas anfangen.

„Ah“, meinte er und bekam leichten Schluckauf. „Und in Frankfurt bist du bei der Polizei? Interessant. Was machst du da so?“

Hörte das nie auf? „Ich bin ... bei der Kriminalpolizei.“

Er ließ nicht locker. „Und in welcher Abteilung?“

Sie lächelte höflich. „Das möchte ich lieber nicht sagen.“

Er runzelte nachdenklich die Stirn. „Ich wette Sitte, oder, nein, Mordkommission.“

Markus beugte sich rüber. „Nun lass mal, Wolfgang. Wir sind hier im Urlaub.“

Wolfgang entschuldigte sich sofort. „Tut mir leid. Ich wollte nicht aufdringlich sein. Das muss am Tequila liegen. Bitte entschuldige.“ Er stand auf und lief zur Toilette.

Jenny musste grinsen. „Bisschen viel intus“, meinte sie.

Markus blickte Wolfgang nachdenklich hinterher. „Zumindest einen hat er weggeschüttet. Das hab ich gesehen.“

Jenny blickte ihn groß an. „Wieso ist er dann so blau?“

Markus zuckte die Achseln. „Keine Ahnung. Ist er das?“ Er stand auf. „Wie wär´s, wenn wir langsam ins Hotel zurückfahren? Morgen geht's früh weiter.“

**Los Angeles**

Früh war gar kein Ausdruck. Um halb sieben klingelte Jennys Wecker. Wenn es das war, was Biederkopf unter Urlaub verstand ...

Sie hatte kaum geschlafen. Stundenlang hatte sie sich im Bett herumgewälzt. Einige Male war sie aufgestanden und hatte den Brief in ihren Händen hin und her gedreht.

Nach dem zweiten Kaffee war ihre Stimmung besser und sie konnte halbwegs freundlich lächeln, als sie zum Van kam. Sie hatte nicht in Deutschland angerufen. Schließlich war es nur ein Brief. Kein Grund, die Pferde scheu zu machen. Nach ihrer Rückkehr konnte sie der Sache auf den Grund gehen.

Sie fuhren an diesem Morgen aus der Stadt hinaus nach Osten, weg von der Küste Richtung Nevada. Niemand redete, alle schauten aus dem Fenster. Die Landschaft mit ihren Kontrasten war faszinierend. Kakteen säumten die Straße und endlose Wüste wechselte sich ab mit Schnellrestaurants und Werbetafeln.

Der Himmel war wieder strahlend blau und die Temperatur stieg am späten Vormittag schon auf über fünfundzwanzig Grad. Gegen Mittag machten sie Halt in Julien, einem kleinen Ort in den Bergen, wo die Zeit stehen geblieben zu sein schien. An den Straßen standen Pfähle zum Anbinden von Pferden und Wassertröge. Als Spezialität gab es die unterschiedlichsten Sorten von Apple Pie. Jenny schaffte es, drei davon zu probieren, musste dann jedoch den obersten Knopf ihrer Jeans öffnen.

In der Reisegruppe hatten sich neue Verbindungen ergeben. Kevin und Mandy steckten die Köpfe zusammen und nahmen kaum noch etwas um sich herum wahr. Walli belegte Wolfgang mit Beschlag, wohl weil er der Einzige war, der sich nicht energisch genug ihrem Dauergerede entzog. Was Jenny aber am meisten überraschte war, dass Johann und

Irmtraud zueinandergefunden hatten. Ausgerechnet er und das Mauerblümchen?

Zufrieden bummelte sie durch den Ort. Nachmittags ging es weiter nach Palm Beach, wo sie den Abend am Pool ausklingen ließen. Alle nutzten die Gelegenheit sich zu sonnen, nur Irmtraud blieb mit Kopfschmerzen auf ihrem Zimmer und erschien erst wieder zum Abendessen.

## Donnerstag, Frankfurt

In Frankfurt war es früh am Morgen. Ein Kollege vom Nachtdienst kam Logo und Sascha, die zeitgleich im Präsidium eintrafen, auf dem Gang entgegen. „Ihr kommt grad richtig! Ne Leiche in der „Buchscheer". Das ist ..."

„Ich weiß, wo das ist", unterbrach ihn Sascha. „Was ist passiert?"

„Die wollten heute Morgen Äppler machen und haben nen Toten im Tank gefunden. Oder in den Äpfeln. Das heißt, Teile von nem Toten."

„Welche?"

„Mensch, Sascha, es ist noch früh", murrte Logo.

„Ist doch wichtig!"

Logo seufzte ergeben. „Okay, hast ja recht. Also Jörg, weißt du Genaueres?"

„Von einem Kopf war die Rede."

„Vielleicht gehört der zu unserem Mainfund."

„Und dann puzzeln wir uns eine komplette Leiche? Wie soll das denn zusammenpassen? Die eine Hälfte im Main, die andere im Lokal?"

Sascha hob die Schultern. „Kann doch sein!"

Jörg schüttelte den Kopf. „Fahrt einfach hin, dann werdet ihr´s rauskriegen. Ich mach jetzt Feierabend."

Logo drehte sich um. „Komm. Wir holen uns unterwegs einen Kaffee. Oder vielleicht kriegen wir da einen."

Sie fuhren am Hauptbahnhof vorbei und über die Friedensbrücke nach Sachsenhausen. Das Lokal „Buchscheer" befand sich in einer stillen Seitenstraße, unweit des Bahnhofs Louisa. Seit dem 19. Jahrhundert wurde hier Apfelwein gekeltert. Gegründet von Adam Theobald war es heute die 5. Generation der Theobalds, die das Lokal leitete.

Sie parkten direkt vor der Tür und betraten die Gaststätte durch den Garten. Der Kranz über der Tür zeigte, dass hier gekeltert wurde. Ein herber Geruch nach frischen Äpfeln überlagerte alles. Uniformierte Kollegen befragten bereits Mitarbeiter. Ein knollennasiger Beamter unterbrach sein Gespräch und kam ihnen entgegen. „Ihr seid sicher vom K 11."

Logo bestätigte das mürrisch.

„Müller vom Neunten. Bin froh, dass ihr hier seid. Sowas sieht man nicht alle Tage. Ne zerstückelte Leiche in den Kelteräpfeln."

„In den Äpfeln?"

„Ja, mittendrin."

Logo blickte Sascha fragend an. „Ihr habt doch auch ein Apfelwein-Lokal. Kennst du dich mit Keltern aus?"

„Klar. Die Äpfel bekommen wir aus den Gärten der Nachbarschaft. Aber die Buchscheer ist viel größer. Hier dürften Tonnen an Äpfeln ankommen."

„Tonnen?"

„Ja, aus dem ganzen Umland. Deshalb schmeckt der Apfelwein immer ein bisschen anders. Je nachdem, welche Äpfel da reinkommen. Die kommen per Lastwagen, werden ausgeschüttet, zerkleinert und, laienhaft ausgedrückt, zerquetscht."

„Genau", schaltete sich Müller ein, „und beim Umschichten der Äpfel ist den Arbeitern eine blaue Tüte aufgefallen. Sie haben sie geöffnet und sind fast in Ohnmacht gefallen. Einer sitzt drinnen im Lokal und ist noch ganz blass um die Nase, der andere hat sich besser im Griff. Der Inhaber müsste auch gleich hier sein, den haben wir unterwegs beim Einkaufen erreicht."

„Ich will mir das angucken. Ist die Spusi schon da?"

Müller nickte und winkte sie nach hinten durch. Am Ende des Gartens befand sich eine durchsichtige Tür, durch die die Gäste beim Apfelweinmachen zuschauen konnten. Die Tür stand offen und gab den Blick auf das übliche Szenario eines

Leichenfundortes frei. Ein Fotograf lief am Rand des großen Raumes entlang und machte Fotos, zwei Mann von der Spurensicherung in Schutzoveralls warteten, bis er fertig war, und sahen sich um. Sie nickten Logo und Sascha zu. Den größten Teil des Raumes nahm ein riesiger Berg Äpfel ein. Aus ihnen schaute auf einer Seite ein blauer Müllsack hervor, der an einer Stelle aufgerissen war. Logo drehte sich zu Müller, der ihnen gefolgt war.

„Und der Prof?"

„Du meinst den Gerichtsmediziner? Die Zentrale hat durchgegeben, dass er auf dem Weg ist, aber es würde noch dauern. Hab das nicht ganz verstanden."

„Ich schon", meinte Logo missmutig. „Er hat keine Lust um diese Uhrzeit. Wahrscheinlich frühstückt er erst."

„Wohl kaum!", ertönte eine Stimme hinter ihnen. „Und wenn Sie mir nicht wie immer im Weg herumstehen würden, könnte ich schon längst an der Arbeit sein. Was ist eigentlich los mit Ihnen? Bin ich Ihnen keine ganzen Leichen mehr wert? Was soll das, mich wegen ein paar Teilen herumzuhetzen?" Ohne eine Antwort abzuwarten, drängte er sich an ihnen vorbei und kniete sich neben den Sack. Die Mitarbeiter der Spusi ignorierte er.

Logo verschlug es kurz die Sprache. Er schüttelte den Kopf. „Langsam müsste ich ihn ja kennen ..." Er raunte zu Jörg, der etwas verdattert aussah. „Einfach ignorieren."

„Ich ignoriere es auch das nächste Mal, wenn ihr mich anruft. Vor allem, wenn es sich nicht mal um eine ganze Leiche handelt. Das nächste Mal ruft ihr bestimmt wegen eines einzigen Fingers oder einer Fingerkuppe an. Wo kommen wir denn da hin?"

Logo ärgerte sich langsam. „Vielleicht schauen Sie mal in die Tüte? Bis jetzt wissen wir gar nicht, was drin ist."

„Was meinen Sie, was ich gerade mache? Aber wenn da eine ganze Leiche drin sein soll, muss es einer der sieben Zwerge sein!"

Er stocherte in der Tüte und schob den Inhalt, der am Herausquellen war, wieder hinein. Dann erweiterte er mit einem Skalpell vorsichtig die Öffnung. „Ein Kopf. Moment, da hängt noch ein Stück Oberkörper dran. Männlich, dunkelhaarig. Und das wars. Weiter auspacken werden wir ihn im Institut. Wenigstens mal ein Fund im gleichen Stadtteil wie die Gerichtsmedizin. So eine Rücksichtnahme ist man ja gar nicht gewöhnt." Er stand auf, drängte sich an ihnen vorbei und verschwand. Den Abtransport überließ er seinem Mitarbeiter, der gerade eintraf. Jetzt konnten auch die Mitarbeiter der Spurensicherung an die Arbeit gehen und fingen an vorsichtig den Apfelberg abzutragen.

Logo wandte sich an Müller. „Wollen wir reingehen und mit den Arbeitern sprechen? Vielleicht bekommen wir ja einen Kaffee."

Müller nickte und ging voran. Die Gaststube sah zu dieser frühen Stunde düster aus. Es fehlte die lärmende Geselligkeit, die allen Apfelweinwirtschaften zu eigen ist. Im Gegensatz zu anderen Lokalen saß man hier ohne Berührungsängste mit Wildfremden auf langen Bänken und rückte bereitwillig zusammen, wenn sich noch jemand dazu quetschen wollte. Am Ende des Abends hatte man oft neue Bekannte oder Freunde fürs Leben gefunden.

Jetzt jedoch herrschte gähnende Leere. Eine Putzfrau wischte zwischen den Tischen und zwei Männer in Blaumännern saßen zusammen mit einem Uniformierten an der Theke. Nach einem Blick auf einen kleinen Notizblock stellte Müller sie vor. „Bernhard Schindel und Robert Ballau. Beide helfen hier seit Jahren zur Kelterzeit aus."

Logo begrüßte die beiden, die einen etwas zittrigen Eindruck machten. Sehnsuchtsvoll blickte er hinter die Theke, sah jedoch keine Kaffeekanne. „Gut, erzählen sie mir einfach, was heute Morgen passiert ist. Beginnen sie mit Ihrer Ankunft hier."

Ballau, der Jüngere von beiden, blickte hilfesuchend Schindel an, der sich sichtlich zusammenriss. „Also ... wir waren beide um sieben Uhr hier. Ich sammel Robert immer am S-Bahnhof ein und wir fahren das letzte Stück zusammen. Als wir ankamen, sind wir gleich hinter zu den Äpfeln. Mittags kommen ja schon neue, da müssen die ruckzuck verarbeitet werden. Wir ham sie also reingeschippt in die Presse. Plötzlich hab ich was Blaues schimmern gesehn. Den Sack. Hätt ich gewusst, was drin ist, hätt ich ihn nich aufgerissen." Er sah aus, als würde ihm gleich schlecht werden.

„Nicht dran denken!", meinte Logo. „Woher kommen denn die Äpfel?"

„Weiß nich. Müssen Sie den Chef fragen. Wir schippen sie nur in die Maschine."

„Und wann sind die gekommen? Heute oder gestern?"

„Gestern Nachmittag. Da haben wir die Hälfte verarbeitet, heut wär der Rest drangekommen."

„Gut, wird wohl heute nichts werden."

„Wer will schon Ebbelwoi trinken aus Äppeln, wo so was drin war. Pfui Deibel!"

„Weiß doch keiner", bemerkte Ballau spontan. Alle blickten ihn entsetzt an. „Tschuldigung." Er guckte verlegen.

Müller schaute zur Tür. „Ah, da ist ja der Chef." Logo drehte sich um. Ein etwa fünfunddreißigjähriger, großgewachsener Mann kam durch den Gastraum auf sie zu.

„Was ist denn passiert?", fragte er ohne Begrüßung.

Müller schob sich nach vorne und erklärte die Lage. Dann stellte er Logo und Sascha vor.

„Ein Kopf? In meinen Äpfeln?"

„Bedauerlicherweise. Wo kamen die Äpfel denn her?"

Der Wirt trat hinter die Theke und nahm ein Buch aus einer Schublade. Er blätterte. „Hier, Hofheim. Von da bekommen wir oft Ware. Immer einwandfrei."

„Vielleicht war der Beutel nicht in der Lieferung, sondern jemand hat ihn erst hier in den Äpfeln versteckt."

Der Mann kratzte sich am Kopf. „Wüsste nicht wann. Die Äpfel kamen gestern. Abends war das Lokal voll und nachts kommt hier keiner rein."

„Kann niemand unbemerkt in den Kelterraum, wenn hier Gäste sind?"

„Man kann ja durchs Glasfenster reingucken. Das hätte jemand sehen müssen."

„Aber wäre das nicht aufgefallen, wenn er mit den Äpfeln gekommen wäre?"

„Eigentlich schon. Andererseits, die werden tonnenweise ausgekippt. Wenn er da mitgerutscht ist, quasi im Verborgenen." Er schüttelte den Kopf. „Makaber. Warum ausgerechnet in meinen Äpfeln? Ist ja widerlich. Die kann ich jetzt alle wegschütten."

„Tragisch", meinte Logo trocken. Sascha sah ihn überrascht an. Theobald fing sich. „Wissen Sie schon, wer das Opfer, also von wem der Kopf ...?"

„Leider nein. Geben Sie mir bitte die Adresse des Lieferanten. Ansonsten wär´s das erst mal. Später werden wir bestimmt noch mal mit Ihnen reden müssen."

Er winkte Sascha, nickte Müller zu und drehte sich auf dem Absatz um.

„Was ist dir denn für ne Laus über die Leber gelaufen?", meinte Sascha, als sie bereits draußen auf dem Bürgersteig waren.

„Da muss man zu nachtschlafender Zeit hier her und kriegt nicht mal nen Kaffee angeboten. Gibt's hier irgendwo einen McDoof?"

„Am Südbahnhof. Prima Idee! Da kann ich mir gleich Frühstück holen." Logo sah ihn entgeistert an. „Frühstück?"

„Warum nicht?", fragte Sascha erstaunt. Logo schüttelte verständnislos den Kopf.

„Logo, meinst du, ich könnte bei der Obduktion dabei sein?"

„Jetzt hör aber auf! Du mit deinen Leichen. Das ist ja krank!"

Sascha schwieg eingeschnappt.

Über die Mörfelder Landstraße fuhren sie quer durch Sachsenhausen zum Südbahnhof und parkten neben dem dort ansässigen Fitnessstudio.

Die Aussicht auf Essen hatte Sascha, der selten nachtragend war, bereits wieder versöhnt. „Ich spring rein und hol dir Kaffee. Dann bekommst du vielleicht bessere Laune. Und wirklich kein Frühstück für dich?"

Logos Blick reichte als Antwort.

Eine halbe Stunde später waren sie wieder im Präsidium. Logo mit Kaffee im Bauch, Sascha mit einem kompletten Frühstück inklusive Pommes.

Logo schaute zunächst, ob eine Vermisstenanzeige eingegangen war. Fehlanzeige.

Sascha blickte vom Monitor auf. „Den Main-Springer haben sie gefunden. Ist in Niederrad aufgetaucht, direkt vorm LichtLuftBad. Zum Glück ist nicht Hochsommer. Da wär die Liegewiese voll gewesen."

„Der war jetzt wie lange im Wasser?", erkundigte sich Logo.

„Drei Tage. Mittlerweile liegt auch eine Identifizierung vor. Ein Student von auswärts, deshalb hat ihn niemand vermisst."

Logo schüttelte den Kopf. „Wann lernen die das endlich, dass es meist tödlich ist, in den Main zu springen? Die unterschätzen sowohl Strömung als auch Temperatur."

„Und die Tiefe überschätzen sie!“

„Wir fahren jetzt zu dem Apfellieferanten.“ Logo blickte auf den Zettel. „Hofheim. Das scheint ein Streuobstverein zu sein. Was es alles gibt.“

„Die wollen die Streuobstwiesen und die Vielfalt der Apfelsorten erhalten.“

„Woher weißt du das schon wieder?“

„In den letzten Jahren sind einige Vereine gegründet worden, die sich um die Pflege der alten Streuobstwiesen im Rhein-Main-Gebiet kümmern. Es wurden sogar Lehrpfade angelegt, wo alte Sorten angebaut werden. Als Sohn eines Apfelweinlokal-Betreibers muss ich so was ja wohl wissen.“

„Ich hab so ne Ahnung, dass ich bei diesem Fall mehr über Äpfel lernen werde, als ich je wissen wollte. Dabei trink ich viel lieber Bier.“

„Langsam musst du dich mal umstellen. Lebst jetzt lang genug in Frankfurt!“

Logo schüttelte sich.

Sie fuhren aus Frankfurt heraus auf die A66 Richtung Wiesbaden. In Hofheim verließen sie die Autobahn und fanden nach kurzem Suchen den Seitenweg, der zu der weitläufigen Anlage führte. Im Hof parkten zwei große Lastwagen, deren Ladefläche hoch mit Äpfeln beladen war. Neben ihnen stand eine merkwürdige Maschine, auf die Sascha, kaum dass er ausgestiegen war, losstürzte. „Mensch, guck mal! Das muss eine dieser neuen Obstlesemaschinen sein. Die pflückt vollautomatisch.“ Er ging um sie herum. „Wie niedrig die ist. Die fährt unter den Bäumen entlang.“

„Ach was“, meinte Logo gelangweilt.

„250 Kilo gehen da drauf!“

Logo gähnte demonstrativ. „Lass uns zum Haus gehen.“

In der Tür erschien ein extrem dünner Mann in einem Anzug, der eher in ein Büro gepasst hätte als auf einen landwirtschaftlichen Hof. Zu Logos Überraschung trug er eine Fliege statt einer Krawatte. Er strahlte sie an. „Sie wünschen?“

Logo stellte sich und seinen Kollegen vor und sofort verblasste das Lächeln. „Polizei? Ich dachte, Sie interessieren sich für unsere Äpfel“, meinte der Mann enttäuscht.

„Auch, Herr ...?“

„Wenzel, Amadeus Wenzel. Ich bin für die Ausbildung der Fachleute für Obst- und Weinbau zuständig.“

Logo verstand nur Bahnhof und blickte Sascha hilfesuchend an. Der sprang in die Bresche. „Sie bilden hier auch aus? Wir interessieren uns für eine Lieferung Äpfel, die gestern den Hof verlassen hat und nach Frankfurt in die Buchscheer geliefert wurde. Können Sie dazu was sagen?“

„Moment.“ Er drehte sich um und rief nach hinten. „Friedrich, kommst du bitte mal?“ Zu Sascha und Logo meinte er. „Ist gerade Frühstückszeit. Ah, Friedrich, du hast doch gestern die Äpfel für Frankfurt verladen, oder?“

Der breitschultrige junge Mann nickte. „In die Buchscheer. Warum? Was nich in Ordnung damit?“

Logo erklärte. „In den Äpfeln wurde etwas gefunden und wir versuchen jetzt herauszubekommen, wo es hineingelangt ist.“

„Etwas gefunden? Was denn?“

„Eine Tüte. Ein großer Müllbeutel, etwa halb voll. Der Inhalt tut nichts zur Sache.“

Friedrich kratzte sich am Kopf und steckte die Hände dann in die Taschen seiner grünen Arbeitshose. „Hier war noch keine Tüte in den Äpfeln. Muss wohl in der Buchscheer reingekommen sein.“

„Könnten wir mal sehen, wo die Äpfel vorher lagern und wie sie verladen werden?“

Wenzel nickte Friedrich zu. „Das geht in Ordnung. Zeig den Herren alles.“

Zusammen gingen sie hinaus und ums Haus herum. In einem großen Unterstand war ein riesiger Berg Äpfel aufgeschichtet. Friedrich wies mit dem Kinn darauf. „Die sind heut reingekommen. Im Laufe des Tages werden sie über das Laufband da auf die Lastwagen verladen. Zwei volle LKWs stehen schon vorne und fahren gleich los. Beim Aufladen hätte man so eine Tüte sehen müssen."

Logo nickte. „Dann können wir das ausschließen. Und die Angestellten, die die Äpfel ausfahren? Arbeiten die schon lange hier?"

Wenzel fragte dazwischen. „Buchscheer? Waren das nicht Brunn und Gonzales?"

Friedrich bejahte. „Brunn arbeitet schon ein paar Jahre hier und Gonzales gehört zu den Studenten, die hier die praktische Ausbildung machen. Sind beide momentan unterwegs."

Logo wandte sich ab. „Gut. Danke einstweilen. Wir melden uns, wenn wir Sie nochmal sprechen wollen. Schönen Tag noch."

Sie liefen ans Auto und stiegen ein. Logo schüttelte sich. „Bah, was ein Geruch. Und die Wespen."

„Denen schmecken die Äppel."

„Die sind bestimmt total sauer."

„Klar, müssen sie auch sein für Äppelwein."

„Ach, verdammt. Wenn wir schon ne Leiche finden, warum nicht in nem Bierfass?"

„Und so was will Frankfurter sein. Hast du eine Laune! Sei doch froh, dass es heut nicht regnet." Logo verzichtete auf einen Kommentar, schwang sich in den Wagen und startete.

Zurück im Büro griff er nach dem Telefon. „Ich ruf mal in der Gerichtsmedizin an. Die müssen doch schon irgendwas haben. Dass man da immer drängeln muss!"

„Mutig", bemerkte Sascha trocken.

Logo ignorierte ihn und fragte sich durch, bis er einen Mitarbeiter des Profs am Telefon hatte. Kurz angebunden fragte er nach Ergebnissen.

„Wir haben die Fingerabdrücke von der Hand. Hat etwas gedauert, weil die Haut aufgeweicht und schrumpelig war. Wir mussten die Fingerkuppen erst fixieren und mit Injektionen konservieren."

„Jaja", unterbrach ihn Logo. „Nur Ergebnisse bitte."

Nach einem Moment Stille sprach der Wissenschaftler in verstimmtem Tonfall weiter. „Die Hand dürfte einem Mann zwischen dreißig und fünfzig gehören. Die Fingerabdrücke schicke ich euch gerade rüber. Ansonsten war noch der rechte Arm im Beutel. Muskulös, wenig behaart. Haarfarbe dunkelbraun. Mehr gibt er nicht her. Der Fund von heute Morgen dürfte mehr bringen. Es handelt sich um den Kopf eines Mannes, das Alter passt zu den Funden von gestern. Dunkelhaarig und blauäugig. Die Zähne sind vorhanden, sobald er geröntgt ist, kriegt ihr die Bilder mit dem Zahnstatus. Und der halbe Oberkörper war drin. Ziemlich behaart und auch muskulös. Todeszeitpunkt Montagabend, genauer geht's nicht. DNA folgt."

Logos Laune besserte sich schlagartig. „Danke, das ist eine ganze Menge!" Doch der Mann hatte schon aufgelegt.
„Wieder ein Freund fürs Leben", meinte Sascha.

Logo ignorierte ihn. „Damit können wir was anfangen. Schau mal, ob die Abdrücke da sind und lass sie durch AFIS laufen. Und dann geh ich Mittagessen."

## Las Vegas

Jennys Reisegruppe befand sich auf der Fahrt in Richtung Las Vegas. Die üblichen Witzeleien setzten ein, wer dort wie und wen heiraten würde. Markus bot an, alles zu organisieren und blickte Mandy fragend an, die flammend rot wurde. Kevin küsste sie auf die Wange und meinte: „Gar keine schlechte Idee."

Aha, dachte Jenny, da hat´s gefunkt. Verständlich, waren die beiden doch die Jüngsten der Gruppe und passten gut zusammen. Irmtraud und Johann hatten sich heute Morgen wenig zu sagen, Walli las in einem Krimi und Wolfgang sah aus, als hätte er Kopfschmerzen.

In der Mojave-Wüste legten sie einen Zwischenstopp ein. Neben dem fantastischen Panorama beeindruckte Jenny vor allem die vollkommene Stille. Sie sonderte sich von der Gruppe ab und genoss einen Moment die Einsamkeit und Großartigkeit der Landschaft.

Gegen Abend kamen sie in Las Vegas an und checkten im Themen-Hotel Excalibur ein. Das etwas in die Jahre gekommene Hotel war im Stil einer mittelalterlichen Burg errichtet worden. Das Thema zog sich wie ein roter Faden durch Einrichtung und Angebot. Selbst ein König Arthur-Dinner mit Ritterkämpfen war buchbar.

Den Abend hatten alle zur freien Verfügung. Jenny lehnte den Vorschlag ab, gemeinsam zu Abend zu essen. Sie ging auf ihr luxuriös eingerichtetes Zimmer und duschte lange. Danach legte sie sich eine halbe Stunde aufs Bett und döste vor sich hin. Es war schon nach neunzehn Uhr, als sie sich aufraffte, schminkte, schick anzog und das Hotel verließ. Heute wollte sie allein losziehen. Auf dem Strip gab es etliche Vorführungen und sie hatte vor, die eine Seite hoch und auf der anderen Seite zurück zu bummeln. Langsam lief sie am Treasure Islands Hotel vorbei. In zehn Minuten sollte hier die tägliche Wassershow beginnen, bei der nach einem aufregenden Kampf ein komplettes Piratenschiff versenkt wurde.

Ein Stück weiter passierte sie einen künstlichen Vulkanausbruch vor dem Mirage Hotel.

Tausende von Touristen hatten die gleiche Idee wie sie. Die Bürgersteige waren überfüllt, vor den einzelnen Attraktionen drängten sich Menschenmassen.

An einer Straßenkreuzung, inmitten des Gewühls, wartete Jenny, dass die Ampel auf Grün schaltete. Und da passierte es. Ein Lastwagen näherte sich dem Randstein. Plötzlich wurde sie nach vorne geschubst, verlor den Halt und stolperte auf die Fahrbahn. Während sie versuchte das Gleichgewicht wieder zu finden, blickte sie hoch und sah den Lastwagen direkt vor sich. Panisch erstarrte sie. Eine Hand griff ihren Arm und zerrte sie unsanft zurück.

„Alles okay?“, fragte eine helle Stimme. Jenny war etwas zittrig. Sie blickte dankbar in das Gesicht eines Teenagers mit Baseball Cap. „Ja, nichts passiert.“ Die Ampel hatte umgeschaltet und die Menge um sie herum hatte sich aufgelöst. Die meisten hatten gar nicht mitbekommen, was passiert war.

„Ganz schön knapp“, meinte ihr Retter. „Passen Sie in Zukunft besser auf.“ Noch immer zittrig und mit klopfendem Herzen nickte sie. „Danke nochmal.“

Er tippte sich an die Mütze und lief los. Jenny steuerte das nächste Schnellrestaurant an und holte sich eine Cola. Sie hatte definitiv einen Stoß bekommen! Unsicher sah sie sich um. Niemand kam ihr bekannt vor. Wer aber hatte sie auf die Straße geschubst? Und warum? Die Lust auf weitere Erkundungen war ihr vergangen.

Sie lief zurück ins Hotel und sah sich dabei immer wieder um. So hatte sie sich ihren Urlaub nicht vorgestellt. Wem sollte sie davon erzählen? Markus? Er würde sicherlich denken, sie wolle sich wichtigmachen. Ob sie in Deutschland anrufen sollte? Aber was sollte sie sagen? Jemand hat mich auf die Straße geschubst, ohne dass etwas passiert ist? Hörte sich lächerlich an.

Im Hotel schlich sie auf ihr Zimmer, damit sie niemand bemerkte, legte sich ins Bett und griff zur Ablenkung einen Roman. Aber immer wieder kehrten ihre Gedanken zu dem Vorfall zurück. Irgendwann gab sie auf, löschte das Licht und schlief lange nicht ein.

## Las Vegas

Im hellen Morgenlicht sah die Sache schon anders aus. Jenny stand früh auf und duschte lange. Als sie ihr Zimmer verließ, trat Johann gerade aus einer Tür am anderen Ende des langen Flurs, dicht gefolgt von Irmtraud. Entgeistert trat Jenny zurück ins Zimmer und wartete einen Moment. Sie wollte die beiden nicht in Verlegenheit bringen. Johann und die brave Irmtraud? Oder interpretierte sie hier etwas falsch?

Kurz darauf war die Luft rein und sie fuhr im Aufzug nach unten.

Die Gruppe frühstückte in einem nahe gelegenen Café. Alle erzählten müde, aber aufgekratzt, vom Abend vorher.

Wolfgang hatte einen Dollar in den einarmigen Banditen gesteckt und zehn herausbekommen. Er selbst war am meisten davon überrascht.

Kevin und Mandy schwärmten vom Venezia Hotel, in dem sie Gondel gefahren waren.

Johann prahlte mit seinem Können am Spieltisch, lenkte aber ab, als konkrete Fragen nach seinem Gewinn kamen.

Walli und Irmtraud hielten sich bedeckt und antworteten nur ausweichend auf Fragen.

Johann und Irmtraud wahrten betont Abstand zueinander. Hätte Jenny die beiden nicht gesehen ...

Als sie gegen zehn Uhr losfuhren, brannte die Sonne erbarmungslos und sie waren froh das Wüstengebiet bald zu verlassen.

Gegen Mittag erreichten sie ihr heutiges Tagesziel, den Lake Powell, ein riesiger Stausee, dessen kahle sandfarbene Ufer steil emporragten. Es war warm genug, um am Strand zu liegen und zu schwimmen. Alle genossen die Entspannung, nur Irmtraud mochte sich weder sonnen noch ins Wasser gehen. Sie machte stattdessen einen Spaziergang. Zu Jennys Überraschung schien Johann sie nicht begleiten zu wollen. Sie verwarf den Gedanken. Passte auch gar nicht. Die spießige Irmtraud, die kaum eine Miene verzog und der Möchtegern-Lebemann Johann. Nachmittags checkten sie in einem charmanten Hotel in der kleinen Stadt Page ein. Im begrünten Innenhof lockte ein Jacuzzi, doch das Tagesprogramm war noch nicht zu Ende. Pflichtprogramm jedes Lake Powell-Touristen war eine Dinner Cruise, eine Bootsfahrt auf dem See bei untergehender Sonne, mehrgängiges Abendessen inklusive. Bei Steak und Ofenkartoffel sahen sie fasziniert zu, wie die Sonne sank und die Seeufer in den großartigsten Farben leuchten ließ.

Nach dem Essen unternahmen die meisten einen kleinen Verdauungsspaziergang auf den Decks. Das Boot war halb leer und Jenny war allein auf ihrer Seite. Auf dem See war es inzwischen stockdunkel. An der Reling entlang suchte sie vorsichtig nach einer Stelle, wo aus den Innenräumen kein Licht hinkam, um die überwältigende Sternenmenge richtig genießen zu können. Je mehr sie sich von den Fenstern entfernte, desto dunkler wurde es. Sie sah kaum noch, wo sie hintrat.

Irgendjemand lief nahe an ihr vorbei, sah sie aber offensichtlich nicht. Jenny meinte, Johanns Rasierwasser zu riechen. Irgendwo kicherte leise eine Frau. Das Motorgeräusch überdeckte die meisten anderen Laute.

Hier war es zwar dunkel, die Sterne konnte sie jedoch nicht erkennen, weil eine Art Vorbau über ihr hervorragte. Sie tastete mit der Hand weiter, doch plötzlich fühlte sie keine Reling mehr. War das die Stelle, wo sie zugestiegen waren? Dann müsste doch zumindest eine Kette hängen. Aber sie griff ins Leere.

Und plötzlich erhielt sie einen Stoß in den Rücken und kippte nach vorne. Sie ruderte erschrocken mit den Armen in der Luft, fand jedoch nichts, an dem sie sich festhalten konnte.

Mit einem Klatschen tauchte sie in den See, der ihr jetzt eiskalt vorkam, und schluckte Wasser. Hustend tauchte sie auf. Instinktiv schwamm sie ein paar Züge vom Schiff weg, um nicht in die Schraube zu kommen, und fing an zu schreien.

Niemand hörte sie. Das Boot setzte unaufhaltsam seinen Weg fort und war kurz darauf schon weit weg.

Was sollte sie jetzt machen? Offensichtlich hatte niemand gesehen, wie sie über Bord gegangen war. Aber wer hatte sie angerempelt? Hatte derjenige nicht bemerkt, dass sie ins Wasser gefallen war?

Panisch blickte sie sich um. Sie begann, hinter dem Boot herzuschwimmen. Noch sah sie seine Lichter, aber bald würde es völlig dunkel sein. Was dann? Sie würde sich nicht mehr orientieren können.

Die anderen mussten doch bald merken, dass sie nicht mehr da war und nach ihr suchen. Ihr war mittlerweile eiskalt. Sollte sie ihre Jacke ausziehen, um besser schwimmen zu können? Oder wäre ihr dann noch kälter?

Ihr Herz raste. Verzweifelt drehte sie sich im Kreis. Um sie herum waren nur Stille und Schwärze. Sie hatte keine Ahnung, ob sie in die richtige Richtung schwamm. Wie weit war sie vom Ufer entfernt? Wo war es am nächsten? Wie lange war sie schon im Wasser? Minuten? Eine Stunde? Sie hatte kein Zeitgefühl mehr.

Die Panik drohte sie zu überwältigen. Sollte das hier das Ende sein? Erinnerungen schossen durch ihren Kopf. Logo, Sascha ... und Biederkopf ... würde sie sie nie wieder sehen? Trauer überkam sie ... und Wut. Sie musste in Bewegung bleiben!

Es wurde immer kälter. Ihre Zähne klapperten und sie schluckte immer mehr Wasser. Sie hatte kein Gefühl mehr in den Füßen. Ein Krampf im Oberschenkel ließ sie aufstöhnen.

„Reiß dich zusammen!“, zischte sie durch zusammengebissene Zähne. „Schwimm weiter!“

Doch ihre Kraft schwand. Sie merkte, wie ihre Bewegungen immer langsamer wurden. Auch ihr Denken verlangsamte sich. Sie trieb in der Schwärze und verlor langsam die Besinnung ...

## Freitag, Frankfurt

Der Tierpfleger Willibald Krummholz war an diesem Morgen früh im Frankfurter Zoo eingetroffen. Seit über dreißig Jahren arbeitete er hier. Angefangen hatte er als Hilfskraft in der Affenanlage, dann hatte er sich hochgedient, bis er heute, mit fast sechzig Jahren, Cheftierpfleger der Raubkatzen war.

Die Morgenstunden waren ihm die liebsten. Es war noch kühl und der Besucheransturm hatte noch nicht eingesetzt. Um diese Uhrzeit hatte er „seine“ Tiger noch für sich. Später würden sich wieder Schlangen vor dem Gehege bilden. Besonders seit die Tigerin Malea Junge bekommen hatte, waren die Tiere Touristenattraktion und Publikumsmagnet.

Er lief am Gehege vorbei und blickte im Vorbeigehen hinein. Hatten die Tiger noch vor wenigen Jahrzehnten in engen Käfigen gelebt, bewohnten sie heute ein großes, ihrem natürlichen Lebensraum entsprechend gestaltetes Habitat. Ein Teil davon war mit einem Glasfenster abgegrenzt, sodass die Besucher die Tiere direkt und ohne Gitterstäbe anschauen konnten. Der restliche Teil der Anlage war durch einen breiten Graben vom Gehweg abgeteilt. Manchmal, wenn sie sich im Gebüsch versteckten, konnte man das Tigerpärchen gar nicht entdecken. Heute jedoch waren die beiden ungewöhnlich aktiv und spielten vorne am Graben. Stirnrunzelnd trat Willibald näher, konnte jedoch nicht erkennen, was für die beiden so interessant war. Er lief weiter ins Gebäude, bereitete die Fütterung vor und lockte die Tiger hinein. Sehr zögerlich kamen sie, obwohl sie wussten, dass eine Mahlzeit auf sie wartete. Als sie im Innenbereich waren, schloss Willibald von außen die Schiebetür, schnappte sich Eimer und Schippe und ging daran, das Gehege zu reinigen. Vorher wollte er jedoch nachsehen, was die Tiger so beschäftigt hatte. Manchmal flogen Vögel zu tief. Oder er fand einen Regenschirm oder einen Hut im Gebüsch, alles schon vorgekommen. Nicht wenige Zootiere starben an Gegenständen, die verantwortungslose Besucher über die Absperrungen warfen.

Er näherte sich der Stelle, an der die Tiger gescharrt hatten. Etwas Weißes lag da. Rot konnte er auch erkennen. Vorsichtig griff er danach und wischte mit der anderen Hand das anhängende Laub ab. Er riss die Augen auf, schrie erschrocken und ließ das Ding fallen. Bleich sank er auf die Knie und atmete schwer. Mühsam versuchte er ein Würgen zu unterdrücken. Jetzt wünschte er sich so ein neumodisches Ding, ein Handy. Stattdessen rappelte er sich hoch, verließ das Gelände durch das Gebäude und schwang sich auf ein Fahrrad, das an der Außenwand lehnte.

Fünf Minuten später stürzte er ins Büro der Zooverwaltung und keuchte. „Polizei, wir müssen die Polizei anrufen!" Die Sekretärin starrte ihn entsetzt an. „Warum?"

„Im Tigergehege liegt ein Fuß!" Mit diesen Worten fiel er in Ohnmacht.

## Lake Powell

Eine eiskalte Welle schwappte in Jennys Gesicht. Sie zwang sich dazu, die Augen zu öffnen. Da, war das ein Licht? Es näherte sich langsam. Die Hoffnung gab ihr nochmal Kraft und sie schrie wie verrückt. Mit letzter Kraft hob sie die Hand und winkte, obwohl niemand sie in der Dunkelheit sehen konnte. Das Licht stellte sich als Scheinwerfer heraus, der über das Wasser schwenkte. Eine Ewigkeit später glitt er endlich über sie. Sie winkte und rief wie besessen. Erst wanderte das Licht weiter, dann kam es jedoch zurück und erfasste sie. Rufe ertönten. Das Boot kam näher und Menschen beugten sich über die Reling. Ein Rettungsring wurde ihr zugeworfen, doch sie vermochte kaum danach zu greifen.

Es war nicht ihr Ausflugsboot, sondern ein kleines schnelles Boot der Wasserrettung. Zu ihrem Glück war die Ausflugs-Fahrt fast zu Ende gewesen, als sie ins Wasser stürzte. Beim Anlegen stellte man fest, dass sie nicht an Bord war und verständigte umgehend die Wasserrettung. Mehrere Boote machten sich auf die Suche nach ihr. Trotzdem war sie insgesamt fast eine Stunde im See getrieben. Die Männer halfen ihr an Bord, gaben ihr trockene Kleidung und etwas Warmes zu trinken. Nur mit ihrer Hilfe konnte sie auf eigenen Füßen stehen.

Zehn Minuten später legten sie an. Markus stand am Steg und rang buchstäblich die Hände. „Jenny, meine Güte, ich hab mir solche Sorgen gemacht. Was ist denn bloß passiert?“

Ein uniformierter Mann trat dazwischen. „Ich glaube, die Dame muss erst einmal ins Krankenhaus.“

Jenny wandte sich ihm zu. „Bitte nicht. Ich fühl mich gut. Bringen Sie mich ins Hotel.“

Er blickte besorgt. „Das geht nicht. Schon aus versicherungstechnischen Gründen. Sie müssen sich wenigstens untersuchen lassen.“

Sie nickte ergeben. „Wenn´s sein muss."

Markus kam mit. „Ich hab dich beim Essen noch gesehen, aber dann warst du plötzlich weg und kamst nicht wieder."

„Ich weiß auch nicht. Ich hab an der Reling gestanden. Nur irgendwie war da an einer Stelle keine Reling. Und es war absolut dunkel. Dann hab ich plötzlich einen Stoß bekommen."

„Einen Stoß? Du meinst, absichtlich?" Er klang ungläubig. Sie rieb sich die Stirn. Ihr war immer noch schwindelig und in ihrem Kopf herrschte Durcheinander. „Schwer zu sagen. Könnte auch sein, dass mich jemand versehentlich angerempelt hat. Aber warum hat er mir dann nicht geholfen?"

„Vielleicht hat derjenige gar nicht mitbekommen, dass du ins Wasser gefallen bist."

Jenny nickte. „Vielleicht ein Betrunkener. Warum sollte mich jemand absichtlich schubsen?" Sie dachte an den Brief. Aber der wurde ihr doch in Deutschland in den Koffer geschmuggelt. Oder nicht?

„Auf jeden Fall muss geklärt werden, wie das geschehen konnte.", empörte sich Markus. „Das Boot muss sicher sein. Sowas darf nie wieder vorkommen."

Sie nickte nur. Und war unglaublich müde.

Markus schaute sie unsicher an. „Kannst du morgen mitfahren? Oder willst du dich erst mal erholen?"

Sie schüttelte entschieden den Kopf. „Natürlich fahre ich mit. Ich hoffe nur, das dauert nicht zu lange im Krankenhaus. Ich bin so müde."

„Wir fahren später los", versprach Markus. „Das verstehen alle, wenn wir den einen oder anderen Programmpunkt kürzen oder ausfallen lassen." Sie nickte dankbar.

Im Krankenhaus kam sie unerwartet schnell an die Reihe. Eine offensichtlich überarbeitete Ärztin untersuchte sie kurz und gab das Okay für die Weiterreise.

Markus hatte im Wartezimmer ausgeharrt und brachte sie zurück ins Hotel. An der Bar saßen Johann und Kevin und erwarteten sie. Beide standen auf und kamen ihnen entgegen. Der ruhige Kevin ergriff zuerst das Wort. „Jenny, was machst du für Sachen? Alles in Ordnung mit dir?"

Sie nickte. „Ich bin nur unheimlich müde. Ich geh gleich auf mein Zimmer."

Sie verabschiedete sich von den drei Männern und lief durch den Innenhof. Als sie sich umdrehte, sah sie Walli ins Hotel kommen. Ganz entgegen ihrer sonstigen Gewohnheiten machte sie einen Bogen, wie um nicht von den anderen Mitgliedern der Reisegruppe gesehen zu werden und verschwand Richtung Seitentrakt, wo ihr Zimmer lag. Stirnrunzelnd ging Jenny weiter. Egal. Sie hatte andere Sorgen. Immer wieder ging ihr der Moment, als sie ins Wasser gestoßen wurde, durch den Kopf. Konnte es wirklich sein, dass jemand sie absichtlich gestoßen hatte? Sie war zu müde, um klar zu denken, und fiel einfach nur ins Bett.

Die Erschöpfung sorgte dafür, dass sie sofort einschlief. Dass sich um vier Uhr früh der Griff ihrer Zimmertür drehte, merkte sie nicht. Erst gegen Morgen erwachte sie, lag noch einige Zeit im Bett und grübelte.

Beim Frühstück musste Jenny noch einmal erzählen, was am Abend zuvor geschehen war. Alle drückten ihr Mitgefühl aus. Niemand konnte sich vorstellen, wie das passieren konnte und natürlich war niemand zu der entsprechenden Zeit auf Deck gewesen.

Nach dem Frühstück nahm Jenny Markus zur Seite. „Ich hab nachgedacht. Es gibt ein paar Dinge, die du nicht weißt. Ich habe Drohungen erhalten. Eine sogar hier in Amerika. Wenn ich das ins Gesamtbild mit dem Vorfall von gestern Abend setze, ist es doch zumindest wahrscheinlich, dass mein Sturz kein Unfall war."

Markus war entsetzt. „Aber die Polizei ..."

„Die Polizei weiß nicht, dass ich bedroht worden bin. Ich muss dir noch etwas sagen: In Vegas wäre ich fast vor ein Auto gestoßen worden. Ich habs damals auf das Gedränge geschoben, aber jetzt im Nachhinein erscheint das ganz anders. Auch das hab ich der Polizei nicht erzählt. Gestern im ersten Durcheinander dachte ich auch noch an einen Unfall. Naja, wahrscheinlich hab ich es eher gehofft. Aber jetzt, wo ich in Ruhe nachdenken konnte ... Ich bin sicher, jemand hat mich absichtlich gestoßen"

„Ich ruf die Polizei, warte!"

„Kannst du mich hinfahren? Sie werden eine Menge Fragen haben. Hoffentlich halten sie mich nicht zu lange auf. Und bitte, besorg mir einen Flug nach Hause. Wenn das geht?"

„Von Vegas aus dürfte das kein Problem sein."

Den Rest des Tages verbrachte Jenny auf dem Polizeirevier von Page. Zunächst begegnete man ihrem Verdacht mit Skepsis. Als sie sich jedoch als Polizeibeamtin auswies und von den Briefen erzählte, nahm man sie schnell ernst. Das Boot wurde untersucht, die Besatzung nochmals vernommen und auch die Mitglieder der Reisegruppe wurden befragt und ihre Personalien überprüft. Dann ließ man sie weiterfahren.

Jenny wurde erlaubt, das Land zu verlassen und Markus buchte ihr wie versprochen einen Flug für den nächsten Tag. Sie übernachtete noch einmal im gleichen Hotel und fuhr morgens mit einem Mietwagen nach Vegas zurück.

Kurz vor dem Abflug am Montagnachmittag erreichte sie ein Anruf der Polizei von Page. Die Aussage zweier Besatzungsmitglieder des Ausflugs-Bootes bewies ohne Zweifel, dass die Reling eine halbe Stunde vor dem Unfall ordnungsgemäß geschlossen und gesichert worden war.

Jemand hatte sie im Schutz der Dunkelheit geöffnet und so die Falle präpariert, in die Jenny getappt war. Was Jenny im Inneren schon wusste, aber immer noch nicht recht wahr haben wollte: Jemand hatte ihr nach dem Leben getrachtet. Nur günstigen Umständen war es zu verdanken, dass er keinen Erfolg gehabt hatte.

Unruhig tigere ich im Wohnzimmer

auf und ab.

Hin ... her.

Hin ... her.

So lange musste ich mein wahres

Ich verbergen.

Tun, als wäre ich wie alle anderen.

Immer derselbe Trott, tagaus tagein.

Und nachts die Träume.

Alles wird sich ändern.

Bald ...

**Freitag, Frankfurt**

Logo und Sascha trafen eine halbe Stunde nach der Meldung des Fundes im Zoo ein. Es hatte sich mittlerweile herumgesprochen, dass sie den Fall mit den Leichenteilen bearbeiteten. Der Kollege vom zuständigen 5. Revier hatte ihnen lapidar mitgeteilt: „Noch´n Teil für euer Puzzle."

Tatsächlich handelte es sich um mehr als eins. Als die Spurensicherung eintraf und das Gelände absuchte, tauchten die Reste eines Oberschenkels und eines kompletten Beins auf. Das Bein war fein säuberlich abgenagt. Den Oberschenkel hatten die Tiger für später verbuddelt. Alle Spuren, die eventuell vorhanden gewesen waren, hatten die Tiere zerstört. Der Prof bemühte sich gar nicht erst, er ließ ausrichten, man möge ihm „das Zeugs" vorbeibringen.

Logo und Sascha standen vor dem Gehege und sahen sich um. „Ob das einer reingeworfen hat?", überlegte Logo. Sascha kniff die Augen zusammen. „Könnte gehen. So weit ist das nicht."

„Jedenfalls wahrscheinlicher, als dass jemand zu den Tigern rein gegangen ist. Aber hätte das nicht jemand sehen müssen?"

„Nicht unbedingt. Warst du schon mal abends hier? Ist meistens völlig leer. Nur ein paar Besucher des Exotariums sind noch unterwegs. Das hat länger auf als der eigentliche Zoo. Man könnte unbemerkt abbiegen und hierher kommen. Das bekommt keiner mit, wenn man hier was auspackt und da rüber wirft."

„Wir sollten unbedingt die Mülleimer in der Umgebung absuchen. Falls derjenige die Tüte weggeworfen hat."

Sascha nickte. „Ich geb´s gleich in Auftrag. Ist die Leiche jetzt eigentlich komplett?"

Logo zählte an den Fingern ab. „Kopf, Torso, eine Hand, zwei Beine, zwei Füße, ein Arm. Fehlen noch der andere Arm und eine Hand. Vorausgesetzt, das stammt alles von ein und demselben."

Sascha starrte ihn ungläubig an. „Erwartest du Teile von mehreren Toten?"

„Alles möglich", meinte Logo trocken. „Lass uns zurückfahren. Ich bin auf das Ergebnis des Fingerabdruckabgleichs gespannt."

Im Präsidium fanden sie die Berichte der Spusi und der Gerichtsmedizin vor. Lange konnte der Tote nicht im Wasser gelegen haben. Der Prof schätzte die Liegedauer vorläufig auf einen bis höchstens drei Tage, Montagabend konnte also hinkommen. Die Fingerabdrücke waren nicht in der Datenbank und auch sonst gab es keinen neuen Hinweis auf die Identität des Opfers.

Logo legte die Akte hin. „Ich geh zu Biederkopf. Wir brauchen unbedingt mehr Leute, um den Zoo abzusuchen und die Angestellten zu befragen. Vielleicht hat der Täter ein Taxi von oder zum Zoo genommen oder einen Strafzettel in der Nähe kassiert. Kümmer dich drum. Leider haben wir noch kein Foto des Toten, das Gesicht ist durch die Zeit im Wasser zu aufgequollen. Die Technik versucht es mithilfe einer speziellen Software zu rekonstruieren. Ich frage mich, wieso der nicht in den Vermisstenmeldungen auftaucht."

„Vielleicht vermisst ihn noch keiner. Wenn er hier Urlaub macht oder auf Geschäftsreise ist ..."

Logo ignorierte ihn. „Ich frag mich außerdem, wo der Zusammenhang zwischen den Fundorten ist. Ein Apfelwein-Lokal in Sachsenhausen, der Main und der Zoo."

„Wir wissen nicht, wo die Teile in den Main geworfen wurden."

Logo seufzte. „Wird Zeit, dass Jenny wiederkommt."

Etwa eine Stunde später kam ein Kollege herein und wedelte mit einem Umschlag. „Hier, euer Portrait. Ist ganz gut geworden, etwa so müsste er aussehen. Ich hab´s auch gleich auf CD gebrannt."

Logo nahm den Umschlag und zog es heraus. „Sieht wie ein Geschäftsmann aus. Korrekter Haarschnitt. Glatt rasiert." Sascha beugte sich über seine Schulter. „Kommt mir irgendwie bekannt vor."

„Dann überleg schleunigst, woher."

„Kann mich auch irren."

„Sehr hilfreich." Logo schüttelte den Kopf. „Kopier das und gib es weiter an die Kollegen. Sie sollen es jedem zeigen, der mit dem Fall in Zusammenhang steht. Biederkopf setzt es in Facebook auf die Fahndungsseite. Das geht am schnellsten."

Er sollte recht haben. Es dauerte weniger als zwei Stunden, bis die ersten Hinweise eintrafen.

Logos Telefon klingelte. Er schnappte sich den Hörer und meldete sich.

Eine aufgeregte Stimme erklang. „Moin. Ich kenne den Mann in Facebook!"

„Mit wem spreche ich?"

„Neuberger, Frankfurter Wochenblatt. Hab erst vor ein paar Monaten ein Foto von ihm gemacht."

„Und um wen handelt es sich?"

„Ammerland heißt er und ist Mitarbeiter einer Firma Frosti. Es ging damals um den Grüne Soße-Prozess."

„Was für ein Prozess?"

„Ich schicke Ihnen den Artikel per Email. Dann können Sie sich einlesen."

„Gut, vielen dank."

Sascha kam ein paar Minuten später die Tür herein, beladen mit Essen aus der Kantine. Logo schaute von seinem PC auf. „Hast dich nicht geirrt. Möglich, dass du das Opfer in der Zeitung gesehen hast."

„Das gibt's nicht. In welchem Zusammenhang?"

„Ich werd noch nicht ganz schlau aus dem Artikel. Was soll das sein, ein Grüne-Soße-Prozess?"

„Gehört der zu dieser Tiefkühlfirma? Ich wusste, ich hab ihn schon gesehen."

„Keine Ahnung, wovon du sprichst."

„Grüne Soße kennst du doch, oder?"

„Klar, das ist das grüne Zeug, das es hier überall mit Eiern oder Rindfleisch gibt."

„Genau. Grüne Soße wird traditionell aus sieben Kräutern hergestellt, die im Raum Frankfurt vor allem in den Oberräder Gärtnereien angebaut werden. Jetzt hat eine Firma in Ostdeutschland tiefgefrorene Kräuter unter der gleichen Bezeichnung auf den Markt gebracht. Die kommen aber nicht von hier. Und darum gibt's einen Prozess. Die Frankfurter Gärtner haben in erster Instanz gewonnen. War groß in der Zeitung."

„Sowas les ich nicht. Unser Toter, Alfred Ammerland heißt er übrigens, arbeitet tatsächlich für diese Firma. Dann war er wohl geschäftlich hier. Such die Adresse der Firma raus. Ich kümmere mich drum, ob er Angehörige hat, die ihn identifizieren können."

Eine Stunde später hatten sie alle Informationen beisammen. Der Firmensitz befand sich in Brandenburg, in der Nähe von Cottbus. Alfred Ammerland hatte eine Frau und zwei halbwüchsige Kinder. Die Kollegen vor Ort waren schon unterwegs, um ihnen die traurige Nachricht zu überbringen.

Logo telefonierte mit der Firma und fragte sich zu Ammerlands Vorgesetztem durch. Nach kurzer Zeit warf er wütend den Hörer auf den Tisch. „Die stellen sich quer. Keine Auskunft am Telefon. Es handelt sich hier, ich zitiere, um eine höchste sensible Angelegenheit. Die spinnen wohl. Schließlich geht es um Mord. Was soll denn an Grüner Soße sensibel sein?"

Sascha legte den Kopf schief. „Vielleicht bist du dir der Tragweite dieser Sache nicht ganz bewusst. Hier geht's um ein Riesengeschäft. Was aber noch wichtiger ist: Hier geht's um die Ehre Frankfurts! Außerdem fahr ich gerne mal in den Osten. Da war ich noch nie."

„Ich fahr doch nicht durch halb Deutschland, weil die nicht am Telefon mit mir reden wollen."

Sascha schaute ihn irritiert an. „Werden wir wohl müssen, oder? Um sie herzubestellen, haben wir zu wenig. Vielleicht liegt da irgendwo das Motiv? Haben sie dir wenigstens gesagt, wen er hier besuchen wollte und wo er abgestiegen ist?"

„Kein Wort."

„Siehst du. Ich bring gleich mal den Antrag rüber."

„Wenn du so scharf drauf bist, fährst du eben allein. Ich bleib hier und mach die richtige Arbeit."

„Meine Güte, warum bist du denn so grantig?"

Logo schnappte sich einen Stift und gab keine Antwort.

Sascha kam bald zurück und schwenkte ein Blatt Papier. „Genehmigt! Wir können sogar übernachten. Das hast du nicht ernst gemeint, dass ich alleine fahren soll, oder?"

„Sicher. Schaffst du ja wohl auch ohne mich. Morgen ist zwar Samstag, aber versuch einen Termin zu bekommen. Mach ihnen ordentlich Druck. Das kann nicht warten! Danach klapperst du Familie und etwaige Freunde ab. Ruf die Kollegen vor Ort an, damit dich einer zu der Firma begleitet."

Logo blätterte einige Zeit in der Akte und schloss sie mit einem Knall. „Ich hau ab. Ich halt's hier nicht aus. Hab genug Überstunden. Wenn was ist, kannst du mich über mein Handy erreichen."

Sascha nickte verblüfft und starrte ihm nach, wie er fast aus dem Zimmer rannte. Was war mit Logo los? Passte gar nicht zu ihm, dass er sich mitten in den Ermittlungen freinahm und ihn hier hängen ließ. Gerade jetzt, wo Jenny nicht da war. Hoffentlich gab das keinen Ärger. Wenn ihr Urlaub nur bald vorbei wäre ...

Den Rest des Tages koordinierte er die neuen zugeteilten Beamten. Fragen nach Logo wiegelte er geschickt ab, ohne zu lügen, aber auch ohne deutlich zu sagen, dass er abgehauen war.

Es hat so gut getan, das Messer in ihn zu rammen.

Wie lange habe ich mir den Genuss versagt.

Ich durfte ja nicht.

Immer beobachtet ... kontrolliert.

Diesmal habe ich die Gelegenheit genutzt.

Fast habe ich vergessen, wie berauschend es ist, zu töten.

Jetzt kann ich nicht mehr aufhören.

Das nächste Mal werde ich mir mehr Zeit nehmen!

Und niemand wird mich verdächtigen ... niemand!

**Samstag, Frankfurt**

„Klappt´s mit dem Termin heute?“, lautete Logos brüske Begrüßung am nächsten Morgen.

„Ja, die arbeiten samstags, weil die Auftragslage es erfordert. Scheint gut zu laufen, der Laden.“

Logo antwortete nicht. Sascha zögerte noch einen Moment in der Hoffnung auf weitere Anweisungen, dann gab er auf. Frustriert verabschiedete er sich und machte sich auf den Weg zum bestellten Dienstwagen.

Gegen Mittag hatte Sascha Berlin passiert und näherte sich dem kleinen Ort Lüdersdorf. Das Polizeirevier zu finden war nicht schwer. Blaue Hinweisschilder wiesen schon am Ortseingang den Weg.

Vor dem Haus blickte sich Sascha neugierig um. Er schien sich hier am Dorfmittelpunkt zu befinden. Neben einem runden Springbrunnen standen einige Bänke. Blumenkübel reihten sich aneinander. Er betrachtete die Fassade des Gebäudes. Holzläden und Geranienkästen. Und ein poliertes Messingschild. „Polizei“.

Er drückte die Eingangstür auf. Auch hier kam er sich vor, wie in einer Folge einer Vorabendserie. Eine Holzbarriere teilte einen Teil vom Hauptraum ab, in dem Schreibtische standen. Niemand war zu sehen.

„Hallo?“, rief er zögerlich. Nichts! Er versuchte es lauter. „Haalloooo!“

„Moment“, erklang es von hinten. Einen Augenblick später kam ein kugelrunder Mann aus dem Nebenraum. Er kaute mit dicken Backen und hatte ein kariertes Tuch ins Uniformhemd gesteckt.

„Mittagessen“, meinte er und grinste verlegen.

„Schon recht“, grinste Sascha und stellte sich vor.

„Karl Kunz“, erwiderte der Polizist. „Kommst gerad richtig. Meine Frau hat Buletten gemacht.“

Er öffnete die Absperrung, klopfte Sascha auf den Arm und schob ihn nach hinten durch.

An einem Esstisch saß ein zweiter Kollege, der so dünn war wie Karl dick. Er stellte sich als Werner vor.

„Setz dich und greif zu!"

Auf dem Tisch türmte sich ein Berg Frikadellen auf einer Platte. Daneben lagen Brötchen und Senf. Bierflaschen rundeten das kulinarische Ensemble ab. Sascha ließ sich nicht zweimal bitten.

„Alkoholfrei", meinte Karl bedauernd. „Aber besser als nix. Zu Buletten gehört ein Bier."

Einträchtig aßen sie.

Erst als sie fertig waren und keine Bulette mehr übrig, setzte Karl an. „Zu Frosti willste also?"

Sascha nickte. „Um vierzehn Uhr. Am Telefon wollten sie nicht mit uns reden."

„Die sind seltsam da, bei Frosti."

„Seltsam?"

„Arrogant. Wolln mit uns hier im Ort nix zu tun haben. Ist der größte Arbeitgeber weit und breit und viele aus dem Ort arbeiten da. Aber von der Geschäftsleitung würde keiner einen Fuß hersetzen. Die fahrn nach Berlin, um Schrippen zu holen." Er schüttelte den Kopf. „Beteiligen sich an nix. Spenden nix, unterstützen keinen Verein."

Sascha machte sich langsam ein Bild. „Verstehe. Und was erzählen die Angestellten so?" Er nahm an, dass sich alle hier mehr oder weniger kannten.

„Gute Arbeit. Ordentlich bezahlt. Aber anonym halt. Und ne strenge Hierarchie. Bei wem hast du den Termin?"

„Bei einem Herrn Weber."

„Hohes Tier. Geschäftsleitung. Lass uns losfahren, nicht, dass wir zu spät kommen und den hohen Herrn warten lassen." Er schnappte sich Jacke und Dienstmütze und ging

Sascha voran in einen Hinterhof, wo ein Streifenwagen parkte.

Sascha machte es sich auf dem Beifahrersitz gemütlich. Sie fuhren aus dem Ort heraus, durch eine grüne Landschaft aus Wiesen und Feldern, die nur ab und zu durch ein Haus unterbrochen wurde. Nach etwa zehn Minuten bogen sie in eine kleine Privatstraße ein, die vor einem hässlichen würfelförmigen Bürogebäude endete. Ein hoher Zaun umgab das Gelände.

Sie hielten vor einer Schranke. Aus einem Pförtnerhäuschen trat ein beleibter grauhaariger Mann. Karl meldete sie an und der Pförtner winkte sie durch. „Parken Sie da links und melden Sie sich beim Empfang."

Die Eingangshalle war mit schwarzem Marmor, Glas und Metall ausgestattet. Ähnlich künstlich wirkte die Empfangsdame. Sie blickte kühl über eine halbrunde Brille hinweg.

„Sie wünschen?"

„Wir haben einen Termin mit Herrn Weber. In", Sascha sah auf seine Uhr, „fünf Minuten."

„Setzen Sie sich bitte, ich werde sehen, ob er Zeit für Sie hat."

Sascha setzte zu einer ärgerlichen Antwort an, doch Karl legte ihm beruhigend die Hand auf den Unterarm. „Bringt nix", murmelte er leise. Sie setzten sich auf eine niedrige Couch aus schwarzem Leder. Nach einer gefühlten Ewigkeit erschien die Empfangsdame wieder und forderte sie auf, ihr zu folgen. Sascha bekam nur mit Mühe seine Beine wieder gerade und ächzte beim Aufstehen vernehmlich.

Mit dem Aufzug fuhren sie in den zweiten Stock, folgten einem langen Gang und blieben vor einer dunklen Eichentür stehen. Sie klopfte affektiert.

Eine kühle Stimme rief „Herein".

Schwungvoll öffnete sie die Tür und ließ die beiden Beamten eintreten. Der Stilbruch, der sich schon an der Tür abzeichnete, setzte sich hier fort. Im Gegensatz zu dem übrigen Gebäude, wo Leder und Chrom dominierten, sah es hier aus wie in einer Bibliothek aus dem viktorianischen Zeitalter.

Dicke Teppiche bedeckten jeden Quadratzentimeter des Bodens und die Wände zierten Stillleben und Gemälde mit klassischen Jagdszenen. Hinter einem massiven Holzschreibtisch thronte ein dünner Mann in einem altmodischen Anzug. Er machte sich nicht die Mühe aufzustehen.

Schweigend wies er auf zwei unbequem aussehende Sessel vor dem Schreibtisch.

Sascha nahm neben Karl Platz und musterte den Mann. Die Jahre waren nicht gut mit ihm umgegangen. Die Stirn hatte den Zenit zwischen hoch und Glatze schon lange überschritten, den eiförmigen Kopf umkränzten nur noch wenige Haare. Seine Nase war lang und spitz und wässrige vorstehende Augen blickten durch eine dicke Hornbrille. Die Krawatte war so fest gebunden, dass der rote Hals darunter Falten schlug. Ungeduldig wedelte er mit der Hand. „Meine Herren. Bitte kommen sie schnell zur Sache. Meine Zeit ist kostbar."

Sascha räusperte sich und warf Karl einen Seitenblick zu. Der Polizist nickte auffordernd.

„Wie Sie wissen, geht es um den Tod Ihres Mitarbeiters. Bitte erzählen Sie mir, zu welchem Zweck er nach Frankfurt gekommen ist und wen er dort treffen wollte." Weber schob einige Papiere auf dem Schreibtisch herum. „Es ist Ihnen doch klar, dass es hier um geheime Firmeninterna geht?"

„Sicher, es geht aber auch um Mord."

„Ganz recht. Nun, unter diesen Umständen. Ich muss allerdings auf Diskretion bestehen."

„Natürlich", meinte Sascha knapp.

„Ammerland war in Sachen Grüne Soße in Frankfurt. Er wollte sich mit dem Vertreter dieser Gärtnervereinigung treffen."

„Um was ging es genau?"

„Wir haben, übrigens völlig rechtens, ein Tiefkühlprodukt herausgebracht. Kräuter für Grüne Soße. Die Frankfurter Gärtner nehmen nun Anstoß daran, dass die Kräuter nicht aus Frankfurt stammen, sondern hier aus der Region. Ammerland sollte mit ihnen verhandeln, um einen weiteren Prozess zu verhindern und die Chance auf eine gütliche Einigung auszutesten."

„Wann kam er an und mit wem wollte er sich treffen?"

„Meine Sekretärin gibt Ihnen eine Liste. War das alles?"

„Nein", meinte Sascha knapp.

Weber blickte erstaunt auf. „Was denn noch?"

„Können Sie mir etwas über Herrn Ammerland persönlich sagen? Wie lange arbeitete er für Sie?"

„Mehrere Jahre. Ich kann Ihnen sagen, dass er ein zuverlässiger Mitarbeiter war. Sonst hätte ich ihn kaum mit einer solchen Aufgabe betraut. Das Geschäft mit der Grünen Soße geht in die Millionen. Ansonsten weiß ich nichts über ihn. Ich interessiere mich nicht für das Privatleben meiner Mitarbeiter."

Sascha überlegte, ob Weber selbst ein Privatleben hatte und wie es wohl aussehen mochte. Bilder standen keine auf seinem Schreibtisch. Dann rief er sich zur Ordnung und stand auf. „Gut, das war´s fürs Erste."

Weber beugte sich über den Tisch und redete in eine Sprechanlage. „Die Herren von der Polizei kommen jetzt rüber. Geben Sie ihnen alle nötigen Papiere." Zu Sascha gewandt. „Das Zimmer gleich gegenüber."

Mit einem kurzen Nicken verließen die Polizisten den Raum und klopften an der Tür gegenüber. Ein freundliches „Herein" erklang. Sie betraten den Raum und eine mollige Frau in den Fünfzigern erhob sich hinter einem einfachen, zweckmäßigen Schreibtisch, der voller Akten lag.

„Erna?“, rief Johann überrascht. „Wusste gar nicht, dass du jetzt hier arbeitest? Warst du nicht in der Buchhaltung?“ Sie lächelte und begrüßte beide. „Ich mache hier Vertretung. Frau Billerbeck, die Sekretärin von Herrn Weber, ist im Mutterschutz.“

Sascha sah neugierig von einem zum anderen. Karl machte sie miteinander bekannt. „Erna Jost, eine Cousine meiner Mutter. Sascha Meister, ein Kollege aus Frankfurt.“

Sie nickte ihm aufmerksam zu. „Sie möchten also Informationen über Herrn Ammerland. Tragisch, was da passiert ist. Genaues hat man uns allerdings nicht mitgeteilt, nur dass er ermordet wurde.“

Sascha nickte. „Vor allem müsste ich wissen, mit wem er sich in Frankfurt getroffen hat oder treffen wollte. Und wann und wo.“

Sie reichte ihm ein Blatt Papier. „Hier, ich hab es Ihnen schon rausgesucht. Mit einem Herrn Hölzel am Montag um 16 Uhr. Er ist morgens mit dem Auto losgefahren. Ich habe ihm ein Zimmer im Iris-Hotel am Kaiserlei gebucht. Ob er sich mit Herrn Hölzel getroffen hat, weiß ich natürlich nicht.“

„Können Sie mir etwas über ihn privat sagen? Und über seine Familie?“

„Sehr wenig. Hier in der Firma läuft das streng getrennt. Sekretärinnen verkehren nicht privat mit Führungskräften. Es gibt auch keine Betriebsfeiern oder ähnliches. Natürlich hab ich ihn gesehen, wenn er einen Termin bei Herrn Weber hatte. War immer freundlich und immer zu einem Scherz aufgelegt. Manchmal hatte man sogar das Gefühl, er würde etwas flirten. Da gab's auch das eine oder andere Gerücht.“

„Welche?“

„Ich hätte nichts sagen sollen. Sind wirklich nur Gerüchte.“

Karl schaltete sich ein. „Komm Erna. Bleibt unter uns. Könnte wichtig für die Ermittlungen sein. Schließlich ist er ermordet worden."

„Ich weiß ja nicht, was das ... Aber na gut. Es gab immer wieder Gerüchte, er sei dem weiblichen Geschlecht sehr zugetan, wenn ihr versteht, was ich meine. Dabei hat er eine nette Frau und zwei reizende Kinder im Teenager-Alter. Ich hab sie einmal gesehen, als sie ihn abgeholt haben."

„Gut, dass du uns das gesagt hast. Hast du noch Fragen, Sascha?"

Sascha schüttelte den Kopf. Sie verabschiedeten sich und verließen Frau Josts Büro. Draußen vor dem Gebäude steckte sich Karl einen Zigarillo an. „Willst du gleich zur Witwe?"

„Ja, dann hab ich´s hinter mir." Karl nickte und sie gingen zum Auto.

Die Familie Ammerland bewohnte ein kleines Einfamilienhaus etwa fünf Kilometer von der Firma entfernt im Neubaugebiet einer winzigen Ortschaft. Das Haus lag am Ende einer Reihe identischer Reihenhäuser. Ein Jägerzaun umgab den kleinen Garten, in dem jeder Grashalm exakt gleich lang zu sein schien.

Sie klingelten und eine blonde, nachlässig gekleidete Frau öffnete ihnen. Stumm starrte sie die zwei Männer aus großen verweinten Augen an. Karl übernahm die Vorstellung.

Ohne ein Wort zu sagen, öffnete sie die Tür weiter und ließ sie hinein. Nachdem sie die Eingangstür geschlossen hatte, ging sie voran in ein kleines Wohnzimmer, das ganz in Weiß eingerichtet war. Sie setzte sich auf die vorderste Kante der Couch und zeigte auf zwei Sessel. Dann endlich öffnete sie den Mund. „Ich glaube nicht, dass er tot ist."

Sascha und Karl wechselten einen Blick. Wie meinte sie das? Sascha räusperte sich. „Tut mir sehr leid, aber es ist sicher, dass es sich bei dem Toten um Ihren Mann handelt."

Entschieden schüttelte sie den Kopf.

Hilflos blickte er Karl an, der tief durchatmete. „Frau Ammerland, hätten Sie vielleicht ein Glas Wasser für mich? Oder sogar einen Kaffee?“ Stirnrunzelnd blickte Sascha ihn an, doch die Frau nickte und sprang auf. Sie schauten ihr nach, als sie das Zimmer verließ.

„Vielleicht hilft es, wenn sie etwas tun kann“, flüsterte Karl. Sascha sah sich um. Der Raum wirkte steril, als würde niemand darin wohnen. Alles war an seinem Platz, nirgends lag etwas herum, nicht mal eine Zeitschrift. Die Sofakissen waren absolut glatt und exakt zum Sofarand ausgerichtet.

Frau Ammerland kam zurück ins Zimmer und stellte zwei Gläser Wasser auf den Tisch vor ihnen. Dann setzte sie sich wieder. Sascha betrachtete sie. Sie sah aus, als könnte sie der leichteste Windstoß davon wehen. Bei einer Größe von vielleicht eins sechzig brachte sie sicher nicht mehr als fünfzig Kilogramm auf die Waage, eher weniger. Ihre Knochen standen hervor und ihre Haut war so durchscheinend, dass man die Blutgefäße darunter sah.

„Wo sind Ihre Kinder?“, fragte er.

„Kinder ...“, echote sie und blickte verwirrt auf. „Ach ja. Die sind im Internat. Sie kommen nur jedes zweite Wochenende nach Hause. Alfred ... also wir fanden das besser. Also für sie besser.“

Sascha nickte verständnisvoll. „Ihr Mann ist also am Montag abgereist? Haben Sie ihn morgens noch gesehen?“

Sie nickte.

„Um wie viel Uhr war das?“

Sie schwieg kurz. „So gegen acht.?“

„War er irgendwie anders als sonst?“

„Anders?“ Sie strich sich eine Strähne des feinen weißblonden Haares aus der Stirn. „Nein, er war wie immer.“

„Hat er Ihnen erzählt, was er in Frankfurt vorhat?“

Jetzt schüttelte sie entschieden den Kopf. „Über Geschäfte spricht er nie."

Sascha wurde es bei der Gegenwartsform mulmig. „Hat er sich noch mal gemeldet aus Frankfurt? Abends vielleicht?"

„Nein, das tut er selten. Abends ist er immer müde. Die lange Reise ..." Ihre Stimme verklang. Dann richtete sie sich auf. „Wann kommt er denn heim?"

„Sie meinen, wann er freigegeben wird? Ich denke in den nächsten ein bis zwei Tagen."

„Er wird sich freuen, wieder zu Hause zu sein."

„Hat er enge Freunde?"

„Freunde?" Sie blickte verwirrt im Raum herum und fing leise an zu weinen.

Sascha blickte Karl Hilfe suchend an, aber sein Kollege zuckte nur mir den Achseln. „Wir gehen dann, Frau Ammerland. Vielleicht kommen wir nochmal vorbei."

Sie lächelte sanft und reagierte ansonsten nicht. Die Kollegen nickten ihr noch einmal zu und verließen das Haus. Im Auto atmeten beide tief durch.

„Puh", meinte Karl. „Zum Glück muss ich sowas nicht oft machen. Die ist ja völlig durch den Wind. Ich schick mal lieber einen Arzt vorbei. So kann sie doch nicht alleine bleiben."

„Unbedingt. Noch irgendeine Idee, wie ich mehr über den Ammerland rausfinden kann?"

Johann schüttelte den Kopf. „Momentan nicht. Ich hör mich um. Wenn ich was erfahre, ruf ich dich an. Hast du schon ein Hotel?"

Sascha blickte auf die Uhr. „Nee, aber es ist erst sechzehn Uhr. Ich glaub, ich fahr noch zurück. Hier kann ich nichts mehr machen und morgen will ich früh im Büro sein."

Johann nickte. „Schade, sonst hätten wir heut Abend was trinken gehen können. Aber hast schon recht. Vielleicht kommste ja mal wieder."

Die Heimfahrt war langweilig und gegen halb elf war Sascha kurz vor Frankfurt. Von einem Rastplatz aus versuchte er, Logo anzurufen, erreichte ihn aber weder auf dem Festnetz noch auf dem Handy.

**Sonntag, Frankfurt**

„Was machst du schon hier, Kleiner? Ich dachte, du kämst erst im Lauf des Tages zurück?“, waren Logos Worte zur Begrüßung.

„War früh fertig. Übernachten hätte sich nicht gelohnt. Ich wollt dir Bescheid sagen. Warum gehst du denn nicht ans Handy?“

Logo wich seinem Blick aus. „Habs wohl nicht gehört. Und?“, wechselte er wenig elegant das Thema. „Was rausgefunden?“

Sascha lieferte einen detaillierten Bericht ab. „Mehr war nicht. Sein Chef war wenig kooperativ und die Ehefrau steht unter Schock.“

„Kein Wunder!“ Logo erhob sich. „Zum Glück hast du neue Anhaltspunkte mitgebracht. Lass uns zuerst in das Hotel fahren und dann nach Oberrad, wo er den Termin hatte.“

Das Hotel lag in der Nähe des Kaiserleikreisels. Es gehörte zu einer großen Kette und sah unpersönlich und abweisend aus. Ein riesiges rotes Plakat pries billige Zimmerpreise an. Immerhin unterbrach das stechende Rot das eintönige Grau der Fassade.

Das Foyer war nicht protzig, aber doch elegant und die Dame am Empfang blieb freundlich, nachdem Logo und Sascha sie auf Ammerland angesprochen hatten.

„Tut mir leid, aber ich weiß nicht, ob ich ihnen Auskunft zu ihren Fragen geben darf. Ich hole lieber den Geschäftsführer.“

Nach wenigen Augenblicken kam ein kleiner dicker Mann mit Halbglatze angerauscht und stellte sich als Frank Wilde vor. Fragend blickte er von einem zum anderen. Zu Sascha musste er dabei aufsehen.

Logo wies sich aus. „Können wir uns irgendwo unterhalten, wo wir ungestört sind?“

Der Mann nickte und führte sie in eine Art Besprechungsraum, bot ihnen jedoch keinen Platz an. Nach einem Seitenblick auf Sascha begann Logo mit der Befragung.

„Es geht um einen Ihrer Gäste: Alfred Ammerland. Er wurde ermordet." Der Geschäftsführer wurde blass, aber Logo sprach ungerührt weiter. „Wir brauchen Informationen über ihn. Wann hat er eingecheckt, hat er telefoniert, wenn ja mit wem? Hat er irgendetwas bestellt oder erfragt? Dazu gibt es doch sicher Unterlagen. Wichtig wäre auch, ob er Besuch hatte."

Wilde nahm sich sichtbar zusammen. „Moment bitte, da muss ich mich an der Rezeption erkundigen."

Logo entließ ihn mit einer Handbewegung. Sascha musterte ihn mit gerunzelter Stirn. „Bist ja nicht grade freundlich!"

„Na und? Keine Lust auf solche Typen. Hat uns nicht mal einen Platz angeboten."

Sascha zuckte mit den Achseln. Nach etwa zehn Minuten kam Wilde wieder. Er wedelte mit einem Blatt Papier. „Ich hab ihnen alles ausgedruckt. Er kam Montag am Spätnachmittag an und hat weder telefoniert noch etwas bestellt. Ob er noch einmal weggegangen ist, könnten höchstens die Mitarbeiter von der Spätschicht wissen. Aber dies ist ein recht großes Hotel, ob sich da jemand erinnert ..."

„Sonst nichts? Wie lange hatte er gebucht?"

„Ach, das ist vielleicht wichtig. Er hatte zunächst bis Mittwoch gebucht. Dienstag wurde sein Aufenthalt jedoch telefonisch verlängert."

Logo merkte auf. „Von wem?"

Wieder sah der Mann umständlich auf seine Notizen. „Von einer Dame, die sich als Sekretärin der Firma Frosti vorstellte. Über diese Firma erfolgte die Buchung des Zimmers."

Sascha erkundigte sich. „Und wann wollte er abreisen?"

„Montag, also morgen. Länger konnten wir ihm das Zimmer auch nicht anbieten. Ab morgen ist Messe und wir sind komplett ausgebucht."

„Wir möchten sein Zimmer sehen."

Wilde zögerte kurz. „Natürlich, kommen sie."

Ammerland hatte ein Doppelzimmer im dritten Stock mit Blick über den Main. Auf einem Schreibtisch stand ein Laptop. Sascha schaltete ihn an. „Passwortgeschützt", murmelte er enttäuscht.

Im Schrank lagen einige Kleidungsstücke, auf dem Nachttisch ein aufgeschlagenes Buch. Sascha nahm es in die Hand. „*Mörderbrunnen*. Scheint so ein Frankfurt-Krimi zu sein."

Im Bad lagen Toilettenartikel herum. Nirgends fand sich ein Hinweis auf Ammerlands Pläne.

„Den Laptop nehmen wir mit. Die anderen Sachen werden abgeholt und seiner Frau zugestellt. Bitte lassen Sie niemanden herein. Und fragen Sie nach, ob sein Bett Montagnacht benutzt war."

Wilde nickte. Dann fragte er zögernd. „Haben Sie den Zimmerschlüssel gefunden? An der Rezeption wurde er nicht hinterlegt."

Logo schüttelte den Kopf. „Ist denn niemandem aufgefallen, dass der Mann seit mindestens Dienstag nicht mehr hier war? Das sieht man doch, dass er nicht hier geschlafen hat."

Wilde sah betreten zu Boden. „Ich werde mich beim Zimmermädchen erkundigen."

„Tun Sie das, und zwar schnell! Wir versiegeln den Raum, wenn die Spurensicherung hier fertig ist."

Sascha durchsuchte sämtliche Schubladen, im Nachttisch stieß er auf etwas. „Schau mal", meinte er und hielt eine Schachtel hoch. „Kondome. Und nicht gerade wenige. Großpackung mit 40 Stück. Gemischte Sortierung."

Logo trat zu ihm. „Dann war er wohl doch nicht nur geschäftlich hier. Laut seiner Frau kannte er hier niemanden." Zu Wilde gewandt. „Vermitteln Sie hier einen Escortservice?"

Wilde erblasste. „Da haben Sie jetzt aber einen falschen Eindruck. Das ist ein anständiges Hotel. Was die Gäste in ihren Zimmern machen, ist natürlich ihre Sache."

Mit einem vorwurfsvollen Blick zu Logo meinte Sascha schnell. „Das wollte mein Kollege nicht sagen. Es gibt ja auch seriöse Gesellschafterinnen."

„Jaja", Logo hatte wenig Geduld für Wilde. „Wir müssen unbedingt schnellstens die Mitarbeiter befragen, ebenso die Gäste der benachbarten Zimmer. Vielleicht haben sie etwas gesehen oder gehört."

Wilde wischte sich die Stirn. „Also bei allem Verständnis ... die Gäste befragen? Das geht doch nicht! Die Mitarbeiter sind natürlich kein Problem. Ich gebe ihnen die Adressen. Oder sie kommen nachher wieder, wenn alle da sind." Logo baute sich vor ihm auf. „Ich will umgehend die Namen aller Gäste hier auf dem Flur. Ich meine die, die noch hier wohnen und die, die zwischenzeitlich abgereist sind, aber gleichzeitig mit Ammerland hier gewohnt haben. Die Aufklärung des Mordes ist wohl wichtiger. Kapiert?"

Der Hoteldirektor wischte sich wieder die Stirn. „Sicher, sicher. Brauchen Sie mich hier noch?"

„Nein, wir sind gleich fertig. Wir kommen in Ihrem Büro vorbei und holen die Unterlagen ab."

Wilde nickte und zog ab. Logo fing Saschas Blick auf. „Was? Der Typ nervt doch. Macht sich mehr Sorgen um seine Gäste, statt uns zu helfen. Wahrscheinlich vermittelt er Damen hierher und will's nicht zugeben."

„Das geht jetzt aber zu weit. Wie kommst du auf sowas Absurdes?"

Logo antwortete nicht. Sie sahen sich noch einmal um und riefen dann die Spurensicherung.

„Kann man bei der Obduktion feststellen, ob und wann er Sex hatte?", überlegte Logo.

„Keine Ahnung. Ich erkundige mich."

Nachdem sie mit dem Zimmer fertig waren, schauten sie sich auf der Etage um. In der Mitte des langen Flures lagen die Aufzüge, an beiden Enden Treppenhäuser. Sie stiegen eines herab und kamen zu einer Seitentür, die nicht verschlossen war und direkt auf den Parkplatz führte.

Ärgerlich meinte Logo: „Hier hätte ja jeder rein oder raus gekonnt, ohne gesehen zu werden. Es sei denn, die schließen hier abends ab."

Zusammen gingen sie zu Wilde, der ihnen widerstrebend die gewünschten Adressen überreichte. „Die Mitarbeiter dürften jetzt schlafen, die meisten von ihnen machen von abends neunzehn Uhr bis morgens um sieben durchgehend Dienst." Sascha erkundigte sich nach der Nebentür.

„Ab einundzwanzig Uhr wird sie so eingestellt, dass man sie von außen aufschließen muss. Hinaus kann man ohne Schlüssel."

„Wird der Parkplatz überwacht?"

„Mit Kameras. Aber die Bänder werden ein über den anderen Tag gelöscht."

Auf dem Weg zum Auto überlegte Sascha laut. „Wir bräuchten sein Handy. Dann wüssten wir, mit wem er sich verabredet hat."

„Haben wir aber nicht. Ruf bei seiner Firma an, ob die die Hotelbuchung verlängert haben. Ich geh nochmal schnell für kleine Kommissare."

Als Logo zurückkam, rümpfte Sascha die Nase. „Wieso stinkst du nach Rauch?"

„Bildest du dir ein. Was sagen die?"

„Die wissen von keinem Anruf."

„Überraschung. Komm, steig ein! Ich fahre." Im Auto blätterte Sascha durch die Liste mit den Adressen. „Die Rezeptionistin dürfte am ehesten etwas mitbekommen haben. Wohnt in der Sprendlinger Landstraße in Offenbach, nicht weit von hier."

Logo nickte und fuhr los. Über die A 661 waren sie in fünfzehn Minuten an Ort und Stelle. Annemarie Kupfer wohnte in einem gepflegten Vierparteien-Haus mit einem kleinen Vorgarten. Auf ihr Klingeln öffnete ihnen eine recht junge, dunkelhaarige Frau in einem Jogginganzug.

„Ja?" Sie blickte die beiden überrascht an. Logo zückte seine Marke. „Kripo Frankfurt, es geht um einen Hotelgast. Dürfen wir reinkommen?"

„Sicher." Frau Kupfer ließ sie eintreten und führte sie in ein kleines Wohnzimmer mit hellen Kiefermöbeln. Nachdem beide den angebotenen Kaffee dankend abgelehnt hatten, kam Logo gleich zur Sache und fragte nach Ammerland.

Frau Kupfer überlegte einen Moment. „Puh, das ist doch Tage her. Sie sagen, er hat nachmittags eingecheckt? Ich fange erst um neunzehn Uhr an. Und morgens höre ich um sieben auf. Ich kann mich nicht erinnern, dass er etwas bestellt hat oder dass jemand nach ihm gefragt hat. Das sind doch die Dinge, die sie wissen wollen, oder?"

Logo nickte. „Wer könnte uns denn weiterhelfen?"

„Die Tagschicht, die Beschäftigten an der Bar, andere Gäste... Ehrlich gesagt glaube ich aber nicht, dass sich jemand an einen einzelnen Gast erinnert, wenn nichts Außergewöhnliches vorgefallen ist."

„Ist Ihnen aufgefallen, dass sich jemand an dem Abend an der Seitentür zu schaffen gemacht hat?"

Sie schüttelte entschieden den Kopf. „Die befindet sich doch an der Rückseite des Hauses. Ich darf die Rezeption nicht verlassen. Höchstens, um kurz auf die Toilette zu gehen."

Sascha und Logo bedankten sich und gingen. Im Auto schlug Logo auf die Armatur. „Verdammt. Der könnte sonst wohin gegangen sein, ohne dass ihn jemand gesehen hat. Wir fahren jetzt erst ins Präsidium und schicken ein paar Kollegen mit seinem Foto los. Je schneller das Personal und die Gäste befragt werden, desto besser erinnern sie sich."

„Wir bekommen sicher zusätzliche Leute abgestellt. Bei so einem spektakulären Mordfall. Wird nicht lange dauern, bis etwas durchsickert und das Ganze groß in der Zeitung steht."

„Das befürchte ich allerdings auch."

Logo rief von unterwegs Staatsanwalt Biederkopf an und als sie am Präsidium ankamen, waren schon zusätzliche Kräfte organisiert. Biederkopf hatte für vierzehn Uhr eine Lagebesprechung angesetzt.

Nach einem schnellen Mittagessen in der Kantine gingen Logo und Sascha gemeinsam zum Besprechungsraum.

Biederkopf erklärte den anwesenden fünf Kollegen die Lage und überließ es Logo, über die neuesten Ermittlungsergebnisse zu berichten. Sascha teilte ihnen einige Adressen zu und alle brachen auf.

"Wir beide fahren zu dem Betrieb, den Ammerland aufsuchen sollte. Bin gespannt, ob er da war. So müssten wir herausfinden, wann er eigentlich verschwunden ist. Bis jetzt haben wir ja immer noch keinen Beweis, ob er überhaupt die Nacht im Hotel verbracht hat."

Am Bahnhof vorbei fuhren sie über den Main und durch Sachsenhausen zu den Oberräder Gärten. Seit mehreren Generationen wurden in diesem Stadtteil die Kräuter für die berühmte Frankfurter Grüne Soße angebaut. Ursprünglich entsprang dies einer örtlichen Eigenheit. Durch Vererbung und damit einhergehender Aufteilung der Anbauflächen unter mehreren Nachkommen wurden die einzelnen Parzellen immer kleiner, sodass sich irgendwann nur noch der Anbau von Kräutern lohnte.

Sascha telefonierte während der Fahrt. Offenbar war der Empfang schlecht. Immer wieder hörte Logo ihn „Hallo?“ und „Wie war das?“ rufen. Entnervt legte Sascha schließlich auf.

„Das Bett war dienstags schon unberührt. Hat offensichtlich kein einziges Mal dort geschlafen. Das Zimmermädchen scheint ein bisschen naiv zu sein. Sie hat sich nichts dabei gedacht.“

Logo verdrehte die Augen. „Dann hat er Montagabend vielleicht schon nicht mehr gelebt. Das käme ja auch ungefähr mit der Leichenliegezeit hin.“

„Wir dürfen die Möglichkeit nicht außer Acht lassen, dass er woanders geschlafen hat“, merkte Sascha an.

„Und die Kondome und seine anderen Sachen lässt er im Hotelzimmer?“

„Unwahrscheinlich. Ich sage ja auch nur, es könnte noch andere Möglichkeiten geben.“

„Vielleicht weiß seine Frau mehr, als sie zugibt. Die sollen sie nochmal vernehmen.“

„Dazu muss sie erst stabiler sein.“

Sie bogen von der Uferstraße in eine schmale Seitenstraße ein, die links und rechts von verwildertem Gebüsch gesäumt war. Sie endete vor einem breiten, weit offenstehenden Hoftor, das schief in den Angeln hing. Rechts sahen sie eine Reihe kleiner Gewächshäuser, links ein altes L-förmig angelegtes Wohnhaus. Ein Hund undefinierbarer Rasse rannte ihnen entgegen und bellte. Auf einer Bank vor dem Haus saßen gleich drei Katzen und beäugten sie schläfrig.

Während sie ausstiegen, lief eine mollige Frau in einer karierten Kittelschürze von den Gewächshäusern über den Hof Richtung Haupthaus. Logo und Sascha gingen auf sie zu.

Sie blieb stehen. „Ja bitte?“

„Kripo Frankfurt, wir würden gerne mit Herrn Hölzel sprechen.“

„Mein Mann ist nicht da. Kann ich Ihnen irgendwie helfen?"

„Vielleicht", meinte Logo und sah sich um.

„Kommen Sie mit ins Büro." Sie nickte zum Haus und ging ihnen voran. Die Eingangstür war aus massivem Holz und sah sehr alt aus. Hinter ihr erstreckte sich ein großer Flur, dessen Boden mit abgetretenen, teilweise gesprungenen Fliesen ausgelegt war.

Frau Hölzel führte sie in ein kleines, als Büro eingerichtetes Nebenzimmer. Alles schien abgenutzt und verwohnt, aber gemütlich. Neben einem Schreibtisch stand ein kleiner Esstisch mit vier Stühlen, an den sie sich setzten.

Sie strich sich unsicher über das hellbraune, mit grauen Strähnen durchsetzte Haar. „Kann ich ihnen einen Kaffee anbieten oder ein Wasser?"

Sascha öffnete gerade den Mund, als Logo mit einem ungeduldigen Seitenblick verneinte.

„Wir ermitteln im Todesfall eines Herrn Ammerland. Er hatte letzte Woche Montagnachmittag einen Termin bei Ihrem Mann. War er hier?"

Sie stand auf und holte einen Terminkalender vom Schreibtisch. „Der Termin ist eingetragen. 16 Uhr. Ob er da war, weiß ich nicht. Ich war um diese Zeit einkaufen."

„Hat Ihr Mann nichts von dem Besuch erzählt? Er müsste wichtig gewesen sein. Schließlich ging es um diesen berühmten Grüne Soße-Streit."

Sie zuckte die Schultern. „Davon weiß ich wenig. Mein Mann und ich reden nicht mehr viel miteinander."

Logo hob die Augenbrauen. „Führen Sie das Geschäft nicht gemeinsam?"

Sie lachte bitter. „Ich bin Ende fünfzig. In meiner Generation führt man kein Geschäft gemeinsam. Ich hab immer gearbeitet, im Haus und auf dem Feld. Aber ansonsten hatte ich mich rauszuhalten."

„Wissen Sie, wann Ihr Mann zurückkommt?"

„Nein. Wir leben nicht mehr zusammen, wissen Sie. Ich arbeite nur noch hier. Verdien mir was dazu. Sonst kann ich ja nichts. Besser als Sozialhilfe. Krieg ja später kaum Rente. Hab nie eingezahlt, nur immer ohne Bezahlung hier geschuftet." Sie blickte zu Boden.

Logo wusste einen Moment nicht, was er sagen sollte. Auch Sascha blickte verlegen im Zimmer herum.

„Gut, also", fing Logo an. „Hat Ihr Mann ein Handy dabei?" Sie schüttelte den Kopf. „Er mag diese Dinger nicht."

„Vielleicht könnten Sie uns anrufen, wenn Ihr Mann wieder da ist? Ich gebe Ihnen meine Handynummer. Wo wohnen Sie denn jetzt?"

„Hinten im Nebenhaus. Ich leg ihm einen Zettel hin, dass er Sie anrufen soll. Falls ich nicht mitbekomme, wenn er heimkommt."

Logo nickte. „Es ist wirklich dringend."

„Was ist denn eigentlich passiert?"

„Herr Ammerland wurde ermordet."

Sie hielt einen Moment die Luft an. „Ermordet? So was!"

Logo und Sascha verabschiedeten sich und fuhren zurück. Als sie außer Sichtweite des Hofes waren, fuhr Logo rechts ran. „Fandest du auch, dass sie wenig überrascht war?"

Sascha überlegte. „Kann's nicht sicher sagen. Ist vielleicht ihre Art."

„Hoffentlich kommt Hölzel bald wieder. Wir müssen unbedingt wissen, ob Ammerland hier war."

„Lass uns nach Oberrad rein fahren und was essen. Dann kommen wir hierher zurück." Als sie ausstiegen und zum Lokal laufen wollten, klingelte Logos Handy. Er hörte einen Moment zu und meinte: „Vielen Dank, wir sind gleich da." Er winkte Sascha zurück zum Auto. „Hölzel ist zurück."

„Und ich hab so einen Hunger", moserte der Kollege. Logos Blick sprach Bände.

Sie stiegen wieder ein und fuhren zurück zum Hof des Oberräder Gärtners. Vor dem Haus parkte ein alter dunkelgrüner Passat Kombi.

Daneben stand breitbeinig ein grobschlächtiger Mann, den Logo auf Anfang sechzig schätzte. Seine Haare waren grau und dünn im Gegensatz zu seinen buschigen Augenbrauen, die er finster zusammengezogen hatte. Die Hände steckten in den Hosen einer schmuddeligen grünen Latzhose.

Die beiden Beamten traten auf ihn zu und stellten sich vor.

„Hab schon von meiner Frau gehört, dass Sie kommen. Wegen Ammerland. Der war am Montag hier."

„Um was ging's bei Ihrem Termin?"

„Grüne Soße. Die wollen die da oben in Brandenburg produzieren. Geht aber nicht. Die Kräuter müssen von hier kommen."

„Und was genau war Ammerlands Aufgabe? Sollen wir nicht reingehen?"

„Muss das sein? Muss gleich aufs Feld."

„Nein, das muss natürlich nicht sein", meinte Logo kurz angebunden, „also, was wollte Ammerland?"

„Dass ich aufhöre, mit der Presse zu sprechen. Kommt aber gar nicht infrage! Soweit kommt's noch, dass die unsere Grüne Soße sonst wo produzieren. Schon mein Großvater hat die hier angebaut!"

„Von wann bis wann war Ammerland hier?"

Hölzel musste nicht lange nachdenken. „Vier Uhr isser gekommen, gegen fünf isser wieder weg. Gab ja nicht viel zu reden. Hätt gar nicht kommen brauchen. Aber wollt ja unbedingt."

„Ich gehe davon aus, dass er alleine hier war?"

„Ja."

„Hat er irgendetwas gesagt, wohin er anschließend wollte? Oder, was er abends vorhatte?"

„Nee. Hat mich auch nicht interessiert."

„War zu der Zeit noch jemand hier auf dem Hof?"

„Nee, die Frau war nicht da. Und sonst hab ich nur ab und zu Aushilfskräfte. Kann man sich nich mehr leisten, Arbeiter."

„Dann sind Sie sicher froh, dass Ihre Frau Ihnen hilft?"

„Froh?" Der Mann schien die Frage nicht zu verstehen. Logo beließ es dabei. „Vielen Dank, Herr Hölzel. Sie haben uns sehr geholfen."

Hölzel nickte, drehte sich um und ging kommentarlos Richtung Gewächshäuser. Logo schüttelte den Kopf. „Richtiger Bauer. Und ich mein das nicht im Sinn von Landwirt."

„Die arme Frau", meinte Sascha.

„Hätt ihn ja nicht heiraten müssen."

„Du bist wieder sehr mitfühlend."

„Hab selbst genug Probleme. Kann mich nicht noch um die von anderen kümmern."

Sascha sah ihn erstaunt an. „Was ist denn eigentlich los?" Langsam nervten ihm Logos Launen.

Logo schüttelte abwehrend den Kopf. „Lass uns zurückfahren und sehen, was die anderen rausbekommen haben."

Zurück im Präsidium rief Logo die Kollegen, die nicht unterwegs waren, zu einer kurzen Lagebesprechung zusammen. Die neuen Kollegen hatten einen Sprecher auserkoren, der die bisherigen Ergebnisse zusammenfasste. Das Personal des Hotels hatte Ammerland weder Kommen noch Gehen sehen. Von den anderen Gästen war bislang nur ein älteres Ehepaar ausfindig gemacht worden. Sie hatten das Zimmer links neben Ammerland gehabt und ihre Enkelkinder anlässlich einer Familienfeier besucht. Beide hörten schwer und hatten keine Geräusche aus Ammerlands Zimmer vernommen und auch auf dem Gang war ihnen nichts aufgefallen.

„Mist!“ Logo trat gegen das Tischbein. „Wenn wir mal davon ausgehen, dass Hölzel die Wahrheit sagt, lebte Ammerland nach ihrem Treffen noch. Wo ist er danach hin? Ist das Auto immer noch nicht gefunden worden? Das gibt's doch nicht. Das kann doch nicht verschwinden! Überprüft schon jemand sein Kennzeichen? Vielleicht hat er falsch geparkt.“

„Um 17 Uhr ist der bestimmt nicht ins Hotel. Höchstens um sich frisch zu machen. Für einen Geschäftstermin wär´s ziemlich spät. Vielleicht ist er Abendessen oder etwas besichtigen“, meinte ein Kollege.

„Oder er hat sich privat mit jemandem getroffen“, warf Sascha ein. „Die Kondome ...“

„Du nervst mit deinen Kondomen. Was ist mit der Telefongesellschaft? Wie lange dauert das noch, bis wir die Gesprächsverbindungen des Handys haben?“

„Sicher bis morgen. Leider ist das ein Firmenhandy und wir mussten erst die Genehmigung einholen. Wie ihr euch denken könnt, hat die Firma Schwierigkeiten gemacht. Sie hatten datenrechtliche Bedenken wegen anderer Gespräche, die mit dem Handy geführt wurden.“

„Unfassbar“, brummte Logo und sah dabei auf die Uhr. „Hat sich Brandenburg gemeldet? Vielleicht haben die noch was rausgefunden?“, fragte er an Sascha gewandt. „Sonst gehen wir jetzt heim. Ist schon spät.“

Sascha verneinte. „Ich frag nach.“ Er ging ins Nebenzimmer, um zu telefonieren, kam jedoch nach wenigen Minuten zurück. „Frau Ammerland ist in eine Klinik eingeliefert worden. Sie darf momentan nicht befragt werden.“

Logo nickte. „Okay, ich hau dann mal ab. Vielleicht ergibt sich bis morgen etwas Neues.“

Sascha konnte nicht an sich halten. „Wieso gehst du schon wieder? Wir hätten noch genug zu tun!“

Logo ignorierte ihn und war schon aus der Tür hinaus.

Sascha schüttelte den Kopf. Nachdenklich blickte er aus dem Fenster. So kannte er Logo nicht. Klar war es schon nach neunzehn Uhr, noch dazu Sonntag, aber der Logo, den er kannte, wäre jetzt nicht nach Hause gegangen. Nicht in einem so frühen Stadium eines Mordfalls. Sascha fühlte sich etwas unsicher. Immerhin war er der Jüngste und Unerfahrenste der Abteilung. Einerseits wurde es Zeit, dass er endlich mehr Verantwortung übertragen bekam. Andererseits ging es ihm gegen den Strich, plötzlich ein Großteil der Arbeit aufgehalst zu bekommen. Immerhin war der Fall knifflig und hatte ein hohes Potenzial, in den Blickpunkt der Öffentlichkeit zu geraten.

Logo ließ ihn ganz schön hängen. Was sollte er nur tun? Wäre Jenny doch nur hier! Aber sie war 10.000 Kilometer weit entfernt und lag bestimmt an irgendeinem Strand. Also musste er die Sache selbst in die Hand nehmen und Logo zur Rede stellen. So ging es jedenfalls nicht weiter!

**Montag, Frankfurt**

Am nächsten Morgen kam Bewegung in den Fall. Ammerlands Wagen war im Parkhaus am Frankfurter Flughafen gefunden worden. Einstellzeit Montag zweiundzwanzig Uhr. Sascha fuhr kurz nach neun über Sachsenhausen zum Flughafen und suchte sich seinen Weg durch die unübersichtlichen Parkebenen. Besonders nachts, wenn kaum Betrieb herrschte, fand er es hier unheimlich. Der Wagen stand ganz hinten auf Deck B.

Die Spurensicherung war bereits bei der Arbeit, als Sascha seinen Dienstwagen ein Stück daneben abstellte. Er sah ein bekanntes Gesicht. „Hi Gerd. Schon was gefunden?"

Der junge Kollege richtete sich auf und wischte sich mit dem Unterarm über die Stirn. „Auf den ersten Blick nichts Auffälliges. Keine Blutspuren. Der Kofferraum ist leer und sieht sauber aus. Im Handschuhfach ist auch nichts. Nur das Serviceheft und ein Päckchen Taschentücher."

„Irgendwelche Hinweise, dass jemand mitgefahren ist?"

„Bis jetzt nicht. Aber wir nehmen Proben von den Polstern und vom Boden. Vielleicht finden wir Haare. Euer Opfer hatte welche Haarfarbe?"

„Braun."

Ein fast kahlköpfiger Mann in Uniform trat auf sie zu und stellte sich vor. „Trölsch, Sicherheitsdienst. Ich hab den Wagen entdeckt."

„Ein Glück. Kann man rausfinden, wer ihn abgestellt hat? Und wann?"

„Hier wird alles mit Kameras überwacht. Die Kollegen suchen Ihnen die Bänder raus."

„Wie lange dauert das?"

„Nicht allzu lange. Wir können rübergehen, wenn Sie hier fertig sind. Vielleicht haben sie schon was."

Sascha blickte sich noch etwas um, dann gingen sie gemeinsam durchs Parkhaus zur Überwachungszentrale. Ein junger Mann stand auf, als sie klingelten, und öffnete ihnen die Tür. Eifrig wischte er sich die Hände an der Hose ab. „Ich hab sie, ich hab sie. Mann, ist das aufregend. Wollen Sie die Bänder gleich hier anschauen?“

Sascha lächelte etwas irritiert. „Ja bitte.“

„Kommen Sie, hier können Sie sich setzen. Ich hab schon entsprechend vorgespult. Soll ich starten?“

Sascha nickte und beugte sich gespannt vor. Der PC-Monitor erwachte zum Leben. Das Bild war schwarzweiß und grobkörnig, jedoch war deutlich das Nummernschild des Passats zu erkennen, ebenfalls ein Arm, der aus dem Fenster kam, um das Parkticket zu ziehen.

Sascha beugte sich weiter vor und kniff die Augen zusammen. Das Gesicht war nur ein weißer Fleck hinter der Scheibe. Auch als das Auto anfuhr, war nicht mehr zu erkennen.

„Geht das deutlicher? Man erkennt nichts vom Gesicht.“

Der Junge guckte zerknirscht. „Leider nicht.“ Sein Gesicht hellte sich sofort wieder auf. „Aber ich hab noch mehr.“ Er beugte sich vor und drückte ein paar Tasten. Wieder erschien der Wagen im Bild. Diesmal war deutlich erkennbar, wie er in die Parkbucht fuhr und stehen blieb. Einen Moment passierte gar nichts. Dann öffnete sich die Fahrertür. Eine Gestalt stieg aus und blickte sich nach beiden Seiten um. Bekleidet war sie mit dunklen Hosen und einer Art Anorak. Der Kopf war mit einer Kapuze bedeckt.

Sascha fluchte. „Verdammt, wieder nur von hinten. Gibt’s noch weitere Aufnahmen?“

Der Junge schüttelte den Kopf. „Vom Parkhaus nicht. Aber es gibt auch Bänder von den Außenbereichen und den Hallen. Vielleicht ist er irgendwo drauf. Aber das dauert, die alle durchzusehen. Oder ist das eine Frau?“

Sascha zögerte. „Ich könnte das nach der Aufnahme nicht sagen. Ich würde die Bänder gerne mitnehmen, vielleicht können unsere Techniker noch was rausholen."

„Sicher", nickte der Junge. „Hab schon in den Vorschriften nachgeschaut. Das geht in Ordnung. Wenn Sie mir den Empfang quittieren."

Auf dem Rückweg zum Auto meinte Sascha: „Das ist aber ein ganz Schneller."

Trölsch nickte. „Enorm engagiert. Wollte gerne zur Polizei, hat aber die Aufnahmeprüfung beim ersten Mal nicht geschafft."

„Das wundert mich."

„Mich auch. Vielleicht schafft er´s beim zweiten Anlauf."

Zurück im Präsidium brachte Sascha die Bänder in die Technik und ging dann Logo suchen, der nicht im Büro war. Er fand ihn im Treppenhaus, wo er sich angeregt mit einer Kollegin unterhielt, die Sascha nur vom Sehen kannte. Er nickte ihr zu und wartete, bis die beiden das Gespräch beendet hatten.

Auf dem Weg zurück ins Büro brachte er Logo auf den neuesten Stand.

„Wir müssen also rausfinden, wo Ammerland zwischen siebzehn und zweiundzwanzig Uhr war. Was wollte er bloß am Flughafen?"

„Der ist da bestimmt nicht selbst hingefahren. Wahrscheinlich war er schon tot und sein Mörder hat das Auto dort entsorgt. Wir hatten Glück, dass es so schnell entdeckt wurde."

„Fünf Stunden. Nicht lange, um jemanden umzubringen, zu zerstückeln, die Leichenteile in der halben Stadt zu verteilen und das Auto wegzubringen."

Logo nickte. „Hast du die Taxis überprüfen lassen? Und kümmert sich jemand um die restlichen Überwachungskameras?"

„Sicher. Kein Fahrer kann sich an einen Fahrgast mit Tüten erinnern."

„Du gehst doch so gerne in die Gerichtsmedizin. Lass dir doch mal erklären, mit welchem Werkzeug das gemacht wurde und was für Kenntnisse und wie viel Kraft dafür nötig waren. Ich kann mich nicht mit dem Gedanken anfreunden, dass eine Frau sowas macht."

Sascha nickte begeistert. „Mach ich, bin schon weg."

Logo setzte sich derweil an seinen Schreibtisch und dachte nach. Die Leichenfundorte gaben ihm Rätsel auf. Was hatten sie gemeinsam? Wie kam jemand darauf, die Teile gerade dort zu entsorgen? Und wie kamen sie dahin?

Die Befragung der Zoo-Angestellten hatte rein nichts ergeben. Dem einen oder anderen waren zwar Besucher aufgefallen, aber von denen hatte sich niemand auffällig in der Nähe des Tigergeheges herumgetrieben.

Es war nur noch eine Frage der Zeit, bis die Presse Wind von der Angelegenheit bekommen würde. Eigentlich wunderte sich Logo, dass es nicht schon in jeder Lokalzeitung stand. Die Schlagzeilen konnte er sich lebhaft vorstellen.

Immerhin gab es dadurch eine kleine Chance, dass hilfreiche Hinweise eintrudeln würden. Wahrscheinlicher war jedoch, dass sich haufenweise Irre melden würden.

Das Telefon klingelte und er meldete sich schroff. „Ja, was gibt's denn?"

„Guten Morgen, Herr Kommissar", hörte er eine leise Stimme. „Hölzel hier. Ich hoffe, ich störe Sie nicht?"

„Nein, nein, Frau Hölzel, gar nicht. Was kann ich für Sie tun?"

„Ich habe nochmal über die Sache nachgedacht. Über den Tag, als dieser Herr Ammerland bei meinem Mann war. Also ich weiß, dass später noch ein Freund von meinem Mann da war. Vielleicht hat er etwas gesehen? Oder hat Ihnen mein Mann davon erzählt?"

„Nein, Frau Hölzel. Wie heißt denn dieser Freund?“

„Martin Bambach. Er wohnt nicht weit von uns entfernt. Birkenweg.“

„Vielen Dank für den Hinweis.“

„Haben Sie sonst schon etwas herausgefunden?“

„Wir ermitteln noch, Frau Hölzel.“

„Verstehe. Dann ... also einen schönen Tag noch.“

„Ihnen auch.“

Logo kratzte sich am Kopf. Merkwürdiger Hinweis. Schaden konnte es nicht diesen Freund zu befragen. Hölzel war nicht sehr gesprächig gewesen, vielleicht erfuhr er von Bambach mehr über diese Grüne Soße-Geschichte. Er informierte Sascha per Handy, schnappte sich seine Jacke und fuhr los.

Bambach war ebenfalls Gärtner, wie Logo feststellte. Sein Hof sah gepflegter aus als der von Hölzel. Ein kleiner Hofladen, umsäumt von bunten Blumenkübeln, wartete auf einer Seite des Grundstückes auf Kunden. Das Haupthaus war frisch weiß getüncht und die Holzläden dunkelgrün gestrichen.

Aus der Tür des Hofladens trat ein großer dünner Mann. Logo hatte seinen Wagen draußen stehen lassen und ging über den Hof auf ihn zu. Volle rote Locken gaben dem Mann ein jugendliches Aussehen, doch als Logo näher kam, sah er die tiefen Falten um Augen und Mund.

„Tach“, meinte er und sah Logo aus eng beieinanderstehenden Augen an. „Wollen Sie noch was kaufen? Wollt gerade zumachen.“

Logo verneinte und wies sich aus. „Sind Sie Martin Bambach?“

„Bin ich. Polizei? Was wollen Sie von mir?“ Misstrauisch starrte Bambach ihn an.

„Ich hätte ein paar Fragen. Am Montagabend waren Sie bei Ihrem Nachbarn, Herrn Hölzel?“

„Na und?“

„Was wollten Sie bei ihm?“

„Warum wollen Sie das wissen?“

„Bitte beantworten Sie einfach meine Frage.“

Bambach wischte sich die Hände an der Arbeitshose ab. „Wollte mit ihm sprechen. Wegen der Grünen Soße.“

„Ging es um den Besuch von Herrn Ammerland?“

„Genau. Wollt wissen, was bei rausgekommen ist.“

„Und?“

„Was und?“

„Mensch. Lassen Sie sich doch nicht die Würmer aus der Nase ziehen. Was ist bei dem Gespräch rausgekommen?“

„Ammerland ist abgezogen. Wir lassen uns nicht davon abhalten, die Öffentlichkeit zu informieren. Wir sind da völlig im Recht.“

„Haben Sie Ammerland noch gesehen?“

„Nein, als ich ankam, war der schon weg.“

„Und um wie viel Uhr war das?“

Der Mann runzelte die Stirn, als überlege er angestrengt. „So gegen sechs würde ich sagen.“

„Haben Sie sonst irgendjemanden bei Hölzel gesehen?“

„Nee. Doch, klar, Frau Hölzel. Hat den Hof gefegt.“

„Kennen Sie Frau Hölzel gut?“

Er zuckte die Schultern. „Sind ja schon ewig Nachbarn.“

„Herr und Frau Hölzel leben nicht mehr zusammen?“

Er zögerte. „Glaub nich.“

„Aber sie arbeitet noch für ihn.“

„Ja, das hat er gut hingekriegt. Macht alles, was sie vorher gemacht hat. Putzt, kocht, macht die Gärtnerei. Und wahrscheinlich für weniger Geld, als er vorher Haushaltsgeld abdrücken musste.“ Er grinste. „Nur eins wahrscheinlich nicht und da ging bestimmt eh nichts mehr.“

Logo wollte sich eben verabschieden, als sich die Haustür langsam öffnete. Der Kopf einer schmalen hellblonden Frau schaute vorsichtig heraus.

„Martin?“, flüsterte sie fast.

Bambach schoss herum. „Geh sofort wieder rein“, fuhr er sie an. Sie zuckte zurück und schloss schnell die Tür. Mit einem entschuldigenden Lächeln drehte sich Bambach wieder zu Logo.

„Meine Frau. Sie ist krank. Ich geh mal rein und sehe zu, dass sie sich hinlegt. Wenn sonst nichts mehr ist, Herr Kommissar.“

Logo verabschiedete sich und blieb neben seinem Auto kurz stehen. Er schaute zurück zum Haus. Alle Gardinen waren dicht zugezogen. Bambach war nicht mehr zu sehen. Irgendetwas war hier merkwürdig. Er schüttelte leicht den Kopf und stieg ein. Es würde warten müssen, aber auf den Zahn fühlen würde er ihm.

Im Auto auf der Rückfahrt dachte er an Jenny. In ein paar Tagen kam sie zurück. Ein Glück. Er vermisste ihre Intuition. Ein Blick auf die Uhr zeigte ihm, dass es schon nach achtzehn Uhr war. Er rief Sascha auf dem Handy an. „Hey Kleiner. Irgendwas Wichtiges? Ich bin hier fertig und fahre heim.“

„Nee“, ertönte Saschas Stimme aus dem Handy. „Aber ich habe einiges Interessantes erfahren. Der Täter könnte eine Kettensäge benutzt haben. Ziemlich unfachmännisch. Ein Profi war das nicht!“

Logo schluckte. „Braucht man dafür viel Kraft?“

„Schon, könnte aber auch eine Frau gewesen sein. Eine kräftige. Allerdings kann ich mir keine Frau vorstellen, die so was macht.“

„Ich kann mir überhaupt niemanden vorstellen, der so was macht. Also dann bis morgen!“

Logo fuhr in die Innenstadt und parkte gegenüber einem mondänen Fitness-Klub. Er starrte regungslos auf den Eingang. Immer wenn jemand heraustrat, verfolgte er denjenigen sehr aufmerksam mit den Augen. Die Uhrzeit stets im

Blick verharrte er hoch konzentriert. Zwei Stunden rührte er sich kaum, bis ihm die Augen zufielen. Als er keine Chance mehr sah, gegen den Schlaf anzukämpfen, startete er den Wagen und fuhr los.

## Dienstag, Frankfurt

„Willst du mit zum Flughafen? Jenny kommt zurück!", waren Logos erste Worte, als er morgens durch die Tür kam.

Sascha blickte verblüfft auf. „Wieso schon heute? Ist was passiert?"

„Keine Ahnung. Sie hat nur kurz angerufen und die Ankunftszeit durchgesagt. Kommst du nun mit?"

Sascha blickte auf. „Ich würde gerne, aber ich bin hier an einer interessanten Sache. Bringst du Jenny hierher?"

„Sie wird müde sein nach dem langen Flug. Urlaub hat sie ja noch die ganze Woche."

„Wenn sie von dem Mord hört, lässt sie den bestimmt sausen."

„Dann kriegt sie´s aber mit mir zu tun. Und mit Biederkopf bestimmt auch."

„Und mit mir", nickte Sascha. „Hoffentlich hat sie sich gut erholt."

Logo hatte seinen Dienstausweis missbraucht, um direkt vor der Ankunftshalle parken zu können. Ungeduldig wartete er vor der Schiebetür der Ankunftshalle. Endlich, da kam sie. Er winkte und drängte sich durch die wartende Menge. „Jenny! Hier!"

Sie blickte auf und er erschrak. Statt gut erholt sah sie blass und übernächtigt aus. Trotzdem lächelte sie, als sie ihn sah.

Er umarmte sie stürmisch. „Mein Auto steht gleich vor der Tür. Dann wollen wir dich mal nach Hause verfrachten."

Sie schüttelte den Kopf. „Aufs Präsidium bitte. Ich muss sofort Biederkopf sprechen."

Er schob sie ein Stückchen zurück und sah ihr ins Gesicht. „Was ist passiert?"

Jenny liefen längst Tränen über die Wangen. Sie warf sich an Logos Brust und schluchzte hemmungslos. Logo war sprachlos. Er streichelte ihr den Rücken und murmelte beruhigende Worte.

Mühsam nahm sich Jenny zusammen. Sie kramte ein Taschentuch aus ihrer Jackentasche und schnäuzte sich. „Jetzt hab ich dein Hemd vollgeheult", schniefte sie. „Tut mir leid."

„Scheiß auf das Hemd, was ist denn los?"

„Ich hab in Amerika wieder so einen Brief bekommen. Dann hat jemand versucht, mich zu töten. Zweimal."

Logo wurde blass. „Was?!"

Sie nickte. Dann sah sie sich um. „Lass uns hier verschwinden."

Er nahm ihren Koffer und sie gingen zum Auto. Auf der Rückfahrt erzählte Jenny ihm alles.

Er schüttelte fassungslos den Kopf. „Das gibt's nicht. Da schickt man dich nach Amerika, damit du dich erholst. Und dann wird ein Mordanschlag auf dich verübt. Beziehungsweise zwei."

„Das muss alles mit den Vorkommnissen hier zusammenhängen. Mit den Briefen und mit dem Einbruch in meine Wohnung. Nur wie?"

Er legte die Hand auf ihr Bein. „Mensch, das tut mir so leid. Das muss ja ein Schock gewesen sein. Und so ganz alleine in einem fremden Land. Warum hast du nicht wenigstens angerufen?"

„Ihr hättet ja sowieso nichts machen können. Dazu noch die Zeitverschiebung. Zuerst dachte ich, jemand hätte mir den Brief in Deutschland ins Gepäck geschmuggelt und der Anschlag in Las Vegas sei ein Unfall gewesen."

„Meine Güte, du bist Polizistin. Und nach allem, was dir im letzten Jahr passiert ist!"

„Ja, ist ja gut. Was hätte ich denn machen sollen? Die Polizei rufen? Und denen erklären, mich hätte jemand in der wartenden Menschenmenge geschubst? Und jemand würde mir anonyme Briefe unterschieben, die vielleicht von einem

Serienmörder kommen, der allerdings im Gefängnis sitzt und keine Möglichkeit hat mit der Außenwelt zu kommunizieren? Die hätten mich für hysterisch gehalten und mein Urlaub wäre vorbei gewesen."

Logo schluckte die ärgerliche Bemerkung herunter, die ihm auf der Zunge lag. Versöhnlich meinte er: „Hast ja recht. Aber der Sturz vom Boot? Unternehmen die was, wo sie jetzt wissen, dass dich jemand gestoßen hat?"

„Natürlich ermitteln sie jetzt. Aber die Reiseteilnehmer kommen bald zurück nach Deutschland, dann übernehmen wir den Fall."

„Kam dir jemand verdächtig vor?"

„Etwas seltsam waren alle. Aber ich habe keinen von ihnen jemals zuvor gesehen. Wieso also sollte einer von ihnen einen Grund haben, mich zu töten?"

Da sie gerade auf den Parkplatz des Polizeipräsidiums einbogen, blieb es Logo erspart, zu antworten.

Sie brachten Jennys Gepäck in ihr Büro und gingen direkt zu Biederkopf. Der Staatsanwalt sprang überrascht auf, als Jenny die Tür hereinkam. „Frau Becker, was ist passiert?"

Jenny hatte schon wieder einen Kloß im Hals. Sie schluckte und versuchte, sich zusammenzureißen. Vor dem Staatsanwalt würde sie nicht losheulen. Der Zusammenbruch vor Logo war schon peinlich genug.

„Scheint so, als würde mir jemand keinen Urlaub gönnen. Man hat versucht mich zu töten." Ihr Versuch, die Sache cool anzugehen, scheiterte kläglich. Ihre Stimme zitterte und sie merkte, wie sie schwankte.

Der Staatsanwalt war entsetzt. Mit zwei großen Schritten kam er um den Schreibtisch herum und packte sie an den Oberarmen? „Töten? Wovon reden Sie?" Er schüttelte sie fast.

„Ist ja nichts passiert." Sie versuchte ein Lächeln, doch es missglückte.

Mit zusammengezogenen Brauen starrte er sie an. „Erzählen Sie schon."

Sie erzählte von dem Vorfall in Las Vegas und ihrem unfreiwilligen Bad im Lake Powell.

„Wenn ich überlege, wie knapp das war", murmelte Logo hinter ihr.

Der Staatsanwalt hielt sie immer noch fest. Widerstreitende Gefühle spiegelten sich auf seinem Gesicht. Angst, Wut und etwas, das Jenny nicht einordnen konnte. Als sie geendet hatte, zog er sie an sich und legte die Arme um sie. „Mein Gott, wenn Sie nicht zurückgekommen wären, ich hätte mir das nie verziehen."

Er ließ sie los, räusperte sich zweimal und kehrte hinter seinen Schreibtisch zurück. Seine Augen waren feucht.

Jenny musste ebenfalls schlucken. „Wieso verzeihen?", fragte sie leise.

Er fuhr sich mit der Hand durchs Haar. „Ich habe Sie doch dahin geschickt. Wenn ich gewusst hätte, dass ich Sie damit in Gefahr bringe ..."

„Niemand hätte das wissen können."

„Wer könnte dahinter stecken?"

Sie erzählte ihm von dem Brief.

Verwirrt starrte er sie an. „Aber wie passt das zusammen? Wer hat den Brief in Ihren Koffer getan und wann?"

„Keine Ahnung", meinte sie erschöpft.

Biederkopf wurde geschäftsmäßig. „Ich lasse sofort alle Mitreisenden überprüfen. Haben Sie eine Liste der Reiseteilnehmer oder soll ich sie vom Reiseveranstalter anfordern?"

Jenny zog einen Zettel aus der Tasche. „Die Namen hab ich natürlich, Wohnort soweit bekannt und ungefähres Alter. Die amerikanische Polizei wollte die Personalien faxen und beim Reiseveranstalter kriegen wir den Rest." Biederkopf stand auf. „Sie fahren jetzt nach Hause, Sie sehen völlig fertig aus. Haben Sie die Alarmanlage schon?" Sie nickte.

Biederkopf seufzte und rieb sich die Augen. Dann schüttelte er den Kopf. „Am liebsten würde ich Sie in Schutzhaft nehmen."

„Was?", echoten Jenny und Logo gleichzeitig.

„Ich weiß, das kommt nicht infrage. Aber Sie müssen zugeben, dass die Bedrohung gegen Sie ungeahnte Ausmaße annimmt. Dass Ihnen sogar jemand nach Amerika folgt und einen Mordanschlag verübt. Dagegen sind anonyme Briefe ja geradezu harmlos."

Logo nickte. „Finde ich auch. Jenny muss geschützt werden."

„Am besten werde ich geschützt, wenn wir rausbekommen, wer der Verursacher des Ganzen ist."

„Dann bleiben Sie zu Hause, schlafen sich aus und ich setze mich mit den USA in Verbindung."

„Also frisch machen und umziehen ist okay. Aber ich kann nicht zu Hause bleiben. Da werde ich wahnsinnig."

Logo und der Staatsanwalt wechselten einen Blick und seufzten unisono. „Es war einen Versuch wert", meinte Biederkopf und Logo nickte resigniert.

Jenny ignorierte die Worte und fragte ihren Kollegen: „Fährst du mich heim?"

„Sicher."

Zu Hause angekommen schickte Jenny Logo zurück ins Präsidium. Als er endlich unter Protest von dannen gezogen war, zog sie sich erleichtert aus. Eine schöne heiße Dusche weckte ihre Lebensgeister. Sie packte aus, sortierte kurz die Schmutzwäsche und zog sich etwas Bequemes an.

Eine Stunde später traf sie wieder im Büro ein. Logo blickte kurz auf und verdrehte die Augen. Sascha sprang auf und umarmte sie so fest, dass sie kaum Luft bekam. „Was machst du bloß für Sachen?" Er bebte vor Sorge.

„Du erdrückst mich fast! Ich kann nichts dafür. Ich wollte Urlaub machen, ehrlich."

Logo schnaubte hinter dem Bericht, den er gerade studierte. Jenny ließ sich auf die andere Seite seines Schreibtischs fallen. „Bringt mich mal auf den neusten Stand! Ihr habt einen Fall?“

„Das kann Sascha übernehmen“, brummte Logo.

Jenny zog eine Augenbraue hoch und sah den jüngeren Kollegen fragend an. Sascha setzte sich aufrecht hin. „Gerne“, meinte er wichtig. Dann begann er Jenny in den neuen Fall einzuweihen, nur ab und zu unterbrochen durch eine Zwischenfrage.

„Oh Mann“, entglitt es Jenny. „Da fahr ich mal ne Woche weg und hier tauchen überall Leichenteile auf. Das habt ihr doch extra gemacht, oder?“

„Wir wollten auch mal zeigen, dass wir was können. Sonst kriegst ja immer du die Lorbeeren!“

Jenny war einen Moment verunsichert. Logos Stimme hatte nicht geklungen, als würde er Spaß machen. Dann blickte er jedoch auf und grinste. Auch Sascha hatte kurz die Luft angehalten, lächelte jetzt jedoch erleichtert. „Bin trotzdem froh, dass du wieder da bist. Ist noch ne Menge unklar in dem Fall.“

Jenny strich sich die Haare aus dem Gesicht. Zum Friseur müsste sie, dringend. „Am unklarsten ist mir das Motiv bei der ganzen Geschichte. Bringt man jemanden wegen Grüner Soße um? Und was hätte jemand davon? Ammerland wollte doch vermitteln, wenn ich das richtig verstanden habe?“

„Richtig. Das Gespräch verlief allerdings nicht gut, zumindest laut Hölzel.“

„Macht er einen jähzornigen Eindruck?“

„Freundlich ist er nicht grade.“

„Ich will euch nicht in die Arbeit pfuschen. Aber die Leichenfundorte würde ich mir gerne mal anschauen. Und mit dem einen oder anderen Zeugen reden.“ Logo zuckte mit den Achseln. „Vielleicht siehst du etwas, das uns entgangen ist.“

„Können wir das gleich machen? Oder sitzt ihr gerade an was Wichtigem?“

„Sascha kann hier die Stellung halten, ich fahr dich rum.“ Er stand auf und schnappte seine Jacke. „Sascha, Leichenzerteilung, dein Spezialgebiet, kannst du dem weiter nachgehen?“

„Klar, bis später.“

Zuerst fuhren sie nach Hofheim zum Apfellieferanten. Vor ihnen fuhr gerade ein leerer LKW auf den Hof. Friedrich stand mit in die Hüften gestemmten Armen daneben. „Herr Kommissar. Was gibt's denn noch?“

„Das ist meine Kollegin, Frau Becker. Wir wollten noch mal mit Ihnen über den Transport damals sprechen.“

Friedrich deutete auf den Fahrer des LKWs, der gerade aus dem Führerhaus kletterte. „Sie haben Glück. Das ist Brunn, der Fahrer, der damals die Buchscheer beliefert hat. Brunn, komm mal rüber!“

Logo erläuterte. „Es scheint sicher, dass die Tüte nicht in der Buchscheer in die Äpfel gekommen ist. Sie müsste schon vorher auf dem Lastwagen gewesen sein.“

Brunn rieb sich das Kinn. „Hab auch drüber nachgedacht. Beim Aufladen war sie sicher nicht drin. Hab zwischenzeitlich drauf geachtet, das würde auffallen.“

Jenny lief um den LKW herum. „Ist der oben offen oder kommt da ne Plane drüber?“

Brunn sah sie erstaunt an. „Offen. Worauf wollen Sie hinaus?“

„Vielleicht hat jemand die Tüte drauf geworfen. Ist zwar ziemlich hoch, aber von einer Brücke wäre es möglich. Meinst du, das geht, Logo?“ Logo blickte Jenny an. „Möglich wär´s. Bitte sagen Sie mir genau die Route, die Sie gefahren sind, Herr Brunn.“

Logo zog einen Block samt Stift aus der Tasche und schrieb mit. „Wir werden das überprüfen. Jenny, hast du noch Fragen?“ Sie schüttelte den Kopf. „Dann danke.“

Als sie im Auto saßen, guckte Logo verschämt. „Von einer Brücke. Da hätt ich auch drauf kommen können.“

Jenny winkte ab. „Manchmal sieht man den Wald vor lauter Bäumen nicht. Ist aber auch schwer vorstellbar, dass sich jemand mit Leichenteilen auf eine Brücke stellt und die auf einen vorbeifahrenden Lastwagen fallen lässt.“

„Genau so schwer vorstellbar, wie alles andere an dem Fall.“

„Warum hat der Täter die Leiche so kompliziert entsorgt? Er hätte sie einfach irgendwo in den Wald werfen können. Oder komplett in den Main, ohne sie erst mühsam zu zerstückeln.“

„Wollte vielleicht ganz geschickt sein und die Ermittlungen erschweren. Liest doch heut jeder Krimis. Ist ihm ja auch gelungen.“

„Du sagst immer, er. Seid ihr sicher, dass es ein Mann ist?“

„Nee, es erforderte allerdings einige Kraft, die Leiche zu zerteilen.“

Im Auto faltete Jenny einen Stadtplan auseinander. „Ich zeichne mal die Route ein. Wir fahren sie nach und achten drauf, wo Brücken sind. Wieso die in der Buchscheer den Sack nicht gleich beim Ausladen gesehen haben, ist mir schleierhaft.“

Logo brummte etwas Unverständliches.

Eine halbe Stunde später trafen sie in der Buchscheer ein und fanden Ballau und Schindel bei der Arbeit vor. Beide waren wenig erfreut, die Beamten zu sehen. Logo stellte Jenny vor und erkundigte sich nach dem genauen Ablauf der Apfelanlieferung. Jenny schaute sich derweil interessiert um.

„An dem Tag waren wir spät dran", erklärte Ballau und blickte unruhig hin und her. „Wir mussten uns beeilen, da haben wir die Äpfel mehr ..."

„Ja?", insistierte Logo. Ballau senkte die Stimme. „Das geht ja mittlerweile alles maschinell, ganz sauber. Die Äpfel werden per Förderband gleich in die Maschine verladen. Aber wie gesagt, wir waren spät dran. Die Lieferung kam ja erst abends. Und das Förderband hing ein paarmal. Da haben wir sie einfach ausgekippt."

Logo warf Jenny einen Blick zu. „Ausgekippt? Auf den Boden?", vergewisserte er sich.

„Ja", meinte Ballau verlegen. „In den Hof. Dann haben wir einen Teil in die Presse geschippt, den anderen liegen gelassen. Sie haben den riesigen Haufen ja gesehen. Kann durchaus sein, dass der Sack druntergemischt wurde. Beim Auskippen meine ich. Und erst beim Wegschippen am nächsten Morgen haben wir ihn dann gefunden. Und Sie angerufen."

„Na, dann hat sich das ja geklärt", meinte Logo und nickte Jenny zu. „Dann kann der Sack wirklich oben auf der Ladung gelegen haben. Willst du noch etwas wissen?"

„Ich will ne Menge wissen, aber ich glaub, momentan erfahren wir hier nicht mehr."

Sie verabschiedeten sich und gingen zum Auto.

„So, und nun in den Zoo?", meinte Logo.

Jenny nickte. „Das erscheint mir am merkwürdigsten. Es gibt doch tausend einfachere Möglichkeiten, als abends mit einer Tüte in den Zoo zu gehen, auch noch Eintritt zu bezahlen und die Teile ins Tigergehege zu werfen. Wieder ein Fall von Kreativität?"

Logo hielt ihr die Autotür auf. „Weiß ich doch nicht. Zumindest bestand die Chance, dass die Leichenteile komplett verschwinden. Der Pfleger meinte, die Tiger hätten am Tag vorher was ganz Besonderes zum Fressen bekommen. Darum haben sie mit den Teilen mehr gespielt. Sonst wär nichts mehr übrig. Knochen in der Größe verputzen die gleich mit."

Jenny war nicht zufrieden. „Aber wie kommt man auf eine solche Idee? Da muss doch jemand den Zoo kennen. Und dass niemand etwas gesehen hat. Frustrierend."

Sie blieben vor dem Tigergehege im Nieselregen stehen und blickten sich um. Wenige Besucher waren unterwegs. Eine Schulklasse rannte lärmend vorbei. Ein älteres Paar ging langsam Arm in Arm vorüber.

„Suchen wir mal diesen Tierpfleger. Krummholz?" Sie gingen um das Gehege herum zum Raubtierhaus. Die Tür war nur angelehnt und es roch unangenehm. Jenny klopfte. Ein älterer, grauhaariger Mann öffnete die Tür und musterte sie. Dann sah er Logo.

„Dachte mir schon, dass Sie noch Fragen haben."

Jenny stellte sich vor. „Wir rätseln, wie die Leichenteile ins Gehege gekommen sind. Kommt das öfter vor, dass jemand etwas hineinwirft?"

„Leider. Sie können sich nicht vorstellen, was ich alles finde. Kinderspielzeug, Regenschirme, einmal sogar einen Schuh. Das meiste landet im Wassergraben."

„Ist ja auch ziemlich breit. Ich würde gerne mal ausprobieren, wie viel Kraft man braucht, um etwas rüberzuwerfen. Haben Sie etwas, mit dem ich das testen könnte?"

„Sie wollen etwas rein werfen? Mal überlegen."

Jenny wandte sich an Logo. „Wie schwer waren die Teile, die hier gefunden wurden?"

„Sicher an die fünfzehn Kilo. Man hat Reste von zwei Plastiktüten gefunden. Möglich, dass es sich also um zwei Pakete handelte. Die Tiger haben nicht viel davon übrig gelassen."

„Hätten sie etwas, das zwischen fünf und zehn Kilo schwer ist? In einer Tüte?"

Er verschwand im Inneren des Hauses. Einen Moment später kam er wieder heraus, eine durchsichtige Plastiktüte in der Hand.

„Wollte gerade Füttern. Das sind etwa acht Kilo. Werfen Sie das ruhig komplett rein, ich hol die Tüte wieder raus."

Jenny dankte ihm. Zusammen liefen sie vor das Gehege und positionierten sich vor dem Wassergraben. Die Tiger lagen nicht weit entfernt und beäugten sie neugierig.

Logo wollte nach der Tüte greifen, doch Jenny hielt ihn zurück.

„Lass mich. Wir wollen ja testen, ob eine Frau das kräftemäßig schafft. Geh mal ein Stück zurück."

Sie holte weit aus und warf die Tüte mit Schwung über den Graben. Sie landete gerade so auf der anderen Seite, wo die beiden Tiger sofort herbeikamen und sie beschnüffelten.

„Knapp, aber möglich", meinte Jenny und sah fasziniert zu, wie die beiden Tiger die Plastiktüte innerhalb von Sekunden in kleine Fetzen verwandelten. Zu zweit rissen sie dann an dem Stück Pferdefleisch.

Krummholz schaltete sich ein. „Selbst wenn sie zu kurz geworfen hätten. Die beiden hätten das aus dem Graben gezogen."

Mit angewidertem Blick meinte Logo. „Wenn die nicht zufällig satt gewesen wären an dem Tag, wär nicht viel übrig geblieben von unserer Leiche."

Krummholz lachte. „Kein bisschen wahrscheinlich. Die lassen nix über."

Jenny bedankte sich. Sie überließen den Tierpfleger seiner Arbeit. Langsam schlenderten sie zum Zooausgang.

„Gut", meinte Jenny. „So könnte es also gewesen sein. Die Frage ist, wie wir weiter vorgehen. Wo war Ammerland nach dem Treffen? Sollen wir die Öffentlichkeit einschalten?"

„Kommt sowieso nichts bei raus. Aber versuchen können wir´s. Vielleicht meldet sich jemand, mit dem er verabredet war.“ Sie verließen den Zoo und schlugen den Weg nach Oberrad ein.

„Ganz erschließt sich mir die Sache mit der Grünen Soße noch nicht“, überlegte sie. „Scheint ja enorm wichtig zu sein, wenn der dafür hier anreist.“

„Kam mir auch seltsam vor, aber Sascha meint, das wäre eine bedeutende Sache. Ammerlands Firma blockt komplett ab. Und Hölzel ... stoffelig und maulfaul. Kannst dir ja gleich selbst ein Bild machen.“

Gegen sechzehn Uhr kamen sie am Hof von Hölzel an. Niemand war zu sehen, nur eine magere grauweiße Katze spazierte mit gerecktem Schwanz über den Hof.

Sie gingen ums Haus herum zu den Gewächshäusern. Als sie um die Hausecke bogen, ertönten laute Stimmen. Jenny und Logo sahen sich an.

„Das kommt von da hinten“, meinte Logo und zeigte zum hinteren Ende des Grundstücks.

Als sie näher kamen, waren die Geräusche deutlicher zu hören. Es handelte sich um eine Frauenstimme, die aufgeregt redete, und eine Männerstimme, die kurz und barsch antwortete. Wörter waren nicht zu verstehen.

Als die beiden Beamten um die Ecke bogen, verstummten die Stimmen und Hölzel trat aus einem Gewächshaus, dessen Scheiben von innen beschlagen waren.

„Sie schon wieder“, brummte er unwirsch und musterte Jenny von oben bis unten.

Logo runzelte die Stirn und stellte sie vor. „Stören wir?“

„Bin am Arbeiten. Was gibt’s denn?“

Jenny schaltete sich ein. „Herr Hölzel. Wir wollten nachfragen, ob Ihnen vielleicht noch etwas eingefallen ist.“

„Nee!“

„Herr Ammerland hat nicht vielleicht erwähnt, dass er zum Flughafen wollte?“ Schien es Jenny nur so oder ging ein merkwürdiger Ausdruck über Hölzels Gesicht?

„Hat nicht gesagt, was er vorhat."

„Können wir noch mal mit Ihrer Frau sprechen?"

„Geht mich nichts an. Machen Sie, was Sie wollen."

Jenny blickte kurz zu Logo. „Ist sie da drin?" Sie reckte den Hals, konnte aber durch das beschlagene Glas nichts erkennen.

„Ist nicht da. Weiß nicht, wann sie wiederkommt."

„Und mit wem haben Sie eben gestritten?"

„Geht Sie nix an! Jedenfalls nicht mit meiner Frau."

Jenny legte Logo, der sichtlich wütend wurde, die Hand auf den Unterarm.

„Wiedersehen, Herr Hölzel."

Wortlos drehte der Gärtner sich um und verschwand wieder im Gewächshaus. Jenny und Logo liefen langsam zurück zum Auto. Jenny blieb davor stehen und sah sich um. „Ich frage mich, wo wir uns unauffällig positionieren könnten, ohne dass man uns sieht. Ich würde zu gerne beobachten, mit wem Hölzel gesprochen hat."

Logo nickte. „Ich dachte schon beim ersten Besuch, dass etwas seltsam ist. Du musst die Frau kennenlernen. Lebt getrennt von ihrem Mann, arbeitet aber noch hier und wohnt nur ein Haus weiter. Unter ärmlichen Bedingungen, wie ich hinzufügen möchte. Das Haus ist mehr eine Bruchbude."

„Lass uns losfahren", meinte Jenny, „falls er uns beobachtet."

Sie fuhren aus der Seitenstraße hinaus auf die Hauptstraße, bogen in den nächsten kleinen Seitenweg wieder ein und hielten an der Rückseite des Grundstücks. Der Weg schien wenig befahren und war links und rechts von dichten Brombeerbüschen begrenzt. Den Wagen ließen sie in einer kleinen Ausbuchtung stehen und stiegen aus. Ratlos blickte Jenny in beide Richtungen. „Drüber schauen ist nicht. Durch das Gebüsch kommen wir aber auch nicht durch. Oder hast du eine Heckenschere dabei?"

„Witzig. Kletter aufs Auto! Ich helf dir."

Mit Logos Hilfe kletterte Jenny auf die Motorhaube und richtete sich auf. „Zum Glück habe ich keine Pumps an."

„Siehst du was?"

„Die Dächer von den Gewächshäusern. Dazwischen ein Stück vom Weg. Aber niemand zu sehen."

„Pass auf, dass du nicht vom Haus aus entdeckt wirst."

„Dazwischen stehen Bäume. Ich kann nur ein kleineres Haus entdecken. Das ist bestimmt das, in dem Frau Hölzel wohnt."

„Braun und schäbig?"

„Genau. Warte, da kommt Hölzel und er hat jemanden dabei."

„Eine Frau?"

„Ja, aber das ist bestimmt nicht seine. Jung und blond. Höchstens dreißig schätze ich. Hilf mir mal runter!"

Logo reichte ihr die Hand. Sie setzte an und wollte elegant von der Motorhaube springen. Rechtzeitig besann sie sich eines Besseren, setzte sich hin und rutschte hinunter. Logo grinste.

„Was?"

„Nichts, nichts."

„Will ich dir auch geraten haben. Sollen wir nochmal rein zu Hölzel? Oder belassen wir es dabei."

„Den heben wir uns für später auf."

Im Präsidium war Sascha gerade dabei, seinen Bericht in den PC zu hacken. Erfreut blickte er auf. „Ihr kommt gerade richtig. Ich bin dabei, Werkzeuge aufzulisten, die geeignet sind, eine Leiche zu zerteilen. Ich wusste gar nicht, wie viele es davon gibt. Wie war´s bei euch?"

Jenny erzählte kurz und hakte dann nach. „Sind das Spezialwerkzeuge?"

„Nö. Geeignete Werkzeuge zum Zerteilen bekommt man im Zubehör für Metzger und Fleischer, aber auch in jedem

Baumarkt. Wie die schon erwähnte Kettensäge. Ach, Biederkopf hat angerufen. Er hat die Unterlagen aus den USA und bleibt dran, soll ich ausrichten. Du sollst vorsichtig sein, Jenny."

„Ich kann's nicht mehr hören. Am besten fahr ich jetzt heim, die Nacht war ziemlich kurz. So richtig schläft man im Flugzeug ja nicht. Muss jetzt nur aufpassen mit dem Jetlag, sonst komm ich ewig nicht in den richtigen Rhythmus."

„Wirst später müde, oder?"

„Genau. Und später wach auch, leider. Also bis morgen dann. Ach, ihr überprüft Hölzel, oder?"

„Klar. Schon in Arbeit."

Nie hätte sie es vor den Kollegen zugegeben, aber mulmig war ihr schon bei dem Gedanken, allein in ihre Wohnung zurückzukehren. Über die Miquelallee fuhr sie auf die A66 und nahm die Ausfahrt Sossenheim. Vor einem halben Jahr etwa hatte sie hier in einer ruhigen Seitenstraße eine Eigentumswohnung gekauft. Sie hielt noch kurz am Supermarkt und kaufte Brot und Aufschnitt. Zu Hause legte sie sich lange in die Wanne und setzte sich dann an den PC. Viel war nicht angelaufen während ihrer Abwesenheit. Eigentlich merkwürdig, dass sie keine Briefe oder Drohungen über das Internet erhalten hatte. Das wäre doch viel einfacher gewesen, als Briefe in ihrer nächsten Umgebung zu verstecken. Offensichtlich ging es hier weniger um den Inhalt, als darum, Angst zu erzeugen, indem man scheinbar problemlos in ihren persönlichsten Bereich eindrang. Ob Er dahinter steckte? Immer noch träumte sie von IHM und immer noch grübelte sie, ob sie nicht früher hätte erkennen müssen, dass sich hinter seiner charmanten gutaussehenden Schale ein perfider Serienmörder verbarg.

Doch wie sollte ER alles aus dem Gefängnis heraus eingefädelt haben? ER müsste einen Komplizen haben oder sogar mehrere. Doch alle Überprüfungen hatten nichts ergeben.

Sie schüttelte die unguten Gedanken ab und loggte sich in ihr Lieblings-Online-Spiel ein. Zwar hatte sie kaum noch Zeit für World of Warcraft, ihren Account hatte sie jedoch behalten und ab und zu sagte sie Freunden von früher „Hallo". Da kamen auch schon die ersten Whisper. Bedauernd lehnte sie Einladungen zu gemeinsamen Unternehmungen ab und loggte sich wieder aus. Ihr fehlte einfach die Ruhe.

Stattdessen setzte sie sich an ihren Schreibtisch und begann eine Liste aller Reiseteilnehmer anzulegen. Daneben schrieb sie jede Information auf, an die sie sich im Zusammenhang mit ihnen erinnerte. Vielleicht half ihr das, sich einen Überblick zu verschaffen und wenn nicht, war sie wenigstens beschäftigt.

Um dreiundzwanzig Uhr schien es ihr endlich spät genug, um ins Bett zu gehen. Dank des Jetlags schlief sie sofort ein. Ihr Schlaf wurde nur durch einen kurzen Albtraum gestört. ER spielte die Hauptrolle.

**Mittwoch, Frankfurt**

Morgens trafen die drei Kollegen fast zeitgleich im Präsidium ein. Bevor noch die erste Kanne Kaffee fertig war, stand Biederkopf in der Tür. „Moin zusammen. Wollte kurz die ersten Ergebnisse mit Ihnen besprechen, Frau Becker."

„Da bin ich gespannt", meinte Jenny, „setzen Sie sich doch. Kaffee?"

„Gerne". Der Staatsanwalt nahm Platz und legte einen Stapel Papiere vor sich ab.

„Illustre Reisegesellschaft, um es vornehm auszudrücken. Johann ist wegen Scheckbetrugs vorbestraft. Waltraut Wingarter hat gleich mehrere reiche Ehemänner überlebt. Am verdächtigsten scheint mir jedoch diese Irmtraud. Die gibt's nämlich nicht."

„Wie, die gibt's nicht?"

„Die Identität ist falsch. Das heißt, es gibt wirklich eine Irmtraud, aber sie ist seit drei Jahren tot. Drogen."

Jenny staunte. „Das ist ja ein Ding. Die brave Irmtraud. Wobei, so brav wie sie aussah, scheint sie nicht zu sein. Immerhin habe ich sie mit Johann frühmorgens aus seinem Hotelzimmer kommen sehen."

„Ihre Spur verliert sich völlig. Der Wohnsitz stimmt nicht. Bezahlt hat sie bar im Reisebüro. Haben Sie zufällig ein Foto von ihr?"

Jenny schlug sich an die Stirn. „Natürlich. Dass ich daran nicht gedacht habe. Die Kamera hab ich sogar bei mir." Sie kramte in ihrer Umhängetasche. „Viel hab ich allerdings nicht fotografiert." Sie blätterte durch die Bilder auf dem Display. „Irgendwie scheint sie nirgends drauf zu sein. Doch, da, das ist sie. Leider nur von der Seite. Anscheinend hat sie sich grade wegedreht." Sie reichte Biederkopf die Kamera. Logo und Sascha schauten ihm über die Schulter.

Biederkopf kniff die Augen zusammen. „Nicht viel zu erkennen. Wirkt tatsächlich sehr konservativ. Diese Dauerwelle. Sowas hatte meine Mutter."

Jenny pflichtete ihm bei. „Der Rest passte dazu. Altmodische Röcke, dicke blickdichte Strumpfhosen. Aber Johann hat sich daran offensichtlich nicht gestört. Ihn müssen wir unbedingt befragen. Ich würde das gerne machen. Immerhin kenne ich die Leute. Der Fall mit den Leichenteilen geht natürlich vor."

„Da haben Sie recht, aber Ihnen erzählt er vielleicht wirklich mehr. Ich überlasse es Ihrem Urteilvermögen, in wieweit Sie Ihre Zeit zwischen den beiden Fällen aufteilen können."

Jenny blickte ihn überrascht an. Sie hatte mit mehr Widerstand gerechnet. „Danke. Ich verspreche, die Arbeit am Grüne Soße-Fall wird nicht drunter leiden."

Biederkopf nahm das mit einem Nicken zur Kenntnis. „Johann lebt in Dietzenbach, geschieden. Langer Unterhaltsstreit. Arbeitet als Versicherungskaufmann. Hier ist die Adresse."

„Gut, die treffen morgen früh in Deutschland ein. Dann fahren wir hin. Ich bring jetzt die Kamera in die Technik. Sie sollen versuchen, das Foto zu vergrößern. Und Fotos von den anderen brauchen wir auch. Nur für alle Fälle."

Als Jenny zurückkam, war Biederkopf weg. Sie begann, im Zimmer auf und ab zu gehen. „Irmtraud also. Ihre Maskerade war wirklich perfekt. Mir ist zwar aufgefallen, dass sie mich manchmal anstarrte, aber ich habe dem keine Bedeutung beigemessen."

„Trotzdem dürfen wir die anderen nicht außer Acht lassen. Vielleicht hatte sie einen Komplizen. War sie denn in der Nähe, als die Anschläge auf dich passiert sind?"

„Keine Ahnung. In Vegas hab ich sie nicht gesehen, aber da waren so viele Menschen. Und auf dem Boot war´s zu dunkel. Kann schon sein, dass sie auch draußen war. Die

Frage ist aber doch: Was ist ihr Motiv? Hat sie auch den Brief deponiert? Steht sie gar mit IHM in Verbindung? Und wie soll das gehen?“

„Wird schwer sein sie aufzuspüren, wenn wir nicht mal wissen, wie sie richtig aussieht. Werden bei der Einreise in die USA nicht Fingerabdrücke abgenommen?“

„Ja, aber leider bei der Ausreise umgehend gelöscht. Dieser vermaledeite Datenschutz.“

„Sie muss Verbindungen haben. Wie wäre sie sonst an falsche Papiere gekommen?“

Entschlossen wandte Jenny sich an Logo. „Um Irmtraud kümmert sich Biederkopf. Lass uns nochmal zu Hölzel fahren. Vielleicht ist seine Frau jetzt da. Schließlich haben wir einen Mordfall zu lösen. Er wird zwar bestimmt sauer sein, wenn wir wieder auftauchen, aber vielleicht wird er dann gesprächiger.“

„Seine Frau ist mitteilsamer“, meinte Sascha. „Kann ich mitfahren? Mir schwirrt der Kopf vor lauter Mordwerkzeugen. Käm gerne mal raus.“

Jenny war einverstanden. „Dann hält Logo hier die Stellung.“

Sie hatten Glück. Hölzel war nirgends zu sehen, doch seine Frau kam über den Hof auf sie zu. Zurückhaltend lächelte sie Sascha an. „Hab mir schon gedacht, dass Sie noch mal wiederkommen.“

Sascha stellte Jenny vor und Frau Hölzel schüttelte ihr die Hand. „Toll, wenn eine Frau so was macht. Früher gab's das nicht.“

Jenny nickte und sah sich um. „Können Sie mich ein bisschen herumführen, während wir reden? Das Ganze hier interessiert mich sehr. Nicht nur beruflich.“

Die Frau strahlte. „Natürlich, gerne, kommen Sie.“

„Mein Kollege wartet hier." Jenny blickte Sascha bedeutsam an. Irgendwie hatte sie das Gefühl, Frau Hölzel würde sich nur öffnen, wenn kein Mann dabei wäre.

Sie ließ sich die Gewächshäuser zeigen und hörte aufmerksam zu, als Frau Hölzel ihr die Zusammensetzung und den Anbau von Grüner Soße erklärte.

„Und die Geschäfte laufen gut?"

Die Frau nickte bestätigend. „Mit Grüner Soße wird hier in Frankfurt viel Umsatz gemacht. Deshalb kann es auch nicht sein, dass diese Firma überall Frankfurter Grüne Soße verkauft. Soviel Kräuter könnten hier gar nicht angebaut werden und wenn die Kräuter von woanders kommen, ist´s halt keine Frankfurter Grüne Soße."

„Frankfurter Würstchen kommen doch auch nicht unbedingt aus Frankfurt."

„Aber zumindest aus dem Großraum. Ansonsten müssen sie Würstchen Frankfurter Art heißen und nicht Frankfurter Würstchen."

„Also ist das Ganze eher ein Streit um die Bezeichnung?"

„Richtig. Und es geht um die Frankfurter Ehre! Wir lassen uns unser Original nicht nehmen. Dass die eine ähnliche Soße in den Handel bringen, kann man nicht vermeiden. Will auch keiner. Ist doch gut, wenn man die Soße auch woanders kaufen kann, in Berlin will man sie ja auch essen. Aber man muss sie halt unterscheiden können. Viele wollen nur das Original mit unseren Kräutern. Nicht das billige Tiefkühlzeugs."

„Und was genau wollte Ammerland hier?"

„Mein Mann kämpft verbissen gegen diese Firma und die Zeitungen haben sich draufgestürzt. Ich weiß es nicht genau, aber ich denke, Ammerland war hier, um diese schlechte Presse zu verhindern. Ich hätte ihm sagen können, dass das aussichtslos ist."

„Warum?"

„Mein Mann hat festbetonierte Ansichten." Sie blickte wehmütig. „Reden konnte man mit ihm noch nie."

„Wie lange sind Sie verheiratet?"

Die Frau seufzte. „Vierzig Jahre. Wir hatten gerade Hochzeitstag. Nicht, dass wir gefeiert hätten, wir leben ja schon einige Zeit getrennt. Gleich nach der Schule haben wir geheiratet. Also mit sechzehn, ich war ja nur auf der Volksschule."

„Dafür..." Jenny verschluckte, was sie sagen wollte.

Frau Hölzel lachte. „Ich drücke mich gut aus, meinen Sie? Für eine ungebildete Bäuerin? Ich lese viel. Bücher sind die Welt, in die ich mich flüchte. Da nimmt man so Einiges an." Jenny nickte etwas verlegen. „Also Ihr Mann spricht für alle Oberräder Gärtner?"

„Oh nein, nein. Nicht für alle. Er stellt es gerne so hin, als würde er für alle sprechen, aber das stimmt nicht. Er macht der Firma von Ammerland am meisten Ärger, weil er an die Öffentlichkeit geht."

„Das ist interessant. Und die anderen Gärtner? Wie sehen die die Sache mit der nachgemachten Grünen Soße?"

„Sie wehren sich natürlich dagegen. Eine Gruppe von ihnen hat sich in einem Verein zusammengeschlossen und bei der EU einen Schutz der Ursprungsbezeichnung beantragt. Es geht um die Zusammensetzung und die Herkunft der Kräuter."

„Und warum ist Ihr Mann nicht in diesem Verein?"

Der Frau war die Frage sichtlich peinlich. „Mein Mann ist bei denen nicht sehr angesehen."

„Wieso das?"

„Er ist ein schwieriger Mensch, jähzornig. Sein Vater war schon so. Schon als junger Mann hatte er mit vielen der anderen Gärtner Ärger. Außerdem nehmen sie ihn nicht ernst."

„In welcher Hinsicht?"

Frau Hölzel machte eine Handbewegung, die das Gelände umfasste. „Sehen Sie sich hier um. Alt und heruntergekommen. Ich kümmere mich um die Kräuter und um alles andere, soweit es geht, aber für nichts ist Geld da. Wir verkaufen unsere Ware im Hofladen unseres Nachbarn und an ein paar alte Händler in der Kleinmarkthalle. Andere Gärtner sind mit der Zeit gegangen. Sie haben ordentliche lukrative Betriebe und liefern die Grüne Soße überall hin. Wir haben sogar einen Großbetrieb. Der ist allerdings ebenfalls nicht in dem Verein."

Jenny dachte einen Moment nach. Ganz klar war ihr die Strukturierung des Grüne Soße-Anbaus noch nicht. Und Hölzel hatte sie wohl in Bezug auf seine Wichtigkeit falsch eingeordnet. Frau Hölzel überraschte sie.

Die Frau zögerte einen Moment und sprach dann weiter. „Vielleicht sollten Sie mit denen sprechen. Herr Ammerland hatte da sicher auch Termine. Ich würde sogar annehmen, dass er zu diesem Zweck in Frankfurt war. Meinen Mann wollte er wahrscheinlich nur dazu bewegen, endlich Ruhe zu geben."

„Hätte er damit Erfolg gehabt?"

„Nie im Leben. Wirbel zu machen ist mittlerweile sein Lebenszweck."

Jenny schwirrte der Kopf. „Können Sie mir sagen, an wen ich mich in diesem Verein am besten wende?"

„Kommen Sie mit rein, ich schreib Ihnen die Adresse vom Vorsitzenden auf. Und von Volks. Das ist der Großgärtner."

Jenny folgte der Frau zum hinteren Ende des Geländes, wo sie ein kleines fast schon baufällig aussehendes Gebäude betraten. Die Eingangstür führte direkt in einen winzigen Raum, der offensichtlich als Wohn- und Esszimmer diente. Der Dielenboden war alt und ausgetreten, doch lag ein bunter Flickenteppich darauf und gab dem düsteren Raum einen fröhlichen Anstrich. Kalt war es. Ein uralter Kohleofen schien die einzige Wärmequelle zu sein. Links öffnete sich ein Durchgang in eine Küchennische. Alles war blitzsauber.

Frau Hölzel blickte Jenny verlegen an. „Ziemlich schäbig, ich weiß. Aber bei meinem kleinen Einkommen muss ich froh sein, dass mein Mann mich hier für wenig Miete wohnen lässt."

Jenny blickte sich um. Nach ihrer Meinung war jeder Cent Miete für diese Bruchbude zu viel, aber sie wollte die Frau, der es sowieso schon peinlich zu sein schien, nicht kränken.

„Hier sind die Adressen. Volks Firma ist nicht weit weg, Nähe Kaiserlei."

Jenny bedankte sich. Sie verließen das Häuschen und gingen gemeinsam zum Auto. Jenny blieb stehen.

„Frau Hölzel, könnten Sie sich vorstellen, dass es Ammerland nicht nur um ein Gespräch ging, sondern dass er ihren Mann auch weitergehend, wie soll ich sagen, beeinflussen wollte?"

„Sie meinen Bestechung?"

Jenny hob eine Augenbraue. „Genau."

Frau Hölzel zögerte. „Möglich. Steckt ja viel Geld in der Geschichte."

„Hätte er bei Ihrem Mann Erfolg gehabt?"

Diesmal überlegte die Frau lange. „Ich glaube nicht. Verstehen Sie mich nicht falsch. Er hätte keine Probleme Geld anzunehmen, aber die Grüne Soße ... Das ist für die Leute hier eine Sache der Ehre."

Jenny dankte ihr und stieg in den Wagen, wo Sascha döste. Er schrak hoch, als sie die Tür zuknallte. „Konnte sie uns weiterhelfen?"

Es dauerte einen Moment, bis Jenny antwortete. „Ja, schon", meinte sie nachdenklich. „Zumindest hat sie einen Ansatz geliefert, dem wir weiter nachgehen können. Merkwürdige Frau."

„Wieso?"

„Drückt sich ungewöhnlich gebildet aus für eine Frau ihrer Herkunft. Ganz anders als ihr Mann. Ihr Leben war sicher nicht einfach. Und die jetzige Situation ..."

Sascha nickte. „Unerträglich."

„Aber sie scheint sich damit abgefunden zu haben. Schon tragisch. Was hätte aus ihr werden können, wenn sie andere Möglichkeiten gehabt hätte?" Sie schwiegen einen Moment.

„Scheint dir richtig nahezugehen", meinte Sascha forschend.

„Erinnert mich an jemanden, der mir sehr nahe stand."

Bevor Sascha nachfragen konnte, schubste sie ihn. „Fahr los. Hölzel vertritt offensichtlich nicht alle Oberräder Gärtner."

„Nicht?"

„Nee, er ist nur ein ganz kleines Licht. Es gibt zwei wichtige Parteien, wenn ich das richtig verstanden habe. Einen Verein und einen Großgärtner."

„Der Verein hat den Prozess geführt. Ich dachte, für den spricht Hölzel?"

„Im Gegenteil, Sascha, im Gegenteil."

Tobias Volks Großgärtnerei verfügte über eine eigene Zufahrtsstraße. Durch ein weit geöffnetes schmiedeeisernes Tor gelangten sie auf einen riesigen Hof, der mit weißem Kies bestreut war. Zur Linken stand ein modernes Bürogebäude, rechts erstreckte sich etwas zurück gesetzt eine Reihe ebenso moderner großer Gewächshäuser. Überall standen Blumenkübel, unter einem großen Kastanienbaum lud eine Sitzgarnitur zum Ausruhen ein.

Vor dem Bürogebäude parkten mehrere Autos, durchweg obere Mittelklasse. Sascha stellte den Dienstwagen daneben, sie stiegen aus und blickten zum Haus. Am Bürogebäude prangte ein großes kupferfarbenes Schild mit der Aufschrift „Volks Frische-Center".

Die Eingangstür war nur angelehnt. Sie betraten das Foyer, das ganz in Marmor und Glas gehalten war. Hinter einem Tresen saß eine gepflegte blonde Empfangsdame in einem schicken blauen Kostüm. Professionell lächelte sie die beiden an.

„Guten Tag. Was kann ich für Sie tun?“

Jenny stellte sich vor und bat den Leiter der Firma sprechen zu dürfen. Die Blonde runzelte die Stirn.

„Herr Volks empfängt normalerweise nur nach Termin, aber ich sehe, was ich machen kann. Das ist ja sicher ein ... Sonderfall?“ Sie sah Jenny fragend an, die bestätigend nickte.

„So könnte man es nennen.“

„Einen Moment bitte.“ Sie nahm einen Hörer in die Hand und sprach leise hinein, nickte nach einem Moment und blickte auf. „Herr Volks hat in ein paar Minuten Zeit für sie. Setzen sie sich doch bitte. Einen Kaffee vielleicht oder ein Wasser?“

Sie lehnten dankend ab. Jenny schaute sich um und aus dem Augenwinkel beobachtete sie Sascha, der schon auf eine schwarze Ledergarnitur zusteuerte, die auf der anderen Seite des Foyers stand. Kein Wunder, auf dem Tisch stand eine Glasschale mit diversen Schokoriegeln. Sie setzte sich neben ihn.

Etwa zehn Minuten später kam ein salopp gekleideter Mann aus dem Fahrstuhl. Er schien kaum älter als dreißig zu sein, seine blondgesträhnten Haare wiesen auf einen teuren Friseur hin und seine Kleidung war, obwohl lässig, vom Feinsten. Am linken Handgelenk trug er eine protzige Uhr, am Finger einen Piaget-Ring. Jenny erkannte ihn auf Anhieb, weil sie selbst oft vor dem Schaufenster des Juweliers Christ gestanden und diese Ringserie bewundert hatte. Leider weit jenseits ihres Budgets.

Mit einem offenen Lächeln kam Volks durchs Foyer auf sie zu. „Sie sind die Herrschaften von der Polizei“, stellte er fest. „Kommen Sie bitte mit in mein Büro.“

Er ergriff Jennys Hand, drückte sie kurz und half ihr gleichzeitig beim Aufstehen. Einen Moment hatte Jenny das Gefühl, er wolle ihre Hand küssen, er ließ sie jedoch los und begrüßte Sascha.

Sie folgten ihm in den Aufzug und fuhren in den obersten Stock. Durch einen kleinen Vorraum kamen sie in ein riesiges Büro mit einem fantastischen Ausblick über den Main. Jenny ging ans Fenster und zuckte zusammen, als Volks plötzlich dicht hinter sie trat.

„Unbeschreiblich, finden Sie nicht?“, meinte er und in seiner Stimme klang Bewunderung. „Leider sind hier weitere Hochhäuser in Planung, die den fantastischen Blick verbauen werden. Bitte setzen Sie sich doch.“ Er wies auf einige Sessel, die um einen niedrigen Glastisch standen. „Meine Empfangsdame hat ihnen etwas angeboten?“

„Ja, vielen Dank.“

„Ich bin sehr gespannt, was die Polizei von mir will.“

Jenny setzte sich, während Sascha sich im Raum umblickte. Auf der anderen Seite stand ein riesiger Schreibtisch aus schwarzem Glas. Ein Stapel Akten lag exakt ausgerichtet darauf. Daneben stand ein riesiger Flachbildschirm. An der Wand dahinter hing ein einziges abstraktes Bild. An einer weiteren Wand erstreckten sich Regale mit Aktenordnern.

„Wir sind hier wegen des Grüne Soße-Streits“, begann Jenny. „In diesem Zusammenhang ist es zu einem Todesfall gekommen.“

Volks hob erstaunt die Augenbrauen. „Wie bitte?“

Jenny erklärte ihm, was in der letzten Woche vorgefallen war, ohne ins Detail zu gehen.

„Ammerland hat sich mit Hölzel getroffen?“, fragte er ungläubig.

„Hat er. Warum wundert Sie das?"

Volks schüttelte den Kopf. „Eigentlich sollte es mich nicht wundern. Nach all dem Zirkus, den Hölzel und sein Anhang veranstaltet haben."

„Zirkus?"

„Wissen Sie, wie viele Zeitungsartikel zu dem Thema im letzten Jahr erschienen sind? Hölzel hat jede Gelegenheit genutzt, die Presse einzuspannen. Dabei kriegt er den Mund nicht auf. Dieser Bambach hat das Reden in der Regel übernommen."

Jenny runzelte die Stirn. „Ist das keine gute Werbung?"

Volks schnaubte abfällig. „Auf diese Art Werbung kann ich gut verzichten. Ich würde lieber wegkommen von diesem Bauernimage. Jedes Mal, wenn ich den Hölzel in seinen verdreckten Latzhosen auf einem Foto sehe und den Misthaufen im Hintergrund, dreht sich mir der Magen um."

Jenny war ratlos. „Es gehört doch zur Grünen Soße, dass die Oberräder Kleinbauern die produzieren."

„Ja, aber doch nicht mehr so. Wissen Sie, welchen Marktanteil die Gruppe um Hölzel hat?"

Jenny sah hilflos zu Sascha. „Zwanzig Prozent?", riet er.

„Zwei, ganze zwei Prozent! Aber sie tun, als wären sie die Hauptproduzenten. Unsere Firma hat etwa vierzig Prozent und den Rest hat die Vereinigung der Oberräder Kleingärtner."

„Wir dachten erst, Hölzel und Bambach würden für sie sprechen."

Volks schaute sie überrascht an. „Nein, die beiden kochen ihr eigenes Süppchen. Die anderen Kleingärtner haben ordentliche gepflegte Gärtnereien, die schon ewig in Familienbesitz sind. Sie stellen den traditionellen Grüne Soßen-Anbau. Und sie haben auch den Prozess angestrengt. Hölzel wollen sie nicht mal im Verein haben. Er macht sich nur wichtig. Wahrscheinlich erhofft er sich Geld von der Presse.

Ammerland hat sicher mit ihm gesprochen, um weiteren Pressewirbel zu vermeiden."

„Und mit Ihnen? Warum hat er mit Ihnen gesprochen?"

„Hat er nicht. Wir waren am Dienstag verabredet, aber er ist nicht erschienen. Er strebte eine Kooperation entweder mit meiner Firma oder mit der Gärtnervereinigung an. Wir sind der größte Produzent von Kräutern hier in der Region. Bei Bedarf könnten wir auch noch expandieren und wir haben nichts dagegen, wenn Ammerlands Firma den Vertrieb in anderen Teilen Deutschlands übernimmt. Damit wäre allen gedient. Die Gärtnervereinigung ist mehr den Traditionen verbunden. Sie möchten die Produktion am liebsten auf Frankfurt beschränken." Jenny versuchte das alles auf die Reihe zu bekommen. „Der Prozess geht doch darum, dass diese Brandenburger Firma Kräuter aus deren Region verarbeitet. Wenn die Ihre Kräuter von hier nehmen, dann gäbe es doch gar keinen Grund für einen gerichtlichen Streit?"

„Doch. Es muss ein für alle Mal festgelegt werden, was sich Grüne Soße nennen darf und wo die Kräuter herkommen dürfen. Das liegt in unser aller Interesse. Prinzipiell ist es auch vorteilhaft, dass die Presse darüber berichtet. Aber Hölzel hat die Sache auf Regenbogenpresse-Niveau herabgezogen. Elender Querulant."

„Das gibt der Sache eine ganz neue Richtung. Und Sie haben nichts mehr von Ammerland gehört?"

Volks schüttelte den Kopf und lehnte sich zurück. „Nichts. Als wir bei seiner Firma nachfragten, erfuhren wir nur, dass er verhindert sei. Sie schicken übrigens nächste Woche jemand anderen."

„Kannten Sie Ammerland persönlich?" Volks schüttelte entschieden den Kopf. „Nicht mal am Telefon habe ich mit ihm gesprochen. Die Terminvereinbarung kam schriftlich zustande, über den Anwalt der Firma. Es hat mich sowieso gewundert, dass sie nur einen Mitarbeiter schicken und nicht gleich einen Anwalt dazu. Bei so einer großen Sache. Offensichtlich wollten sie erst vorfühlen."

Jenny überlegte einen Moment. „Können Sie mir noch etwas über Hölzel sagen?"

„Am besten lesen Sie alle Zeitungsartikel. Sein Sprachrohr ist, wie vorhin erwähnt, Martin Bambach. Hat einen Hof in der Nähe vom Hölzel und betreibt auch den Hofladen, in dem beide ihre Kräuter verkaufen. Ich halte ihn für aalglatt. Bauernschlau eben. Vielleicht ist aber auch mehr an ihm dran. Keine Ahnung. Und Hölzel ... meine Eltern kennen die Familie noch von früher. Von ihnen hab ich die Gärtnerei übernommen, als sie noch ein kleiner Familienbetrieb war. Sie sind jetzt in Rente und wohnen im Hintertaunus. Hölzel hat zu Beginn seiner Kampagne versucht mich mit einzubeziehen, aber ich hatte natürlich kein Interesse."

„Ich würde gerne mit Ihren Eltern sprechen."

Volks griff nach einem eleganten Füller. „Ich schreibe Ihnen die Adresse auf. Meinem Vater wird es Spaß machen, von den alten Zeiten zu erzählen." Er zog seine Manschetten herunter. „Kann ich Ihnen sonst irgendwie helfen? Ich habe gleich ein Meeting."

Jenny stand auf. „Das war´s erst mal. Danke. Wir finden alleine hinaus."

Vor dem Büro stießen sie beinahe mit einer elegant gekleideten höchstens dreißigjährigen Frau zusammen. „Hoppla", lächelte sie. Hinter ihnen ging die Tür auf.

„Hallo Liebling. Du bist früh. Das ist meine Frau Monique.", wandte er sich an Jenny und Sascha, der sie bewundernd anstarrte. Jenny schubste ihn unauffällig und sie verabschiedeten sich.

Vor der Tür atmeten beide tief durch. Die Luft duftete herbstlich.

„Tolle Frau", meinte Sascha verträumt.

Jenny musste es zugeben. „Passen zueinander."

„Zu Volks warst du aber freundlich", grinste Sascha. „Gutaussehender Typ, nicht?"

Ärgerlich boxte sie ihn gegen den Oberarm. „Blödmann. Warum sollte ich nicht freundlich sein? Er war doch sehr kooperativ. Vielleicht sogar etwas zu kooperativ. Lag ihm viel daran, den Hölzel in ein schlechtes Licht zu rücken. Mit den Eltern sprechen wir auf jeden Fall als nächstes. Über Hölzel will ich mehr wissen. Irgendwas stimmt mit dem nicht."

Sascha zuckte mit den Schultern. „Ist der beste Anhaltspunkt momentan." Er sah sich um. „Was der hier aufgebaut hat. Ich dachte wirklich, es gäbe nur die berühmten Oberräder Kleingärtner. Dass hier auch so ein großer Konzern mitspielt ... Bin nicht sicher, ob mir das gefällt."

„Prinzipiell bin ich auch dagegen, dass überall große Firmen die kleinen inhabergeführten Betriebe verdrängen. Aber das hier macht im Vergleich zu Hölzels Hof schon einen schicken Eindruck."

„Hauptsache die Kräuter kommen aus Frankfurt. Sonst ist es einfach keine echte Grüne Soße."

„Langsam kapier ichs auch."

Sascha guckte verlegen. „Ich wusste von dem Verein. Die haben das Denkmal errichtet. Aber ich dachte, dass das Hölzels Gruppe ist."

„Denkmal?", fragte Jenny neugierig.

„Natürlich", Sascha richtete sich auf. „Es gibt ein Grüne Soße-Denkmal in Oberrad. Sieben kleine Gewächshäuser in einer Reihe, für jede Kräutersorte eines. Jedes hat einen anderen grünen Farbton und abends sind sie beleuchtet. Wir können ja mal vorbeifahren, wenn wir in der Nähe sind."

„Gerne! Dass ich das nicht weiß als Frankfurterin ... schon peinlich. Wann wurde das errichtet?"

„2007."

„Ich versuche, Volks Eltern zu erreichen. Bin gespannt, was sie uns zu sagen haben."

Jenny zerrte ihr Handy aus der Gesäßtasche. Sascha sah kritisch zu. „Dass das nicht durchbricht, wenn du dich draufsetzt."

Jenny bedachte ihn mit einem vernichtenden Blick. Sie wählte die Nummer von Volks Eltern und verabredete sich mit ihnen eine Stunde später auf eine Tasse Kaffee.

Über die A661 fuhren sie an Bad Homburg vorbei nach Schmitten. Unterwegs passierten sie die Saalburg, wo wie immer Schlangen von Schulkindern anstanden, um sich in die Geheimnisse der römischen Geschichte einführen zu lassen.

Schmitten war ein kleines beschauliches Städtchen am Nordhang des Großen Feldbergs. Viele Pendler wohnten hier und schoben sich morgens und abends durch den Berufsverkehr von und nach Frankfurt. Zudem war der Hintertaunus, insbesondere das Weiltal, beliebter Alterswohnsitz für die, die genug von der Großstadt hatten.

Volks Eltern hatten sich ein kleines Einfamilienhaus in einer ruhigen Seitenstraße gekauft. Die Straße endete hier, nur ein Feldweg führte weiter durch die Wiesen zur Weil, einem kleinen Flüsschen, das dem Tal seinen Namen gegeben hatte.

Jenny brauchte nicht zu klingeln. Als sie aus dem Auto ausstiegen, zog jemand den Vorhang zur Seite und ein von weißen Haaren umrahmtes rundliches Gesicht spähte heraus. Jenny öffnete das niedrige Gartentor. Über einen schmalen Plattenweg gingen sie zur Haustür. Volks Senior öffnete sofort. Seine Frau, die ihm kaum bis zur Schulter ging, schaute an ihm vorbei. Sie begrüßte sie herzlich, während ihr Mann eher reserviert blickte.

Nachdem Jenny sich und ihren Kollegen vorgestellt hatte, bat Volks sie ins Wohnzimmer, wo ein Esstisch bereits mit Kaffeegeschirr gedeckt war. Frau Volks verschwand kurz und kam gleich darauf mit einer Platte Schmandkuchen zurück.

Saschas Augen leuchteten. Jenny warf ihm einen warnenden Blick zu.

Sie setzten sich und als jeder Kaffee und Kuchen vor sich stehen hatte, lehnte sich Volks Senior zurück. „So, jetzt sind wir aber doch gespannt, wie wir ihnen helfen können. Wir hatten noch nie mit der Polizei zu tun."

Jenny schluckte hastig einen Bissen Kuchen herunter. „Wir würden gerne etwas mehr über einen ihrer Bekannten wissen."

„Und wer wäre das?"

„Wilhelm Hölzel."

Volks reagierte verwirrt. „Hölzel? Der Gärtner?"

Seine Frau schürzte missbilligend die Lippen. Jenny nickte.

Volks schaute zweifelnd, runzelte dann jedoch nachdenklich die Stirn. „Ich habe seit Ewigkeiten keinen Kontakt mehr zu ihm. Auch nicht die letzten Jahre, als ich noch die Gärtnerei hatte. Früher kannte ich seinen Vater ganz gut. Aber es gab nie eine nähere Bekanntschaft."

„Mochten Sie ihn?", fragte Jenny direkt.

Verblüfft schaute Volks auf und zögerte. „Eine seltsame Frage. Ist das wichtig?"

„Nun, es hilft mir dabei, mir ein Bild zu machen."

Frau Volks meldete sich zu Wort. „Sag doch, Wilfried."

Er blickte sie an. „Na gut. Ich konnte ihn nicht ausstehen, wenn ich ehrlich bin. Sein Vater war ein Säufer, Lügner und Betrüger. Und der Sohn ist nicht viel besser. Stimmt's, Ida?"

Sie nickte entschieden. „Und wie er seine Frau behandelt hat. Sie war viel zu gut für ihn."

Jenny lächelte sie an. „Das fand ich auch."

„Sind die beiden immer noch zusammen?" Sie sah enttäuscht aus.

Sascha warf ein. „Sie haben sich getrennt. Frau Hölzel lebt in einem kleinen Nebenhaus, arbeitet aber noch in der Gärtnerei."

Er erntete ein Kopfschütteln. „Schlimm. Hoffentlich nutzt er sie nicht immer noch aus."

Jenny räusperte sich und blickte Herrn Volks direkt an. „Gab's konkrete Gründe, Hölzel nicht zu mögen?"

Er überlegte einen Moment. „Nein, er war einfach nur unangenehm. Ein Querulant. Unzuverlässiger Geschäftspartner. Zu niemandem freundlich. Und schlecht zu seiner Frau. Zum Glück haben sie keine Kinder. Sein Geschäft lief nie gut, kein Wunder, er hatte mit jedem Ärger, ob Kunden oder Lieferanten. Und jetzt, diese Geschichte mit der Grünen Soße, typisch für ihn. Er spielt sich als Sprecher der Gärtner auf. Dabei ist er ein ganz kleines Licht und spricht höchstens für seine Kumpels."

„Apropos Kumpel. Kennen Sie Martin Bambach?"

Er schüttelte den Kopf. „So gut wie gar nicht. Er ist nicht aus Frankfurt sondern zugezogen, kurz bevor ich mein Geschäft an meinen Sohn übergeben habe. Er hat eine kleine heruntergekommene Gärtnerei übernommen. Ich fand ihn genauso unsympathisch wie Hölzel." Frau Volks beugte sich vor. „Und seine Frau war so ein ängstliches verhuschtes Ding." Sie nickte bedeutungsvoll.

Jenny biss in ihren Kuchen. Sascha nutzte die Gelegenheit. „Wie sehen Sie die Entwicklung Ihrer Firma?"

Volks ließ sich Zeit. „Wenn ich ehrlich bin, mit einem lachenden und einem weinenden Auge. Natürlich ist es toll, was mein Sohn aus der Firma gemacht hat. Dafür hat er wirklich Talent. Sie floriert. Andererseits ... Viel gemein hat sie nicht mehr mit unserer guten alten Gärtnerei. Aber das ist der Lauf der Dinge. Nur Leute wie Hölzel leben in der Vergangenheit. Wundert mich, dass er noch nicht pleite ist."

Jenny stellte ihren Teller auf dem Tisch ab und erhob sich. „Sie haben uns sehr geholfen. Vielen Dank. Auch für den Kuchen." Sie warf Sascha, der begehrlich auf den Kuchenteller schielte, einen scharfen Blick zu. Volks brachte sie zur Tür und winkte ihnen sogar nach, als sie davonfuhren. Sascha gähnte laut.

„Du solltest nicht so viel essen", meinte Jenny mit einem Seitenblick.

Entrüstet richtete er sich auf. „Das waren nur zwei Stückchen. Außerdem gehört das zur Verhörtaktik. Frau Volks hat sich gefreut, dass mir ihr Kuchen geschmeckt hat. Zeugen reden dann mehr."

„Aha". Jetzt musste sie grinsen. „Und woher kommt diese Weisheit?"

„Hab ich mir gerade ausgedacht."

Sie schmunzelte in sich hinein. „Vielleicht treffen wir jetzt noch jemanden bei dem Verein an. Sigismund heißt der Vorsitzende. Ich versuch mal, ihn zu erreichen ... Mist, nur der Anrufbeantworter. Geschäftszeiten 10 bis 18 Uhr. Knapp vorbei. Dann also morgen."

Im Präsidium trafen sie auf Logo, der ihnen auf dem den Gang entgegen kam. „Ich dachte schon, ihr kommt gar nicht wieder." Er blickte vielsagend auf seine Armbanduhr.

Jenny musterte ihn irritiert. „Bist du irgendwie sauer? Wir sind noch ein paar Dingen nachgegangen. Hätt ich dich anrufen sollen und um Erlaubnis fragen?"

Logo machte einen Rückzieher. „So wars nicht gemeint. Hab mich nur gewundert." Sie gingen gemeinsam ins Büro. Jenny ließ sich hinter ihren Schreibtisch fallen. „Gab's hier was Neues?"

Logo zuckte mit den Schultern. „Paar allgemeine Infos über Hölzel und Bambach sind reingekommen. Von deiner Irmtraud keine Spur, alle Hinweise laufen ins Leere. Biederkopfs Leute versuchen rauszufinden, woher sie die falschen

Papiere hat.“ Er lehnte sich gegen den Tisch und sah Jenny auffordernd an. „Und bei euch?“

„Wir müssen die Sache aus einem neuen Blickwinkel betrachten!“ Jenny informierte ihn über alles, was sie an diesem Tag erfahren hatten.

Logo schüttelte den Kopf. „Da denkt man, der Hölzel wäre wichtig. So ein Windei.“

„Vielleicht hielt ihn Ammerland für wichtig?“, überlegte Sascha. „Immerhin hat er einen Riesenwirbel veranstaltet.“

„Wir müssen gleich morgen früh Ammerlands Firma nochmal kontaktieren. Ach, Kleiner, der Kollege aus dem Osten hat angerufen. Die Frau sei jetzt vernehmungsfähig. Sollst dir aber nicht zu viel versprechen.“

„Da ruf ich morgen früh an. Jenny, soll ich dich nach Hause bringen? Ist schon dunkel.“

Jenny guckte entgeistert hoch. „Ich brauch doch kein Kindermädchen.“

„Wäre mir aber wohler.“

„Ich kann selbst auf mich aufpassen.“

Logo murrte unwirsch. „Nu lass doch mal die alte Diskussion. Wenn sie nicht will, dann will sie halt nicht.“ Jenny und Sascha starrten ihn an.

„Ach ich geh heim. Bis morgen.“ Er schnappte seine Jacke und verließ das Zimmer. Die Tür knallte unsanft ins Schloss.

„Was war denn das jetzt?“ Jenny blickte Sascha mit hochgezogenen Augenbrauen an. „War irgendwas, während ich weg war?“

Er guckte unglücklich. „Er ist schon die ganze Zeit launisch und aufbrausend. War ja immer knurrig, aber so kenn ich ihn nicht.“

„Hat er irgendwelchen Ärger?“

„Mir sagt er ja nix. Einmal hat er sich verplappert, dass es mit seiner Freundin wohl nicht so gut steht, aber er hat gleich wieder abgeblockt.“

„Hatte auch schon das Gefühl, dass es da nicht zum Besten steht. Letztes Jahr hat er noch von Heirat gesprochen und seit ein paar Monaten erwähnt er sie kaum noch. Vielleicht spricht er ja mit mir, wenn er sich beruhigt hat. Ich geh jetzt."

## Mittwoch, Darmstadt

Biederkopf wartete schon geschlagene zehn Minuten in dem hässlichen Raum auf Gascon. Die gesamte Einrichtung bestand aus einem einfachen Kunststofftisch und vier an den Boden geschraubten Stühlen. Unruhig tigerte er auf und ab.

Selbst für ihn war es schwierig gewesen, den Termin im Gefängnis zu bekommen.

Der „Sagen-Mörder", wie ihn die Presse damals genannt hatte, saß in strengster Isolationshaft. Zweimal täglich wurde seine Zelle durchsucht und nur sein Anwalt durfte zu ihm.

Die einzige Aussage, die Gascon jemals gemacht hatte, war sein Geständnis die Morde begangen zu haben. Seitdem schwieg er.

Endlich wurde er von zwei Vollzugsbeamten in Handschellen und Fußfesseln hereingeführt. Er hatte abgenommen, die orangene Gefängniskleidung schlackerte an ihm herum. Die Beamten setzen ihn auf den Stuhl und machten die Fußfessel am Boden fest.

Biederkopf bat sie, hinauszugehen. Er setzte sich auf den gegenüberstehenden Stuhl und starrte Gascon schweigend an. Jetzt, wo er ihm gegenübersaß, fehlten ihm zunächst die Worte, obwohl er sie sich so sorgfältig im Geist zurechtgelegt hatte.

Gascon hatte den Kopf schief gelegt und starrte mit unbewegtem Gesicht zurück. Die Mundwinkel waren spöttisch verzogen.

Biederkopf drehte sich bei dem Gedanken, dass Jenny monatelang mit diesem Irren zusammen gewesen war, der Magen um. Er hatte sich immer um Verständnis bemüht. Doch manchmal hatte er ganz leise Zweifel, ob Jenny ihn nicht als das Monster, das er war, hätte erkennen müssen.

Aber ihm war auch klar, dass der Mann, der ihm scheinbar gelangweilt gegenübersaß, ein Meister der Verstellung und Manipulation war.

„Wissen Sie, dass es einen Mordanschlag auf Jenny gegeben hat?"

Nur ein Zucken im Augenwinkel zeigte ihm, dass Gascon ihm zuhörte.

„Ist sie Ihnen egal oder stecken Sie sogar dahinter?"

Gascon starrte ihn weiter an. Dann gähnte er.

Biederkopf hatte in seinem Leben noch nie Hass empfunden. Abneigung, auch Abscheu, aber niemals Hass. Diese Bestie jedoch, die sich hinter der Maske eines Menschen versteckte, hasste er aus tiefstem Herzen. Ihm war es zu verdanken, dass Jenny tief traumatisiert war. Ob sie jemals wieder offen für eine Beziehung sein würde ... niemand wusste es.

„Ich werde herausfinden, wie Sie das gemacht haben und Sie dafür büßen lassen. Aus der Isolationshaft werden Sie nicht mehr rauskommen und wenn ich kann, lasse ich Ihnen jedes Buch und alles, was Ihrer Unterhaltung dienen könnte, wegnehmen."

Man sagte ja, dass Psychopathen kein Mitgefühl oder Gewissen hatten. Vielleicht konnte er ihn mit handfesten Drohungen zum Reden bringen. Für einen so hochintelligenten Mann musste der Entzug von geistiger Stimulanz unerträglich sein.

Als Gascon anfing zu sprechen, war Biederkopf so überrascht, dass er erst mal nichts verstand. „Wie bitte?"

„Wer hat versucht, Jenny zu töten?"

„Das wissen wir nicht. Eine unbekannte Frau, die in Verkleidung auftrat und sich Irmtraud nannte. Wahrscheinlich dieselbe, die Jenny Briefe zugespielt hat."

„Wie viele Briefe?"

„Drei."

Gascon lächelte. „Gut“, sagte er sanft.

Biederkopf überlief eine Gänsehaut. „Wie haben Sie das mit den Briefen gemacht?“

Schweigen, Gascon lächelte weiter.

„Warum wollen Sie Jenny tot sehen? Hat sie Ihnen gar nichts bedeutet?“

Das Lächeln verschwand. „Will ich das?“

„Ich glaube, Sie stecken dahinter!“ Biederkopf musste sich zusammenreißen, um nicht zu schreien.

Er erntete ein abfälliges Kopfschütteln. „Tatsächlich“, Gascon zögerte, „entspricht das nicht dem Plan.“ Ärgerlich zog er die Brauen zusammen.

„Wenn das nicht dem Plan entspricht, dann helfen Sie uns.“

Wieder das kalte Lächeln, das die Augen nicht erreichte. Seelenlose, tote Augen.

„Nein.“

„Gut.“ Biederkopf stand auf und ging zur Tür.

„Ist Jenny in Ordnung?“

Biederkopf blieb stehen, ohne sich umzudrehen. „Interessiert Sie das?“

„Vielleicht.“

Biederkopf ging, ohne nochmal zurückzuschauen.

**Donnerstag, Frankfurt**

Sascha knallte ärgerlich den Hörer auf den Tisch. „Wenn ich noch einmal das Wort vertraulich höre, wird mir schlecht. Ammerlands Firma rückt nicht die geringsten Infos in Bezug auf Volks raus. Sie geben nicht mal zu, dass es da ein Geschäftsverhältnis gibt. Dabei wissen wir das schon von Volks."

Jenny hob den Kopf. „Lass es. Sollte es wichtig werden, besorgen wir uns eine Verfügung. Dann hat es sich mit vertraulich. Hast du schon den Brandenburger Kollegen angerufen?"

„Karl? Gleich heute Morgen. Er hat mit Frau Ammerland gesprochen, hat aber nicht viel gebracht Ihr Mann hat sehr ungehalten reagiert, wenn sie ihn auf Geschäftsreise angerufen hat. Deshalb hat sie das irgendwann gelassen. Die Vermutung liegt nahe, dass er Affären hatte, aber falls sie es wusste, gibt sie es nicht zu. Freunde hatte er angeblich nicht, er habe sich nur um die Familie gekümmert. Dabei sind die Kinder im Internat. Die Ärzte haben nur eine vorsichtige Befragung erlaubt. Sie ist immer noch labil."

Jenny überlegte und kritzelte dabei auf der Schreibtischunterlage herum. „Außer den Kondomen und seinem Ruf als Frauenversteher haben wir keine Anhaltspunkte, dass eine Frau im Spiel ist."

„Und den Anruf im Hotel!"

„Der spricht weniger für eine Beziehung als für einen Versuch, den Mord eine Zeit lang zu vertuschen."

Logo ließ die Hand auf den Tisch knallen, sodass Jenny einen Satz machte. „Wie lange brauchen die denn noch, um sein Laptop zu knacken? Die Handy-Verbindungen und das Bewegungsprofil müssten auch längst da sein!"

Während seiner Tirade öffnete sich die Tür und Staatsanwalt Biederkopf kam schnellen Schrittes herein. Er ließ einen Stapel Papiere auf Logos Schreibtisch fallen. „Ich habe mir erlaubt, die Ergebnisse zuerst mir vorlegen zu lassen, Herr Stein."

Logo sah ihn verdutzt an. „Ah, na dann."

„Tatsächlich hat es gedauert, bis die Techniker das Passwort entschlüsseln konnten. Und bei der Telefongesellschaft haben sie schlicht und einfach geschlafen. Zumindest, bis ich gestern Abend angerufen und Dampf gemacht habe. Hätten Sie übrigens auch tun können."

Jenny schluckte. „Sie haben recht. Aber was ist nun rausgekommen?"

„Jede Menge. Ammerland hatte Termine mit Volks, wie wir schon wissen. Und mit einem Verein der Gärtner. Kennen Sie den?"

Sie nickte. „Seit gestern. Ich hätte Sie gleich informiert."

„Das Handy ist seit Montagabend ausgeschaltet. Zuletzt konnte es in Oberrad geortet werden. Um 19 Uhr."

„Da ist er doch angeblich längst weg gewesen?"

„Eben!"

„Verdammt. Doch der Hölzel? Andererseits ist Oberrad groß. Wie genau ist so eine Ortung?"

„Sehr genau.", warf Sascha ein.

„Es gibt noch mehr. Ihre Theorie, dass er sich hier mit einer Frau treffen wollte, könnte richtig sein. Er hat mit ihr gemailt und sich für Dienstagabend in Oberrad im Hirschen verabredet. Wie wir alle wissen, ist es dazu nicht mehr gekommen. Sie fragt um 21 Uhr per Mail, wo er war."

„Und ihr Name?", fragte Jenny gespannt.

„Cherie!", meinte Biederkopf lakonisch.

Jenny, die sich gebannt vorgebeugt hatte, ließ sich zurückfallen.

Logo meinte verdrossen. „Scherie, was solln das fürn Name sein?"

„Ein Kosename. Französisch!", meinte Sascha spöttisch. „Kennste natürlich nicht."

Logo warf ihm einen bösen Blick zu.

Biederkopf ignorierte die beiden. „Die Techniker sitzen dran, ihre Identität zu klären. Aber das kann dauern. So, noch kurz zum anderen Fall. Ihre Mitreisenden sind alle überprüft. Ich dachte, Sie wollen die Ergebnisse gerne sehen.“ Er tippte auf den Stapel.

Sie blickte den Papierberg mit großen Augen an. „Bekomm ich eine Zusammenfassung?“

„Keine Spur von dieser Irmtraud! Mandy Möller ist ein unbeschriebenes Blatt. Die Eltern haben ihr die Reise geschenkt, um sie von einer unglücklichen Beziehung abzulenken. Dieser Kevin Dingsda war ebenfalls alleine unterwegs, weil ihn seine Freundin kurz vorher verlassen hatte. Wolfgang Dörmer lebt bei seiner Mutter und ist nie auffällig gewesen. Und Walli hatten wir ja schon kurz angesprochen. Interessante Frau. Scheint sich auf diesen Reisen Ehemänner zu suchen. Hält aber nie lange, sie war bereits fünfmal verheiratet. Dreimal verwitwet und zweimal geschieden. Keiner der Todesfälle war für sich gesehen verdächtig, die Männer waren alle sehr viel älter als sie.“

Jenny schluckte. „Eine Lustige Witwe, wie sie im Buche steht.“

Logo brummte missmutig. „Bringt uns alles nicht weiter. Diese Frau muss doch zu finden sein. Konnten die nichts über das Reisebüro herausfinden?“

Biederkopf schüttelte den Kopf. „Absolut nichts. Die Angestellte erinnert sich an sie, aber sie hat bar bezahlt und war ebenso verkleidet wie in den USA. Interessant ist, dass die Buchung erst kurz vor Reiseantritt erfolgte. Also erst nachdem klar war, dass Frau Becker statt mir fliegt.“

„Aber woher sollte sie das wissen?“, fragte Jenny erstaunt.

Biederkopf rieb sich das Kinn. „Das genau ist die Frage! Ich habe mit niemandem darüber gesprochen, außer mit

Ihnen und mit dem Reiseveranstalter, um umzubuchen. Selbst in meinem Büro dürfte das niemand gewusst haben."

Jenny überlegte. „Ich habe es einer Freundin erzählt, meiner Therapeutin und meinen Nachbarn im Haus. Da hört´s aber auch schon auf. Und von denen steht bestimmt niemand mit Irmtraud in Verbindung."

Logo schüttelte den Kopf. „Selbst das können wir nicht sagen, solange wir nicht wissen, wer sie in Wirklichkeit ist."

„Verrückt, die ganze Geschichte." Jenny rieb sich die Stirn. „Ich habe nicht die geringste Ahnung, wo wir jetzt ansetzen sollen."

Biederkopf schien ebenso frustriert wie sie. „Die Sache hat neben dem Leichenteil-Fall oberste Priorität. Solange diese Frau frei herumläuft, sind Sie nicht sicher. Vielleicht könnten Sie doch eine Phantomzeichnung anfertigen lassen?"

„Versuchen kann ichs ja." Mit einem Nicken verließ Biederkopf das Zimmer.

„Ich geh rüber und lass das Bild machen." Jenny stand auf. „Was machst du eigentlich, Sascha?"

Er blickte auf. „Diesen Nachbarn vom Hölzel überprüfen. Undurchsichtige Type."

„Wo stammt der überhaupt her?"

„Aus Westfalen. Ist erst vor etwa zehn Jahren nach Frankfurt gekommen und hat den Nachbarhof von Hölzel gekauft. Seltsam ist, dass er in Bad Salzuflen er einen guten Job als Verkaufsleiter ausübte. Den hat er aufgegeben, um hierherzuziehen."

„Und ausgerechnet Kräuter anzubauen? Angehörige?"

„Die Eltern sind vor über zehn Jahren verstorben. Er hat eine Schwester, über die ich bis jetzt nichts herausfinden konnte. Ich bleib aber dran. Eins ist noch seltsam, ich kann keine Unterlagen über seine Hochzeit finden. Oder seine Frau."

„Vielleicht hat er im Ausland geheiratet. Wie war euer Eindruck von ihm?"

Beide überlegten einen Moment. Logo begann: „Merkwürdiger Typ. Ruppig. Irgendwie zugeknöpft. Besser kann ich´s nicht ausdrücken." Sascha nickte. „So hab ich´s auch empfunden. Wollte nicht, dass wir mit seiner Frau sprechen. Hat sie ziemlich angeblafft."

„Also ein Typ wie Hölzel?"

Logo wand sich. „Nee, anders. Hölzel ist einfach gestrickt. Bambach gibt sich zwar auch so, aber bei dem steckt mehr dahinter. Nur mein Eindruck allerdings. Hat sich übrigens abfällig geäußert über Hölzel. Dicke Freunde scheinen sie nicht zu sein."

„Wahrscheinlich eine Zweckgemeinschaft", überlegte Jenny. „Versuchen wir mehr über beide rauszufinden. Und über Volks. Wir müssen überall rumstochern. Bei Hölzel wurde Ammerland zuletzt gesehen. Dort oder in den Stunden danach muss er gestorben sein. Nicht lange danach, wenn man einkalkuliert, dass es einige Zeit gedauert haben muss, den Körper zu zerteilen und zu beseitigen."

„Irgendein Puzzleteil fehlt", meinte Logo. „Ich sehe nicht, wem Ammerlands Tod irgendwie genützt haben könnte"

„Tja, dann find´s raus!" Süffisant lächelnd verließ Jenny den Raum und ließ ihre Kollegen verdattert zurück. Sie nahm die Treppe, lief ein Stockwerk höher und dort den Flur entlang. Aus einer geöffneten Tür drangen Musik und Gelächter. Neugierig spähte sie hinein. Ach, Kollege Rauscher feierte die kürzliche Geburt seines Sohnes.

„Jenny!", rief er, als er sie erblickte. „Komm rein und stoß mit an!"

„Tut mir leid, keine Zeit. Aber nochmals meinen Glückwunsch und Grüße an deine Frau!"

Jenny verbrachte eine halbe Stunde in der erkennungsdienstlichen Abteilung, wo ein junger Kollege ein ganz ansehnliches Bild von Irmtrauds Gesicht zustande brachte. Sie ließ es mit verschiedenen Frisuren versehen und ausdrucken. Zurück im Büro winkte sie Sascha zu sich.

„Jetzt fahren wir bei Johann vorbei und dann zum Verein. Wir melden uns bei denen nicht an, so haben wir das Überraschungsmoment auf unserer Seite. Logo bleibt hier und kann weiter Puzzleteile suchen.“

Sascha blickte zu seinem Kollegen, der sie mit offenem Mund anstarrte. Bevor er etwas sagen konnte, schnappte Jenny ihre Jacke und zog Sascha aus dem Zimmer. Im Gehen blickte er über die Schulter.

„Das war gemein“, kommentierte Sascha. „Aber verdient!“

„So grantig, wie er momentan ist, hab ich überhaupt kein schlechtes Gewissen. Er verschreckt nur die Zeugen.“

**Donnerstag, Dietzenbach**

Johann wohnte in Dietzenbach, einem Vorort etwa 20 km südlich von Frankfurt. Hier waren in den letzten Jahren große Neubaugebiete entstanden. Die Preise waren deutlich günstiger als in Frankfurt selbst.

Sascha folgte einer großen Durchgangsstraße, während Jenny auf dem Beifahrersitz saß und die Karte studierte. „Hier muss es sein", meinte sie und zeigte auf ein Mehrfamilienhaus. Sie fanden einen Parkplatz direkt vor dem Haus und klingelten. Johann schien sein Versicherungsgeschäft in seiner Privatwohnung zu betreiben.

Er öffnete ihnen persönlich die Tür und blickte Jenny verblüfft an. „Du? Was machst du hier?" Dann schaute er fragend zu Sascha.

Jenny lächelte. „Leider ist das kein Höflichkeitsbesuch. Ich bin dienstlich hier."

„Dienstlich? Du bist doch bei der Polizei? Was habe ich mit denen zu tun?"

„Können wir reinkommen?"

„Entschuldigung, natürlich." Er bat sie in einen Vorraum, wo noch seine Koffer standen, und ging ihnen voran in ein Büro.

„Nehmt Platz, kann ich euch etwas anbieten?"

Jenny verneinte. „Das ist übrigens Herr Meister, ein Kollege."

Johann ging hinter seinen Schreibtisch und setzte sich. Besorgt beugte er sich vor. Seine frühere Selbstsicherheit war wie weggewischt. „Jetzt verrat mir endlich, warum ihr hier seid."

„Wegen Irmtraud."

„Irmtraud?"

„Lange Geschichte. Ich kann dir nur so viel sagen, dass es um Ermittlungen in einer Mordsache geht."

„Hängt das mit deinem Unfall in den USA zusammen?"

„Eben das wollen wir herausfinden. Bitte erzähl mir alles, was du über Irmtraud weißt."

Er lehnte sich zurück. „Wahrscheinlich nicht viel mehr als du."

„Vielleicht sollte ich noch sagen, dass ich euch aus dem Hotelzimmer in Vegas habe kommen sehen."

Johann blickte verlegen. „Das war ... also wie soll ich sagen, das hat sich so ergeben."

„Geht mich auch nichts an. Aber ich vermute mal, dass du etwas mehr über Irmtraud erfahren hast."

Er fuhr sich mit der Hand durch die Haare. „Das ist mir jetzt wirklich unangenehm. Die ganze Sache war sehr seltsam. Ich meine, Irmtraud ist eigentlich gar nicht mein Typ. Hast ja gesehen, wie sie aussah. Wie eine brave, biedere Hausfrau. Die Haare ... und die Kleidung. Das ging gar nicht. Aber irgendwas hatte sie. Ich dachte erst, ich bilde mir das ein. Aber die Blicke, die sie mir immer öfter zugeworfen hat. Gar nicht bieder. Da war Feuer dahinter." Er grinste jetzt genüsslich. „An dem Abend ist sie mir nachgegangen. Ich hatte zu viel getrunken. Im Aufzug hat sie sich plötzlich die oberen Knöpfe dieser furchtbaren Bluse aufgeknöpft und sich an mich geschmiegt. Na, wer hätte da schon nein gesagt. Ich dachte, ist ja dunkel." Er grinste schmierig.

Jenny bemühte sich, das Gesicht nicht zu verziehen. Mit einem Seitenblick zu Sascha sah sie, dass er den Kiefer zusammengepresst hatte.

„Und kaum waren wir im Hotelzimmer ging's zur Sache, Mann oh Mann, die Frau weiß, was sie tut. Richtig wild, sag ich dir. Und eine Figur hat die unter den grässlichen Klamotten. Und abgegangen ist die im Bett! Und laut geworden." Er räusperte sich kurz und blickte über den Schreibtisch, als wäre ihm erst jetzt wieder bewusst, dass Jenny und Sascha dort saßen. „Ach, etwas fällt mir noch ein."

„Ja?“ Jenny beugte sich vor.

„Ich bin mir nicht sicher. Aber ich glaube, sie trug eine Perücke. Sie hat zumindest sehr auffällig darauf geachtet, dass ich ihr nicht in die Haare greife. Und irgendwie sahen ihre Haare von Nahem seltsam aus.“

„Seltsam?“, schaltete sich Sascha ein. „Und ihre Haarfarbe? War die echt?“

Jenny nickte anerkennend. Die Frage hätte sie schon früher stellen müssen.

Johann zuckte jedoch nur mit den Schultern. „Keine Ahnung. Glattrasiert, überall. Das hat mich am meisten gewundert.“

„Ist dir in den letzten Tagen noch irgendwas Ungewöhnliches aufgefallen? Ihr habt doch sicher über mich geredet?“

Er überlegte einen Moment. „Sicher, aber Irmtraud hat fast nichts gesagt. Sonst war auch nichts Besonderes.“

Im Wagen blieb Jenny sitzen, ohne loszufahren. Nachdenklich trommelte sie mit den Fingern aufs Lenkrad. „Die ganze Geschichte macht mich verrückt. Wie gerne hätt ich sie aus dem Kreuz, um mich auf den Fall hier zu konzentrieren.“

Sascha fiel keine Antwort ein.

## Donnerstag, Oberrad

Über die Babenhäuser Landstraße erreichten sie Frankfurt. Rechts über den Bäumen sahen sie die Spitze des Goetheturms. Der etwa vierzig Meter hohe Holzturm war seit einiger Zeit geschlossen, wegen baulicher Mängel der Holzkonstruktion hieß es. Man munkelte aber, die hohe Zahl der Selbstmorde sei die Ursache.

Über die Darmstädter Landstraße fuhren sie nach Sachsenhausen hinein und weiter über die Offenbacher Landstraße nach Oberrad. Dort bogen sie in eine kleine Seitenstraße ein, die in die Oberräder Gärten führte. Schon an der Hauptstraße wies ein freundliches grüngelbes Schild auf die Gärtnerei Sigismund hing. Darunter stand kleiner: Verein zum Schutz der Grünen Soße.

Sie bogen in einen gepflegten Hof ein, der an zwei Seiten von gläsernen spiegelnden Gewächshäusern umgeben war. Überall blühten in Kübeln Herbstblumen und alles war sauber und aufgeräumt. Sie parkten vor einem kleinen weißgetünchten Haus mit Fensterläden aus Holz. Vor den Fenstern hingen ebenfalls Blumenkästen mit üppig blühenden roten und gelben Blumen. Neben einer Eingangstür, die auch aus dunklem mit Schnitzereien verziertem Holz war, hing ein Schild „Büro“.

Während Jenny sich noch auf dem Hof umschaute, klopfte Sascha und ein klangvolles „Herein“, ertönte.

Sie traten ein und standen direkt in einem modern eingerichteten Büro. Ein kräftiger Mann Ende Fünfzig stand auf und kam um seinen Schreibtisch herum.

In seiner grünen Gärtnerkleidung sah er stattlich aus. Kein Fleckchen war auf ihr zu sehen und Jenny überlegte, ob er darin wirklich gärtnerte oder ob er sie nur aus stylischen Gründen trug.

„Sigismund“, brummte er, „was kann ich für Sie tun?“

Jenny zückte ihre Marke. „Becker, Kripo Frankfurt."

„Polizei?" Er war sichtlich erstaunt, doch ohne den Anflug von schlechtem Gewissen, der sich so oft zeigte, wenn Bürger mit der Polizei konfrontiert wurden. „Setzen sie sich doch bitte."

Beide nahmen Platz und Jenny kam gleich zur Sache. „Sagt Ihnen der Name Ammerland etwas?"

Nur kurz überlegte der Mann. „Das ist doch der Mitarbeiter von Frosti, oder? Der, der nicht zu seinem Termin kam."

Sie nickte bestätigend. „Genau der. Wissen sie, warum er nicht kam? Und wann war der Termin genau?"

„Dienstagmorgen um 10 Uhr. Ich habe bei seiner Firma nachgefragt, aber nur ausweichende Auskünfte bekommen. Er wäre verhindert und man würde jemand anderen schicken."

„Ammerland ist tot. Er wurde ermordet. Am Montagabend wahrscheinlich."

„Ermordet! Aber warum? Wissen Sie, wer es getan hat?" Sigismund war blass geworden. Jenny war sich sicher, dass seine Überraschung nicht gespielt war.

„Wir ermitteln noch. Was wollte Ammerland bei Ihnen?"

Sigismund hatte sich schnell gefasst. Er überlegte kurz. „Inwieweit sind Sie mit der Problematik der Ursprungsbezeichnung Grüne Soße vertraut?"

Sie lächelte. „Ich weiß erst seit diesem Fall, dass es da eine Problematik gibt." Sascha machte neben ihr ein ersticktes Geräusch. Sie blickte zur Seite. „Mein Kollege, Herr Meister weiß mehr darüber und hat mich informiert. Ebenso Herr Volks."

„Ah, Volks, hab mir gedacht, dass Ammerland da auch einen Termin hatte."

„Das stört Sie nicht?"

„Warum sollte es. Wir sehen Volks nicht als Konkurrenz in dem Sinne. Und er ist ein netter Kerl. Ich kannte schon seinen

Vater. Ist halt die Zukunft. Da darf man sich keine Illusionen machen, dass die kleinen inhabergeführten Betriebe langsam aber sicher aussterben. Ist überall so."

„Ich dachte, dagegen kämpfen Sie?"

Er lachte. „Nee, junge Frau. Das machen wir nicht. Wär ja wie gegen Windmühlen kämpfen. Wir wollen nur, dass die Kunden eindeutig erkennen können, was sie kaufen. Die Leute, die Wert darauf legen, vom kleinen traditionellen Gärtner Qualität zu kaufen, die sollen auch sicher sein, sie zu bekommen."

„Also alles eine Frage der Deklaration?"

„Nicht nur, wir kämpfen ebenso darum, die Qualität zu erhalten. Grüne Soße muss aus den klassischen sieben Kräutern hergestellt werden, keines davon darf mehr als 30 % Anteil haben und mindestens 70 % müssen aus Frankfurter Anbau stammen. Das nennt man dann geschützte Ursprungsbezeichnung."

„Aha", schaltete sich Sascha ein. „Und darum geht der Prozess."

„Der Prozess geht sogar noch etwas weiter. Wir hätten gerne Markenschutz für unsere Grüne Soße. Das heißt, Produzenten außerhalb Frankfurts dürfen ihre Produkte nicht mehr unter diesem Namen verkaufen."

„Unter anderem schon? Obwohl das Gleiche drin ist?"

„Sicher, Grüne Soße Frankfurter Art dürfen sie sagen, das ihre Sache."

Er hatte mit Stolz und Wärme in der Stimme gesprochen, so als handele es sich um seltene Kunst und nicht um ein Gericht. Jenny wurde immer klarer, welche Bedeutung und welcher Stolz der Herstellung dieses alten Gerichts anhaftete. Sie war tief beeindruckt. Anders als auf Hölzels gammeligen Hof oder in Volks schickem Konzern spürte sie hier die Liebe, die diese Gärtner zu ihrem Produkt fühlten. Plötzlich war sie stolz, als Frankfurterin ein Teil davon zu sein. Ein Seitenblick zu Sascha zeigte, dass auch er fasziniert war.

Sie musste sich zwingen, wieder zur Sache zu kommen. „Was haben Sie sich von dem Termin versprochen?“

Er dachte lange nach. Unschlüssig meinte er dann. „Nicht viel, ehrlich gesagt. Ich habe erwartet, dass Ammerland mich beeinflussen will, den Prozess aufzuhalten. Allerdings könnte ich mir keine Möglichkeit zur gütlichen Einigung vorstellen. Wir werden nicht von unseren Forderungen abweichen. Ich wüsste nicht, was die Firma uns bieten sollte.“

„Eine Zusammenarbeit?“

„Da sehe ich keine Chance. Wir produzieren zu wenig, um zu exportieren. Da hätte er sich schon an Volks wenden müssen.“

„Vielleicht wollte er Sie bestechen?“

Verblüfft schaute er sie an dann lachte er plötzlich schallend. Mit dem Handrücken wischte er sich die Augen. „Bestechen. Der war gut. Hier geht's um die Ehre. Sowas wie Bestechung gibt's da nicht. Wir sind ja keine Politiker. Wir kämpfen für das, was uns am Herzen liegt.“

Jenny musste schmunzeln. „Gut, noch eine Frage. Was halten Sie von Hölzel?“

Schlagartig verfinsterte sich Sigismunds Gesicht. „Der Mann ist eine Plage. Was der uns mit seinem Rumgeschrei in der Presse für Ärger macht. Absolut kontraproduktiv. Dass den noch niemand zum Schweigen gebracht hat, wundert mich wirklich.“

„Kämpft er nicht auch für die Grüne Soße?“

„Nicht sachlich, wie es nötig wäre. Es dürfte ihm mehr darum gehen, beachtet zu werden. Vielleicht hofft er sogar auf ein Angebot von Frosti. Damit er den Mund hält.“

„Ich brauche wohl nicht zu fragen, warum er nicht in Ihrem Verein ist ...“

„Den hat keiner eingeladen. Wird auch nie jemand tun.“

„Und sein Nachbar, Bambach?“

„Den kennt hier keiner. Hält sich von allem fern.“

„Danke Herr Sigismund, das war alles sehr interessant!“

„Ich hoffe, Sie essen wenigstens gerne Grüne Soße?“

„Sehr gerne, besonders mit Tafelspitz.“ Sascha nickte begeistert dazu.

Er lachte jovial und stand auf. „Kommen Sie, ich geb Ihnen noch was mit.“

Sie folgten ihm aus dem Haus und über den Hof in ein kleines Gewächshaus, das als Verkaufsraum eingerichtet war. Er drückte jedem von ihnen zwei der klassisch rollenförmig in Papier eingewickelten Kräuterpakete in die Hand. „So frisch bekommen sie sie nie mehr!“ Er strahlte.

Sie bedankten sich und trugen ihr Präsent zum Auto. Sigismund winkte ihnen nach, als sie vom Hof fuhren.

„Endlich bekomm ich mal ein Gefühl für diese Grüne Soße-Geschichte“, meinte Jenny. „Bislang war das alles so abstrakt, sogar für mich als Frankfurterin. Jetzt kapier ich erst, was das bedeutet.“

Sascha lächelte breit. „Siehste. Ich wusste, dass das noch bei dir ankommt. Nur Logo ist ein hoffnungsloser Fall. Aber der kommt ja auch von auswärts.“

Jenny lachte fröhlich, das erste Mal seit längerer Zeit. Sie stellte das Radio lauter. „Jetzt haben wir noch Zeit, uns um meine Reisegefährten zu kümmern.“

Sascha schwieg und trommelte den Takt des Hardrocks, der aus den Lautsprechern schallte, bis sie aus der Stadt heraus waren. „Zu wem fahren wir?“

„Wolfi. Also Wolfgang Dörmer“, verbesserte sie sich. „Lebt in Oberursel und arbeitet in der elterlichen Gärtnerei.“

Sie fanden die Gärtnerei nach längerem Suchen in einer kleinen Straße neben dem Oberurseler Hauptfriedhof. Nur ein alter Kombi stand auf einem der drei betriebseigenen Parkplätze. Dahinter führte eine gläserne Tür in eine Art

Verkaufsraum, in dem Topfpflanzen und einige wenige Eimer mit Schnittblumen präsentiert wurden. Durch ein großes Zwischenfenster konnte man in ein langgezogenes Gewächshaus schauen, in dem der Jahreszeit entsprechend hauptsächlich Erika wuchsen.

Eine dicke, ältere Frau mit einer grünen Schürze erschien durch eine Hintertür. Freundlich begrüßte sie Jenny und Sascha: „Was kann ich für Sie tun?“

„Sind Sie Frau Dörmer?“ Der Gesichtsausdruck der Frau wechselte von professionellem Interesse zu Neugier. „Ja, die bin ich.“

„Wir suchen Wolfgang, Ihren Sohn.“ Suchend blickte sich Frau Dörmer um, als könnte er sich hinter einem der Eimer verstecken. „Der Wolfi ...“, murmelte sie nachdenklich.

„Ha, ich wusste es“, sagte Jenny zu sich selbst und grinste in sich hinein.

„Moment“, meinte Frau Dörmer und verschwand durch die gleiche Tür, durch die sie gekommen war. „Wooolfii!“, hörten sie sie rufen. Gleich darauf erschien sie wieder. „Kommt gleich. Er hat hinterm Haus sauber gemacht.“

Kurz darauf kam Wolfgang hinein, in den Händen ein kariertes Handtuch, mit dem er sich gerade abtrocknete. Überrascht starrte er sie an. „Jenny?“

„Nun sag anständig Guten Tag, Wolfi. Wo sind denn deine Manieren?“

„Ist ja gut Mutti“, seufzte er, legte jedoch das Handtuch zur Seite und streckte die Hand aus. Jenny stellte Sascha vor und blickte sich um. „Können wir irgendwo ungestört reden? Ich würde gerne Ihren Sohn sprechen“, meinte sie zu Frau Dörmer. „Allein!“

Die Frau schaute enttäuscht. „Ich hab sowieso im Gewächshaus zu tun. Geh doch mit den Herrschaften nach hinten ins Wohnzimmer.“

Wolfgang ging ihnen voraus in ein kleines, vollgestelltes Wohnzimmer mit Spitzendeckchen über Sessel und Couch. Er bot ihnen einen Platz an, zu Saschas Enttäuschung jedoch nichts zu essen oder zu trinken. „Was kann ich denn für dich tun, Jenny? Bist du dienstlich hier?“ Sie bejahte und erzählte ihm von Irmtrauds gefälschter Identität. „Kannst du mir irgendetwas über sie erzählen?“

Wolfgang überlegte einen Moment und schüttelte dann den Kopf. „Ich glaube nicht, dass wir überhaupt miteinander geredet haben. Höchstens vielleicht an dem Tequila-Abend. Und davon weiß ich nicht mehr viel.“ Er lächelte verlegen. „Ich trinke sonst nichts.“

„Ist dir an den anderen irgendwas aufgefallen?“

Er zögerte.

„Alles kann wichtig sein.“

Er wand sich etwas. „Ich bin nicht viel unter Menschen. Vielleicht kam mir deshalb Einiges seltsam vor.“

„Erzähl´s mir trotzdem.“

„Also, Walli habe ich sicher ein- oder zweimal beim Lügen erwischt.“

„Worüber?“

„Nichts Wichtiges. Aber sie hat viel erzählt und ich höre meistens zu. Manchmal hat sie sich selbst widersprochen. Und an dem Abend, als du über Bord gefallen bist, hat sie behauptet, sie hätte die ganze Zeit an ihrem Tisch gesessen. Als ich aber kurz vorher zur Toilette musste, war sie ganz sicher nicht da.“

„Interessant. Warum hast du das drüben nicht gesagt?“

„Ich war aufgeregt. Das ist mir erst später wieder eingefallen. Außerdem, du glaubst doch nicht, dass einer von uns etwas damit zu tun hat? Ich dachte, es wäre ein Unfall gewesen.“

„Es besteht inzwischen der Verdacht, dass Irmtraud verantwortlich ist. Deswegen müssen wir sie finden. Gibt es sonst noch irgendwas, das du mir sagen möchtest?" Er schüttelte den Kopf.

„Gut", meinte sie und stand auf. „Vielen Dank für deine Hilfe. Das war´s erst mal."

Er brachte sie hinaus zum Parkplatz, wo seine Mutter sich neugierig herumdrückte und vorgab Blumenkübel zu wässern.

Mit einem Seitenblick zu ihr beugte sich Wolfgang vertraulich vor. Jenny trat einen Schritt zurück, doch er folgte ihrer Bewegung.

„Du Jenny", tuschelte er. Seine Mutter spitzte die Ohren.

„Willst du mir noch was sagen?", meinte Jenny erwartungsvoll.

„Möchtest du mal mit mir ausgehen? Nur wir beide? So ganz romantisch?"

Hilflos blickte sie zu Sascha und dann zu Wolfgangs Mutter. Mehr als „äh" fiel ihr im ersten Moment nicht ein.

Betreten blickte er zu Boden. „Ich weiß ja, ich bin viel jünger."

Das *viel* nahm sie ihm übel.

„Aber vielleicht überlegst du es dir mal?"

Sie räusperte sich. „Ich glaube, das ist keine gute Idee, Wolfgang", meinte sie dann bestimmt. „Wir müssen jetzt los. Machs gut."

Sascha hielt es noch aus, bis sie im Auto saßen und losfuhren, doch dann hielt er sich den Bauch vor Lachen. Sie boxte ihn fest auf den Oberarm. „Ich weiß nicht, was daran so komisch ist", raunzte sie ihn an.

„Du hast ja auch dein Gesicht nicht gesehen!", feixte er.

Jetzt musste Jenny auch schmunzeln. „Er wird jetzt sicher ausgequetscht wie eine Zitrone, der Arme." Sascha grinste mitleidig.

Nachdem sie ein paar Minuten gefahren waren, blickte er sie von der Seite an. „Diese Walli scheint nicht ganz zu sein, was sie scheint. Fahren wir zu ihr?“

„Ja, aber nicht jetzt. Sie wohnt in Kassel, das ist ein ganzes Stück weg von Frankfurt. Da mach ich lieber einen Termin aus, damit wir nicht umsonst hinfahren. Mandy und Kevin können wir ausklammern, denke ich. Die haben kaum ein Wort mit Irmtraud gewechselt. Denen war sie zu hausbacken. Wenn die wüssten.“

„Vielleicht sollten wir nach Schauspielern suchen. Sie hat sich ja recht geschickt verkleidet. Da gehören doch Fachkenntnisse dazu. Seine Haare so zu verändern, dass man ...“ Er verstummte.

„Dass man?“, fragte Jenny.

Zu Jennys Entzücken wurde er rot. Das war in der ersten Zeit ihrer Zusammenarbeit öfter passiert. Mittlerweile nur noch ganz selten. „Na, dass man sogar Sex haben kann, ohne dass da was ... also ... verrutscht.“

„Gar nicht so dumm, was du da sagst. Wir erkundigen uns nach einem Maskenbildner oder einem Friseur. Die sollten sich damit auskennen.“

„Und wo finden wir sowas?“, fragte Sascha skeptisch.

Jenny dachte einen Moment nach und fuhr dann rechts auf einen Parkstreifen. Sie angelte nach ihrem Handy und rief Logo an: „Informier dich bitte mal, wo ich Maskenbildner finde und ruf mich zurück. Versuchs zuerst beim Theater.“ Sie legte auf. „Und wir gehen was frühstücken, okay? Ich hab Hunger. Aber was frag ich! Essen kannst du ja immer.“

Sascha grinste erwartungsvoll. Eine Antwort war nicht nötig.

„Lass uns ins N.Y.C. nach Sachsenhausen fahren. War ich früher oft, als ich da gewohnt habe. French Toast, da hätt ich jetzt Lust drauf.“

„Kenn ich gar nicht“, meinte Sascha verwirrt.

„Das Lokal oder French Toast?“

„Ehrlich gesagt, beides.“

„Das N.Y.C war eins der ersten amerikanischen Restaurants hier. French Toast ist so was Ähnliches wie unsere Armen Ritter. Versuch´s mal. Wird dir schmecken. In den USA hab ich´s kaum gegessen, weil wir immer so früh unterwegs waren. Das ist nicht meine Frühstückszeit.“

„Ich bin gespannt“, meinte Sascha zweifelnd.

Kurz bevor sie am Lokal ankamen, rief Logo an. Jenny hörte einem Moment zu. „Mmhh. Danke“, meinte sie dann und schob das Handy wieder in die Hosentasche. „Logo hat Kontakt mit einer privaten Maskenbildner- und Kosmetikschule an der Zeil aufgenommen. Wir fahren nachher hin. Aber jetzt erst mal Frühstück.“

Einige Tassen Kaffee, zwei French Toast und ein Stück Cheesecake später waren sie unterwegs Richtung Zeil. Sie parkten im Parkhaus Hauptwache und liefen über den Liebfrauenberg. Im zweiten Stock über einem Bekleidungsgeschäft befand sich das Institut Aurora. Am Empfang war man über ihr Anliegen informiert.

Eine Blondine, die als Model hätte durchgehen können, brachte sie nach hinten in einen Raum, der mit Schränken, Kommoden und Schminktischen vollgestellt war. Die dominierende Farbe war Schweinchenrosa. Durch eine Tapetentür trat ein asketisch wirkender Mann um die fünfzig und kam auf sie zu. Vor ihnen blieb er stehen und musterte sie von oben bis unten. Sascha wirkte, als sei ihm unbehaglich. Jenny wartete einfach ab und betrachtete ihr Gegenüber gleichfalls prüfend.

„Polizei“, meinte er gedehnt. Seine Stimme war tief und angenehm. „Sie brauchen fachliche Beratung?“

Jenny, die das Alter des Manns mittlerweile auf Anfang sechzig korrigiert hatte, nickte und erklärte ihm die Umstände. „Und Sie sind?“

„Maître Lefebre." Er rieb sich nachdenklich das Kinn. „Mal sehen. Wie zeige ich Ihnen das am besten? Ah, ich weiß. Kommen Sie mit." Er führte sie durch die Tapetentür in ein benachbartes Büro, das in dezenteren Farben gehalten war. Ohne ihnen einen Platz anzubieten, setzte er sich an einen PC und griff nach der Maus. „Hier, kommen Sie. Das Werbevideo zu unserem neuen Kurs." Jenny und Sascha traten hinter ihn. „Halloween und Fastnacht. Wie werde ich zum Monster?"

Im Zeitraffer wurden die einzelnen Arbeitsschritte gezeigt, die aus einem durchschnittlichen Gesicht das eines Werwolfs machten. Fasziniert schauten beide zu, wie Schicht für Schicht Modelliermasse und Farbe aufgetragen wurden. Dann kamen die Haarteile an die Reihe. Am Ende wirkte alles täuschend echt.

„Schminke und Haarteil reichen aus", sagte Lefebre, „um ein Gesicht komplett zu verändern und somit unkenntlich zu machen. Dazu gibt es unzählige weitere Veränderungsmöglichkeiten, Größe und Stellung der Zähne, Ausprägung der Gesichtszüge, Nase und Ohren. Am schwierigsten ist es mit den Händen. Darauf sollten sie achten."

„Und wie ist das mit der Haltbarkeit?", schaltete sich Sascha ein. „In unserem Fall hat sich jemand über Tage verkleidet. Hält das so lange?"

Lefebre nickte. „Solange man nicht schwimmen geht oder an den Haaren zerrt. Haarteile kann man heute so befestigen, dass man damit schlafen kann, ohne dass sie sich lösen. Auch dauerhafte Schminke gibt es."

„Aber das müsste ein Fachmann machen?", fragte Jenny hoffnungsvoll.

„Absolut nicht. Jeder, der beispielsweise einen Halloween-Kurs mitmacht, könnte das. Kurse gibt es zuhauf. Und die Utensilien bekommen sie in etlichen Internet-Shops."

„Das habe ich befürchtet. Haben Sie Unterlagen über Kunden, die Haarteile und Ähnliches kaufen?"

Er schüttelte entschieden den Kopf. „Nein, die bekommen einen Kassenbon und das war´s. Es sei denn, es gibt eine Reklamation. Das kommt zum Glück fast nie vor."

„Bitte schauen Sie sich das Foto hier an. Kennen Sie die Frau? War sie vielleicht in einem Kurs oder hat sie eingekauft? Das ist sie allerdings in Verkleidung. Wir wissen nicht, wie sie ohne aussieht."

Er nahm das Foto und betrachtete es gründlich. Dann gab er es zurück. „Gut gemacht. Nie gesehen."

„Vielleicht kann ich Ihnen eine Kopie hierlassen und Sie fragen Ihre Mitarbeiter?"

„Sicher. Aber wenn sie das in Verkleidung ist ... Hier wäre sie ja wahrscheinlich ohne gewesen."

„Wir müssen irgendwo ansetzen. Danke schon mal."

Er brachte sie hinaus, diesmal durch eine Tür, die direkt auf den Gang führte. Am Empfang befragten sie noch die Mitarbeiterin, doch auch sie erkannte Irmtraud nicht.

Als sie wieder auf den Liebfrauenberg hinaustraten, blieb Jenny kurz stehen und blickte sich um. „Sie könnte überall sein. Gerade jetzt könnte sie an uns vorbeilaufen und wir würden sie nicht mal erkennen."

Sascha fluchte. „Das gefällt mir nicht. Es muss einen Weg geben sie zu finden. Jetzt regnet es auch noch."

Jenny blickte zum Himmel. „Hört bestimmt gleich auf."

„Kommt mir aber nicht so vor", grummelte Sascha und schlug den Kragen seiner Jacke hoch. „Können wir zurück? Im Wagen liegt ein Schirm."

„Weichei", konterte Jenny, nickte aber. Jennys Handy klingelte. Ohne Begrüßung legte Logo los. „Du ahnst nicht, mit wem Ammerland sich verabredet hat. Mit der Frau vom Volks!"

Jenny war baff. „Das glaub ich jetzt nicht. Sie ist die unbekannte Frau? Ich fahr sofort hin. Wo wohnt der privat?" Logo gab ihr die Adresse durch.

Volks wohnte in einer teuren Eigentumswohnung auf dem ehemaligen Westhafengelände. Vor einigen Jahren war der aus dem neunzehnten Jahrhundert stammende, kaum noch genutzte Westhafen geschlossen und das Gelände um das Hafenbecken herum mit Wohn- und Geschäftshäusern bebaut worden. Im eigentlichen Hafenbecken befand sich ein kleiner Yachthafen.

Sie klingelten und schauten in die Kamera, die über der Tür angebracht war. Der Türöffner ertönte. Ein Aufzug brachte sie in den obersten Stock. Im Treppenhaus dominierte Marmor und ein Fenster bot Ausblick über den Yachthafen.

Frau Volks stand kreidebleich und zitternd in der offenen Wohnungstür. „Ich wusste, dass Sie kommen", erklärte sie ohne Begrüßung und hielt ihnen die Tür auf. Sie gingen an ihr vorbei in einen riesigen Raum, der als Wohn- und Esszimmer diente. Große Fenster boten eine überwältigende Aussicht über den Main. Ein Frachtschiff kämpfte sich gerade flussaufwärts.

„Mein Mann darf nichts davon wissen! Nie!" Die Frau war völlig aufgelöst.

Jenny warf Sascha einen Blick zu. Dann wandte sie sich an Frau Volks. „Sie geben also zu, dass Sie mit Alfred Ammerland verabredet waren?"

Sie lachte bitter. „Das kann ich wohl kaum noch verheimlichen. Ich bin ja nicht dumm. Ich weiß, dass meine Nummer auf seinem Handy gespeichert ist. Sicher können Sie auch meine Mails zurückverfolgen."

„Das können wir in der Tat", stimmte Jenny zu. „Wie haben Sie ihn kennengelernt?"

„Ach", meinte Frau Volks und lief fahrig im Zimmer herum. „Das war reiner Zufall. Ich helfe ab und zu im Betrieb. Lieber würde ich ja arbeiten gehen, aber mein Mann will das nicht."

„Warum?“, warf Sascha ein und erntete einen ärgerlichen Seitenblick von Jenny.

„Mein Mann ist ein Kontrollfreak.“ Sie zündete sich mit zittrigen Händen eine Zigarette an und inhalierte tief. „Wenn er wüsste, dass ich rauche ... Dabei hat er selbst mal geraucht. Jetzt tröstet er sich mit Keksriegeln. Er möchte mich am liebsten zu Hause haben. Sein größter Kummer ist, dass wir noch keine Kinder haben. Dabei sind wir erst drei Jahre verheiratet. Ich bin neunundzwanzig. Aber er tut, als wäre kaum noch Zeit. Die Firma muss einen Erben bekommen, nur das zählt! Aber ich werde verrückt, wenn ich nur hier herumsitze. Zumindest konnte ich durchsetzen, dass ich ab und zu am Empfang helfen darf, wenn jemand krank ist oder Urlaub hat.“

„Und da lernten Sie Ammerland kennen?“, soufflierte Jenny.

„Ja, er hat angerufen, um einen Termin auszumachen. Und er klang so nett. Wir haben erst ein bisschen rumgeblödelt, dann geflirtet. Ein Wort ergab das andere. Wir haben dann einige Male telefoniert. Einfach so. Und gemailt. Mein Mann hat so wenig Zeit für mich.“ Sie zog nervös an der Zigarette.

„Wussten Sie, dass er verheiratet war?“

Sie nickte. „Natürlich. Es war ja auch nichts zwischen uns. Vielleicht wäre auch gar nichts passiert, wenn wir uns getroffen hätten. Ich wollte doch nur ein bisschen Spaß!“ Sie blickte Jenny und Sascha abwechselnd Verständnis heischend an.

Jenny hakte nach. „Sie haben ihn aber nicht getroffen? Oder mit ihm telefoniert, nachdem er in Frankfurt angekommen war?“

„Nein, er wollte sich montagabends melden, hat er aber nicht. Ich habs mehrmals auf seinem Handy versucht, aber nur die Mailbox dran bekommen. Dienstags ist er nicht zu unserer Verabredung erschienen. Bitte, mein Mann darf nichts davon erfahren!"

„Haben Sie eine Idee, wer ihn getötet haben könnte?"

Sie schüttelte entsetzt den Kopf. „Nein."

„Und Sie sind sicher, dass Ihr Mann nichts von dem geplanten Treffen wusste?"

„Ganz sicher. Er könnte sich nie so verstellen."

„Gut", meinte Jenny, „versprechen kann ich nicht, dass Ihre Verbindung ein Geheimnis bleibt. Aber versuchen kann ich es."

„Ich bitte Sie." Monique Volks schlug die Hände vors Gesicht. Jenny und Sascha gingen leise.

Draußen regnete es in Strömen. Auf dem kurzen Weg zum Auto wurden sie klatschnass. Bevor sie den Motor anließ, blieb Jenny einen Moment still sitzen und dachte nach. Sascha beobachtete sie. „Das könnte die Frau gewesen sein, mit der Hölzel gestritten hat. Sicher bin ich nicht, es war zu weit weg."

„Na, das wär aber ein Ding. Sollen wir noch mal rein und sie fragen?"

„Sie wird alles abstreiten. Versuchen wir erst mehr herauszufinden."

Zurück im Präsidium begrüßte Logo sie mit einem spöttischen Grinsen. „Ihr seht ja aus wie nasse Katzen."

„Sei bloß ruhig, sonst schick ich dich in den Außendienst!", war Jennys Kommentar. Daraufhin grinste er noch breiter.

„Ach, bei sowas kriegste wieder gute Laune", meinte Sascha gutmütig. „Dann wars ja für was gut."

„Die gute Laune kommt woanders her. Es gibt eine Spur! Am Montag kam eine Meldung rein, jemand hätte etwas von der Autobahnbrücke bei Schwanheim geworfen. Zunächst dachte man an Steinewerfer. Als die Streife hinkam, war niemand mehr vor Ort. Wäre ein großer Zufall, wenn das nicht unsere Leichenteile gewesen wären, die da von der Brücke geflogen sind. Und direkt auf den Apfellaster."

„Wenn man's recht bedenkt, haben wir Glück. Hätte ja genauso auf einem Wagen landen können, der sonst wohin fährt."

„Die meisten LKWs, die weitere Strecken fahren, sind geschlossen", merkte Sascha an. „Die Äpfel werden offen transportiert, weil sie dann besser durchlüftet werden."

„Von mir aus", meinte Logo. „Mich interessiert mehr, warum der Täter die Teile von der Brücke wirft. Ziemlich durchtrieben, wenn´s kein Zufall war. Versucht er die Teile möglichst weit zu verteilen, um es uns schwer zu machen? Was meint ihr?"

Jenny nahm einen Schluck Kaffee und nickte. „Das Ganze scheint gut durchdacht. Im Main war die Chance groß, dass sie nicht mehr auftauchen oder erst weit flussabwärts. Die Tiger hätten die Teile komplett gefressen, wenn sie nicht zufällig am Tag vorher außergewöhnlich gut gefüttert worden wären, und die auf dem Laster hätten bis ins Ausland fahren können. Niemand hätte die Funde miteinander in Verbindung gebracht. Da hat einer richtig nachgedacht. Sehr kreativ."

Logo haute mit der Hand auf den Tisch. „Das kommt von diesem Scheiß Internet. Alles kannste da nachlesen. Wie man Bomben baut ... und wahrscheinlich auch, wie man am besten Leichenteile verschwinden lässt."

„Reicht schon, wenn man gerne Krimis liest. Da steht sowas auch drin."

„Aber seit jeder Internet hat, ist es viel schlimmer geworden", brummte Logo.

„Ja, Opa", spöttelte Jenny.

„Ach, lasst mir doch die Ruhe!" Logo sprang auf, griff seine Jacke und verließ das Zimmer. Jenny starrte ihm verdutzt hinterher. „Versteht er keinen Spaß mehr?", fragte sie.

Sascha schüttelte den Kopf.

„Momentan nicht. Hat nicht mal gefragt, was wir rausbekommen haben.“

„Weißt du, was wir jetzt machen? Oder hast du was vor?“

„Ich hab nix vor. Was denn?“

„Wir gehen was essen. Auch wenn wir heut schon frühstücken waren, egal. Das ganze Gerede von der Grünen Soße macht hungrig.“

Eine Stunde später saßen sie im Gastraum eines kleinen Apfelweinlokals in Sachsenhausen.

Jenny hatte ein Frankfurter Schnitzel mit Grüner Soße vor sich, Sascha Grüne Soße mit Tafelspitz.

„Siehste, wie lecker das ist?“, meinte er. „Aber mit Schnitzel hat man die früher nicht gegessen.“

„Egal“, meinte sie mit vollem Mund. „Schmeckt klasse.“

„Na, hier in Sachsenhausen bestimmt. Die haben ja die Gärten direkt vor der Tür.“

Die Bedienung, eine ältere, korpulente Frau in Gesundheitsschuhen kam an den Tisch. „Schmeckts Ihne?“

Sascha nickte, Jenny schluckte und meinte. „Sehr gut. Sagen sie, woher bekommen Sie denn die Grüne Soße?“

„Ja, wie maane Sie des jetz?“

„Na, wo kaufen Sie die? In Oberrad?“

„Da muss ich de Chef fraache, wo er die Grie Soß herkrischt.“ Sie schlurfte davon. Kurz darauf war sie wieder da.

„De Chef sacht, aus de Metro. Da gibt’s die fix un fertisch!“

Jenny und Sascha sahen sich an und brachen in lautes Lachen aus.

**Freitag, Frankfurt**

Morgens machte Jenny nicht viel Federlesen. „Ich will gleich mal zu der Autobahnbrücke und mich da umschauen. Logo, kommst du mit?“ Sie blickte Sascha bedeutungsvoll an. Er nickte unmerklich. Logo blickte auf. „Klar. Kein Kaffee vorher?“

„Nee, hatte schon zu Hause reichlich.“

Sie quälten sich durch den Berufsverkehr aus der Stadt und fuhren über die Verbindungsspange nach Kelsterbach. Mithilfe einer Detailkarte fanden sie die kleine Nebenstraße, die durch unbebaute Felder Richtung Schwanheim führte.

„Da vorne ist die Brücke. Halt da.“

Sie stiegen aus und blickten sich um. Weit und breit war kein Mensch zu sehen. Es fing wieder an zu regnen. Sie liefen bis auf die Brücke. Logo trat an die Brüstung und blickte nach unten.

„Nicht hoch, und die Tüte war nicht allzu schwer.“

„Immerhin war ein Oberkörper drin.“

„Trotzdem, hier drauflegen und runter schubsen, dafür muss man kein Athlet sein.“

„Könnte also auch eine Frau getan haben ...“

Er nickte. „Schon. Allerdings schwer vorstellbar für mich, dass eine Frau eine Leiche zerteilt. Vielleicht war sie Mittäterin.“

Jenny suchte den Boden ab. „Bringt wohl nichts, die Spusi hierherzuschicken. Dafür hat´s zu viel geregnet. Wo kommt man hin, wenn man der Straße weiter folgt?“

„Schwanheim.“

„Macht Sinn. Der oder die Täter sind an den Main gefahren, haben die erste Tüte entsorgt, dann über Schwanheim an den Flughafen. Da haben sie das Auto abgestellt und sind mit dem Taxi oder mit öffentlichen Verkehrsmitteln weiter gefahren. Oder wurden abgeholt.“

„Die Taxis haben wir überprüft. Im entsprechenden Zeitraum haben Hunderte von Fuhren stattgefunden. Ist nichts bei rausgekommen."

„Im Zoo müssen sie zuerst gewesen sein. Da kann man extrem schlecht parken. Also sollten wir die Strafzettel prüfen. Und ebenfalls die Taxis. Ich kann mir nämlich nicht vorstellen, dass jemand Leichenteile mit der Straßen- oder U-Bahn durch die Gegend gondelt."

„Wer so abgebrüht ist ... Ich glaube, Sascha hat schon in der Richtung ermittelt, aber ich hake nochmal nach. Was machen wir jetzt?"

„Wir setzen uns in ein Café und unterhalten uns."

„Unterhalten? Wie meinst du das?"

„Ich mach mir Sorgen um dich. Irgendwas ist doch mit dir los?"

Er trat zurück und nahm abwehrend die Hände hoch. „Nichts ist mit mir los und es gibt auch nichts zu reden."

Jenny machte einen Rückzieher. „Reg dich ab. Dachte ja nur. Du bist sowas von aggressiv im Moment. Und deine Arbeit leidet auch drunter! Wenn irgendwas ist ... Du weißt, dass du mit mir über alles reden kannst!"

„Jaja, nun lass uns weiter. Wir haben einen Fall zu lösen. Genauer gesagt, zwei."

Jennys Handy klingelte. Kaum hatte sie sich gemeldet, ertönte die ungeduldige Stimme des Staatsanwaltes. „Wo bleiben Sie denn Frau Becker? Die Pressekonferenz beginnt gleich!"

„Pressekonferenz?" Sie warf Logo einen ratlosen Blick zu. Er wurde rot, murmelte etwas und schlug sich an die Stirn.

„Hat Herr Stein Sie nicht informiert?" Jenny zögerte. „Doch, doch natürlich. Wir sind aufgehalten worden. In einer Viertelstunde bin ich da. Tut mir leid."

„Beeilen Sie sich!"

Logo schaute sie zerknirscht an. „Sorry, total vergessen. Die Presse hat gestern Abend Wind von der Sache bekommen. Der Angler hat versucht, Kapital aus seinem Fund zu schlagen. Biederkopf hat kurzfristig eine Pressekonferenz angesetzt. Er hat heut Morgen angerufen."

Jenny schüttelte den Kopf. „Darüber reden wir später. Los jetzt!"

Sie joggten zum Auto und waren eine Viertelstunde später vor dem Polizeipräsidium. Logo ließ Jenny aussteigen, bevor er ums Gebäude herum zum Parkplatz fuhr.

Biederkopf wartete vor dem Raum, in dem die Pressekonferenz stattfinden sollte. „Ich habe Sie heute früh bereits angerufen, aber Sie sind nicht ans Handy gegangen. Ich bin gar nicht auf dem aktuellen Stand."

Jenny entschuldigte sich. „Neues Handy. Ich probier noch mit den Einstellungen herum. Habs wohl in der Tasche nicht gehört."

„Egal jetzt. Gibt's was Neues?"

Sie gab ihm eine kurze Zusammenfassung.

„Gut. Wir sagen zunächst nichts von der Grüne Soße-Geschichte. Das bauschen die nur auf. Konzentrieren wir uns auf die Leichenteile. Und jetzt los."

Sie brachten die Pressekonferenz einigermaßen gut hinter sich. Die Fundorte der Leichenteile gaben genug Stoff für Artikel. Weitere Informationen verweigerten sie mit dem Hinweis auf laufende Ermittlungen.

Hinterher gingen sie den Flur entlang. „Machen Sie das nicht nochmal Frau Becker. Ich bin ein alter Mann. Soviel Aufregung verkrafte ich nicht. Ich dachte schon, ich müsste mich der Meute stellen, ohne überhaupt zu wissen, wo wir momentan stehen."

„Das ist aber nicht nett, Herr Biederkopf. Ich glaube, Sie sind etwa so alt wie ich?"

„Gefühlt viel älter, Frau Becker“, grinste er. „Vor allem heute. Was hat Sie denn aufgehalten? Sie sind doch normalerweise überpünktlich.“

Sie wurde verlegen und antwortete nicht gleich. Einerseits wollte sie Logo in Schutz nehmen. Andererseits hasste sie es, zu lügen. Biederkopf verstand. „Behalten Sie´s für sich, ich will´s gar nicht wissen. Wird schon Gründe geben. Also, wie gehen Sie nun weiter vor?“

„Der Kreis der Verdächtigen wird größer. Volks hätte auch ein Motiv. Vielleicht wusste er von den Plänen seiner Frau. Hölzel ist auch nicht aus dem Schneider. Wir gehen weiter allem nach.“

„Und in der anderen Sache?“ Sie erzählte ihm von den Befragungen.

„Dieser Walli müssen Sie auf den Zahn fühlen.“ Er verabschiedete sich und bog in Richtung Kantine ab. Jenny machte sich auf den Weg in ihr Büro. Sie würde sich jetzt Logo vorknöpfen. Als sie eintrat, saß jedoch nur Sascha nachdenklich am Schreibtisch. Überrascht blickte er auf. „Jenny, ist die Pressekonferenz schon vorbei?“

Sie nickte. „Logo war also hier?“

„Ja, ist aber gleich wieder weg. Meinte, er hätte etwas zu erledigen.“

Jenny ließ sich auf ihren Schreibtischstuhl fallen. Das gab's doch nicht. Machte jetzt jeder, was er wollte? „Was Neues?“, fragte sie Sascha.

„Frau Hölzel hat angerufen. Sie wollte aber nur mit dir sprechen.“

„Dann ruf ich sie gleich zurück. Bin gespannt, was sie will. Gib mir mal die Nummer.“ Schon nach dem ersten Läuten meldete sich Frau Hölzel. Jenny begrüßte sie, worauf es im Hörer erst mal still blieb.

„Frau Hölzel?“, fragte Jenny schließlich.

„Ja, entschuldigen Sie. Es fällt mir nicht leicht." Wieder Stille im Hörer.

„Was denn?"

Frau Hölzel räusperte sich. „Könnten Sie vielleicht herkommen? Also, nur Sie? Ich habe etwas gefunden."

„Was denn, Frau Hölzel?"

„Ich ... ich möchte es Ihnen lieber zeigen. Und bitte, kommen Sie alleine."

„Gut, ich fahre gleich los." Jenny legte auf und sah Sascha an. „Sie will mir was zeigen. Nur mir!"

Sascha hob ruckartig den Kopf. „Auf keinen Fall. Du fährst nicht allein!"

„Sie wird mir bestimmt nichts sagen, wenn jemand mitkommt."

„Dann warte ich in der Nähe."

„Sascha, ich mach den Job nicht erst seit gestern."

Er errötete leicht. „Tut mir leid."

„Hast ja recht, auch wenn du dich wie eine Glucke benimmst", beeilte sie sich hinzuzufügen. „Aber ich weiß, was ich tue. Von mir aus komm mit, aber du musst draußen warten." Er stand auf und holte seine Jacke aus dem Schrank.

Zwanzig Minuten später bogen sie in die Seitenstraße zur Gärtnerei Hölzel ein. Jenny ließ Sascha in einer Parkbucht halten und ging zu Fuß weiter. Der Hof wirkte im Nieselregen noch trostloser als bei ihrem ersten Besuch. Hölzel war nirgends zu sehen. Frau Hölzel schien hinter dem Fenster auf sie gewartet zu haben. Sie trat aus der Haustür, kaum dass Jenny das Eingangstor passiert hatte. Betreten blickte sie zu Boden und fingerte am Kragen ihrer Kittelschürze.

Jenny bemühte sich um ein beruhigendes Lächeln. „Frau Hölzel, wie versprochen bin ich alleine. Mein Kollege wartet in der Nähe. Was wollten Sie mir zeigen?"

Die Frau zögerte. Dann zog sie entschlossen die Tür hinter sich zu. „Mein Mann ist den ganzen Tag weg", meinte sie fast flüsternd. „Da wollte ich mal richtig sauber machen. Also die Gewächshäuser. Wir haben einige, die nicht mehr genutzt werden. Läuft ja nicht mehr so gut. Da habe ich …" Ihre Stimme versagte.

„Was haben Sie?", fragte Jenny und versuchte, ihre Ungeduld zu verbergen.

Frau Hölzel schüttelte den Kopf und ging voran. Sie liefen ums Haus herum, an der langen Reihe Gewächshäuser vorbei. Hinter dem kleinen Nebengebäude, das der Frau als Alterswohnsitz diente, bogen sie ab und hatten zwei weitere kleinere Glashäuser vor sich, die offensichtlich wenig oder gar nicht genutzt wurden. Um sie herum wucherte Unkraut und die Scheiben waren so schmutzig, dass man kaum durchsehen konnte. Frau Hölzel ging zum hintersten und öffnete die Tür.

Sie drehte sich zu Jenny um. „Ich hab sie vorhin schon angefasst. Die Klinke meine ich. Ich wusste ja nicht … Aber sonst nichts." Sie stieß die Tür auf. Jenny trat mit ungutem Gefühl durch die Tür, wobei sie sich etwas bücken musste.

Der Raum vor ihr war etwa fünf mal fünf Meter groß und voller Gerümpel. Zur Linken stand eine Art Arbeitstisch, auf dem eine große Plane lag. Sie war halb zur Seite gezogen und Jenny sah dunkle Flecken auf dem unbehandelten Holz. Frau Hölzel folgte ihr und Jenny blickte sich um.

Frau Hölzel zeigte auf eine Ecke neben dem Tisch. „Dort!" Da lag eine weitere Plane auf dem Boden, wie sie benutzt wurde, um Gartenmöbel im Winter abzudecken. Auch sie war halb zur Seite gezogen und darunter schaute eine Kettensäge hervor, deren Sägeblatt ebenfalls dunkle Flecken aufwies.

„Das ist Blut, oder?", murmelte die Frau.

Jenny trat einen Schritt zurück und nickte. „Sieht so aus. Frau Hölzel, ich muss meine Kollegen anrufen."

Die Frau nickte. „Natürlich. Ich wollte nur zuerst ... Ich weiß auch nicht warum ... Aber es ist immerhin mein Mann." Sie schlug die Hände vors Gesicht und begann still zu weinen.

Jenny legte ihr die Hand auf die Schulter. „Sie meinen, Ihr Mann hat das getan?"

„Sonst kommt doch niemand hierher! Vielleicht hat er sich mit Ammerland gestritten. Er wird schnell wütend", antwortete sie unter Tränen.

Jenny führte die Frau hinaus, während sie Sascha anrief und ihn beauftragte, das Team der Spurensicherung herzuschicken und von Biederkopf einen Durchsuchungsbefehl ausstellen zu lassen. Danach wandte sie sich an Frau Hölzel. „Wo ist Ihr Mann?"

Die Frau rang um Fassung. Dann richtete sie sich entschlossen auf. „Er hat einen Banktermin. In der Sparkasse am Lokalbahnhof."

„Wer hat Zugang zu dem Gewächshaus?", wollte sie wissen und blickte sich um. Sie befanden sich in der hintersten Ecke des Geländes. Ein schmaler Streifen dichten undurchdringlichen Gestrüpps trennte sie von der Straße, die sich, wie Jenny wusste, dahinter befinden musste. Irgendwo in dem Gestrüpp musste sich auch ein Zaun befinden.

„Wie ich schon sagte, niemand", meinte Frau Hölzel und zerknüllte dabei ein Taschentuch in ihrer Hand. „Selbst ich gehe hier selten rein. Wenn ich nicht heute hätte putzen wollen ..."

„Sollen wir ins Haus gehen?", fragte Jenny. „Es wird noch etwas dauern, bis die Kollegen hier sind."

Die Frau führte sie wieder in ihre Küche und setzte Teewasser auf. Sie schien dankbar zu sein, eine Beschäftigung zu haben. Jenny wäre ein Kaffee lieber gewesen, aber Hauptsache etwas Heißes. Als beide am Tisch saßen, warme Tassen in den Händen, fragte Jenny vorsichtig: „Sie hatten bis eben keinen Verdacht?"

Es blieb lange still, doch dann schüttelte Frau Hölzel den Kopf. „Wer denkt denn sowas. Dass der eigene Mann ... Ich wüsste auch nicht, warum... Ich meine, er ist sehr jähzornig."

Jenny überlegte sorgfältig, wie sie die Frage formulieren sollte. „Hat er jemals ... Ist er jemals handgreiflich Ihnen gegenüber geworden?"

„Nein, auf keinen Fall!" Die Antwort kam wie aus der Pistole geschossen. Etwas zu schnell, dachte Jenny. Noch etwas, das sie überprüfen lassen würde. Wie, wusste sie noch nicht.

Sie hörten einen Wagen vorfahren. „Das muss die Spusi sein. Bleiben Sie bitte hier."

Jenny trat vor die Tür, begrüßte die Kollegen und zeigte ihnen den Weg zum Gewächshaus.

Sascha traute sich jetzt auch auf den Hof. Nach einem Blick auf Jenny stellte er sich neugierig neben das Gewächshaus und schaute den Kollegen der Spusi über die Schulter.

Nach kaum zehn Minuten trat einer der Mitarbeiter der Spurensicherung zu Jenny. „Blut. Könnte menschlich sein. Im Gewächshaus sind wir gleich fertig."

„Nehmt euch dann das Haus vor."

„Sollen wir nach etwas Bestimmten suchen?"

„Blut, PC, Unterlagen, das Übliche." Der Mann nickte und entfernte sich.

Jenny telefonierte und gab Anweisung Hölzel beim Verlassen der Bank in Gewahrsam zu nehmen.

Sie ging wieder ins Haus zu Frau Hölzel, die am Fenster stand. Als Jenny neben sie trat, sah sie, dass das Gewächshaus von hier aus gut zu sehen war. „Haben Sie da drüben nichts bemerkt? Licht zum Beispiel? Sie waren doch an dem Abend hier?"

Frau Hölzel drehte sich um. Sie wirkte um Jahre gealtert. „Ich bin etwa um acht Uhr nach Hause gekommen. Üblicherweise ziehe ich, wenn´s dunkel ist, die Vorhänge zu. Deswegen habe ich wohl nichts gesehen."

„Und gehört?“ Die Frau schüttelte den Kopf. „Haben Sie meinen Mann ...?“

Jenny nickte. „Ja, wir haben ihn mitgenommen.“ Sie war sich nicht sicher, ob Frau Hölzel erleichtert aussah.

„Muss ich auch mit auf´s Revier?“

„Nein. Wir müssen zwar Ihre Aussage aufnehmen, aber das muss nicht heute sein. Kann ich Sie hier allein lassen? Haben Sie jemanden, der sich um Sie kümmern kann?“

Frau Hölzel lächelte wehmütig. „Ich brauche niemanden. Ich bin gewohnt, allein zu sein.“

„Haben Sie keine Angst?“

„Wovor sollte ich Angst haben? Warum sollte mir jemand etwas tun?“

Jenny lächelte ihr zu und verabschiedete sich. Auf dem Weg hinaus klingelte ihr Handy. Hölzel war vor seiner Bank abgefangen worden und jetzt auf dem Weg ins Präsidium.

Draußen wartete Sascha. „Alles in Ordnung?“

„Sie trägt es äußerst gefasst. Ich lasse sie ungern hier alleine.“

„Du bist sicher, dass sie nichts damit zu tun hat?“

Jenny zögerte einen Moment. „Es gibt keinerlei Anhaltspunkte dafür. Ich halte sie eher für ein Opfer.“

„Das Motiv ist mir noch nicht klar.“ Saschas Stirn war vor lauter Nachdenken gerunzelt wie die eines Basset-Hundes.

Jenny legte den Kopf in den Nacken. „Vielleicht durchschauen wir diese Grüne Soße-Geschichte immer noch nicht ganz. Wenn ich die Sache mit der Ehre bedenke. Ammerland wollte ihn vielleicht bestechen und Hölzel ist ausgeflippt.“

„War Hölzel denn so wichtig?“

Jenny kickte gegen einen Stein. „Keine Ahnung und das nervt mich.“

„Ammerlands Chef müsste wissen, was Ammerland hier durchgezogen hat. Ihn müssen wir uns endlich vornehmen.“

„Lass uns zurückfahren. Ich will Hölzel selbst befragen.“

Hölzel wartete bereits im Vernehmungsraum auf sie. Zusammengesunken saß er auf dem Holzstuhl und starrte grimmig vor sich hin. Als Jenny eintrat, blickte er auf.

„Sagen Sie mir endlich, was los ist?"

Jenny setzte sich ihm gegenüber. „Tag, Herr Hölzel. Das werde ich. Sind Ihnen Ihre Rechte verlesen worden?"

Der Mann gab keine Antwort. Jenny blickte fragend zu dem Beamten, der neben der Tür postiert war. Er nickte.

„Gut, Herr Hölzel. In einem Ihrer Gewächshäuser wurde menschliches Blut gefunden. Eine große Menge. Ebenfalls eine blutbefleckte Kettensäge. Wie erklären Sie sich das?"

Er starrte sie verblüfft an. War er ein guter Schauspieler oder tatsächlich erstaunt? „Menschliches Blut? Vom Ammerland?"

„Es muss natürlich noch untersucht werden, aber der Verdacht liegt nahe. Oder haben Sie in letzter Zeit noch andere Männer zerstückelt?"

Hölzel fuhr auf. „Ich hab nichts damit zu tun. Keine Ahnung, wieso da Blut ist. Wie sind Sie überhaupt da rein gekommen?"

„Tut nichts zur Sache. Aber wie kam das Blut dahin? Niemand außer Ihnen hat Zutritt. Und Ihrer Frau vielleicht."

„Welches Gewächshaus meinen Sie überhaupt?"

„Das Hinterste, das nicht benutzt wird."

„Da kann doch jeder rein. Krieg ich gar nicht mit."

„Aber man muss doch durch den Hof."

„Unsinn. Hinten führt ein Weg durchs Gebüsch. Mein Nachbar nimmt ihn immer, wenn er rüberkommt. Da kann jeder rein spazieren. Wollt immer schon das fehlende Zaunstück ersetzen."

Jenny war verblüfft. „Ein Durchgang? Durch die dichte Brombeerhecke? Den hätte ich doch sehen müssen."

„Ist von unserer Seite aus kaum zu erkennen, nur wenn man weiß, wo er ist. Ist fast zugewachsen."

Jennys Gedanken überschlugen sich doch zunächst musste sie sich auf Hölzel konzentrieren.„Etwas anderes Herr Hölzel. Die Frau, mit der Sie gestritten haben. War das vielleicht Frau Volks?“

„Woher wissen Sie das?“

„Also war sie es. Was wollte sie?“

„Hat den Ammerland gesucht. War völlig hysterisch. Hat rumgeschrien, aber wollte gleichzeitig, dass niemand mitbekommt, dass sie bei mir ist. Weiber!“

Jenny ließ das unkommentiert. „Ammerland wurde nach dem Termin mit Ihnen nicht mehr lebend gesehen. Hatten Sie Streit? Haben Sie ihn aus Zorn ermordet?“

„Nein. Ich hab ihn wegfahren sehn, basta. Und jetzt sag ich gar nichts mehr. Ich will einen Anwalt.“

Jenny nickte und stand auf. „Das ist Ihr gutes Recht. Sie dürfen telefonieren. Wir machen weiter, wenn Ihr Anwalt da ist.“

Vor der Tür stand Biederkopf und machte ein bedenkliches Gesicht. „Ein echter Sonnenschein!“

Jenny guckte ihn hoffnungsvoll an. „Sagen Sie mir, dass wir ihn hierbehalten können.“

„Leider haben wir wenig gegen ihn in der Hand. Wir wissen nicht mal, ob das Ammerlands Blut ist. Und wenn jeder da rein kann ...“

„Ich ärgere mich, dass ich den Durchgang nicht entdeckt habe. Dabei habe ich mich da gründlich umgesehen. Und ich verstehe nicht, wieso seine Frau nichts von dem Weg gesagt hat. Kommt mir fast vor, als wolle sie ihn belasten. Ich kann ihn doch nicht zu ihr heimgehen lassen.“

Biederkopf überlegte. „Vielleicht kommt bei der Durchsuchung etwas raus. Die hätte zwar nicht angeordnet werden dürfen mit den unzureichenden Informationen, aber jetzt ist es zu spät. Bis morgen kann ich ihn auf jeden Fall festhalten, aber dann müssen wir ihn gehen lassen, wenn wir nicht mehr Fakten bekommen."

Jenny biss sich auf die Lippe. „Verstehe. Ich fahre in der Zwischenzeit zu diesem Bambach." Als sie sich umdrehte, sah sie Logo auf sich zukommen. Schnell verabschiedete sie sich von Biederkopf und zog Logo am Arm mit sich. „Mensch, wo warst du?", zischte sie.

Er blickte ihr nicht in die Augen. „Ich hatte etwas Privates zu erledigen. Entschuldige. War dringend."

„Was Privates? Ja, spinnst du jetzt? Kannst doch nicht einfach abhauen, ohne Bescheid zu sagen."

„Hab ich doch. Du warst in der Konferenz. Und Sascha wusste Bescheid."

Jenny verschlug es kurz die Sprache. „Darüber reden wir später. Wir müssen jetzt zu diesem Bambach. Wenn wir nicht schnell mehr Hinweise finden, müssen wir Hölzel wieder laufen lassen."

„Hölzel?"

„Ich erklär´s dir im Auto."

Als sie bei Bambach vorfuhren, lag die Dunkelheit bereits über dem Grundstück. Nur ein schmaler Lichtstreifen, der aus einem der Fenster fiel, beleuchtete den Hof. In der Ferne kläffte ein Hund.

Jenny klingelte mehrmals, bis sich endlich die Tür öffnete. Bambachs große Gestalt füllte die Türöffnung fast komplett aus. Die einzige Lichtquelle, eine Lampe an der Flurdecke, war hinter ihm, sodass sein Gesicht komplett im Dunkeln lag.

„Sie wieder", meinte er unwirsch.

„Können wir reinkommen?", fragte Jenny nicht viel freundlicher.

„Es wäre mir lieber, wenn nicht. Wir essen gerade und Sie wissen, meine Frau ist kränklich. Sie darf sich nicht aufregen."

Jenny fehlte im Moment jegliche Geduld. „Entweder Sie lassen uns jetzt rein oder Sie kommen mit uns ins Präsidium. Sie können es sich aussuchen."

Der Mann zögerte, öffnete dann jedoch die Tür. Sie traten in einen kleinen Flur. Rechts befand sich die Tür zur Küche, geradeaus ging es durch einen offenen Türbogen in ein großes Zimmer. Jenny konnte dort im Halbdunkel eine helle moderne Couch sehen.

Bambach winkte sie in die Küche. Einen Platz bot er ihnen nicht an. „So?", fragte er, die Hände in die Hüfte gestemmt. Jenny spürte, wie Logo sich neben ihr versteifte.

„Herr Bambach, wir haben auf dem Gelände Ihres Nachbarn Hölzel Hinweise gefunden, die darauf hindeuten, dass dort der Mord an Herrn Ammerland verübt wurde."

Jenny ließ die Information einen Moment sacken und beobachtete Bambach. Der Mann war sichtlich nervös. Sein Mundwinkel zuckte ab und zu und er schwitzte. Endlich antwortete er. „Was hat das mit mir zu tun?"

„Hölzel sagt, er kann sich nicht erklären, wie die Spuren da hingekommen sind. Sie vielleicht?"

„Ich? Wie meinen Sie das?"

„Es gibt einen Schleichweg von Ihrem Grundstück zu Hölzel."

„Ja und? Das heißt doch nicht, dass ich auf seinem Grund Leute umbringe. Verdächtigen Sie mich?"

„Zunächst wollen wir wissen, wann Sie zuletzt diesen Weg benutzt haben. Und ob Ihnen vielleicht irgendetwas aufgefallen ist."

Bambach überlegte nicht lange. „Ich war bestimmt eine Woche nicht mehr drüben. Da haben wir den Termin mit Ammerland besprochen. Wüsste nicht, dass da etwas ungewöhnlich gewesen wäre."

„Benutzt sonst noch jemand den Weg?"

„Weiß ich doch nicht. Geht ja nicht direkt von meinem Grundstück ab, sondern draußen neben der Einfahrt. Kann jeder durchlaufen."

„Können Sie uns das zeigen?"

„Ist doch stockdunkel."

Jenny sah Logo an. „Dann kommen wir eben morgen wieder."

Bambach schien wenig begeistert. „So, Herr Bambach, jetzt müssten wir noch mit Ihrer Frau sprechen."

„Das geht nicht. Auf gar keinen Fall. Wie oft muss ich Ihnen noch sagen, dass meine Frau krank ist."

Jenny hatte das Gefühl, der Mann schwitzte jetzt noch stärker. „Wir stören sie nicht lange. Ich verspreche, sie nicht aufzuregen."

„Es geht nicht, basta! Nicht ohne Beschluss oder wie Sie das nennen."

„Was hat Ihre Frau eigentlich?"

„Das geht Sie nichts an."

„Herr Bambach, seien Sie doch vernünftig. Muss ich Ihre Frau wirklich vorladen?"

„Ich rate Ihnen, das nicht zu tun, und jetzt gehen Sie! Sofort!" Hinter Bambach öffnete sich die Tür. Ein blonder Frauenkopf lugte hindurch. „Martin?", fragte sie zaghaft und öffnete die Tür weiter.

Bambach schoss herum. „Hab ich dir nicht gesagt, du sollst dich nicht blicken lassen?" Er packte sie grob mit der linken Hand und schob sie zurück ins Zimmer. Mit der rechten schlug er die Tür hinter ihr zu. In diesem Moment packte ihn Logo und riss ihn herum.

„Logo", schrie Jenny, die nicht schnell genug eingreifen konnte. Aber Logo ließ sich nicht abhalten, knallte Bambach rückwärts gegen die Tür und umfasste mit einer Hand seine Kehle.

„Geh zu der Frau, Jenny!“, antwortete er gepresst und schob Bambach ein Stück weiter, sodass Jenny vorbei konnte.

Jenny zögerte für den Bruchteil einer Sekunde, doch dann verschwand sie durch die Tür. Im ersten Moment erkannte sie im Halbdunkel nicht viel. Nach und nach gewöhnten sich ihre Augen an die Dunkelheit. Rechts an der Wand stand ein kleiner gedeckter Esstisch. Offenbach hatten sie die Bambachs tatsächlich beim Essen gestört. Links stand die Couchgarnitur, auf die sie schon vom Flur aus einen Blick hatte werfen können. Gedämpft durch die Tür hörte sie hinter sich Bambach wütend schreien. In einer Ecke kauerte Frau Bambach und blickte mit ängstlicher Miene zu ihr auf. Jenny machte eine beruhigende Handbewegung. „Keine Angst, Frau Bambach. Ich möchte Ihnen nur ein paar kurze Fragen stellen. Dann bin ich auch schon wieder weg.“ Die Frau nickte zögerlich und setzte sich auf. Jenny trat auf sie zu. „Sie sind krank, meinte Ihr Mann?“

Nach einer Zeit, die Jenny wie eine Ewigkeit vorkam, hörte sie eine leise Stimme. „Mein Mann ist nur besorgt. Es ist eher eine leichte Unpässlichkeit. Ich war noch nie sehr … stabil.“

Jenny nickte, obwohl sie gar nichts verstand.

Draußen hörte man ein Handgemenge und unterdrückte Flüche. Jenny ignorierte sie. Diese Gelegenheit würde sich so schnell nicht wieder bieten.

„Sind Sie manchmal bei Hölzels?“

Sabine Bambach schüttelte den Kopf.

„Wissen Sie, wann Ihr Mann das letzte Mal drüben war?“

„Mein Mann kommt und geht, wann er will.“

„Den Weg durchs Gebüsch kennen Sie?“

„Vor Jahren bin ich ihn mal gegangen. Da wars nicht so zugewachsen.“

Jenny stutzte. „Kennen Sie Hölzel gut?“

Jetzt schüttelte Sabine Bambach etwas energischer den Kopf. „Seine Frau hat mich mal besucht, als wir hierhergezogen sind. Ich habe ihren Besuch einmal erwidert. Mit ihm habe ich kaum gesprochen."

„Aber ihre Männer sind doch befreundet?"

Frau Bambach blickte zu Boden. „Mein Mann möchte nicht, dass ich ausgehe."

Jenny zögerte, konnte aber nicht umhin zu fragen. „Ist Ihre Ehe glücklich?"

Diesmal war es Frau Bambach, die zögerte. „Natürlich", sagte sie dann. „Martin sorgt sehr gut für mich."

Jenny bezweifelte das, wollte aber nicht weiter in die Frau dringen, die verschreckt genug aussah, zumal die Schreie nebenan immer wütender klangen.

„Wo waren Sie am Montagabend?"

„Hier. Ich bin fast immer hier."

Jenny verabschiedete sich und trat wieder in die Küche. Das Lächeln, das Susanne Bambachs Lippen umspielte, als sie Jenny nachblickte, sah sie nicht mehr.

Bambach stand immer noch mit dem Rücken an der Wand und Logo hatte sich drohend vor ihm aufgebaut. Wenigstens hielt er ihn nicht mehr am Hals fest, hatte jedoch die Hand locker auf der Waffe liegen.

„Komm", meinte Jenny kurz.

Wenn Bambach sie einfach hätte gehen lassen, hätte das Ganze vielleicht noch ein glimpfliches Ende nehmen können. Aber als sie beinahe zur Tür hinaus waren, stürzte er auf Jenny zu. Er griff nach ihrem Arm und riss sie herum. „Das werden Sie bereuen! Ihnen zeige ich es! Das ist das Ende Ihrer Karriere!" Er holte aus, als wolle er Jenny ins Gesicht schlagen.

Logo warf sich dazwischen, boxte Bambach in den Magen und stieß ihm, als er zusammenklappte wie ein Taschenmesser, das Knie ins Gesicht. Knochen knackten.

Jenny schrie entsetzt auf. Sie rannte zu Logo und versuchte ihn zurückzuhalten, doch er schüttelte sie ab und verließ den Raum, nicht ohne vorher noch zu brüllen: „So, jetzt lohnt sich's wenigstens."

Jenny kniete sich neben Bambach, der zusammengekrümmt auf dem Boden lag. Verdammt, er blutete wie ein Schwein. Ein Notarzt musste her. Jenny zückte das Handy und wählte 112. Sie legte Bambach die Hand auf den Arm. „Gleich kommt ein Arzt."

Er ächzte und versuchte, sich aufzurichten. „Hauen Sie ab!"

„Ich muss mich entschuldigen für meinen Kollegen."

„Verschwinden Sie jetzt endlich." Bambachs Kinn und Nase begannen sich bereits blau zu färben. „Raus!"

Jenny gab auf. „Wenn Sie es so wollen. Der Notarzt müsste gleich hier sein."

„Ich brauch keinen Arzt", fauchte er. „Bestellen Sie ihn ab."

„Das Ganze muss dokumentiert werden. Vielleicht haben Sie ernste Verletzungen. Es ist doch in Ihrem Interesse."

„Verdammt!" Er raste. „Lassen Sie mich endlich in Ruhe."

„Ist ja gut." Jenny stand auf und ging mit abwehrenden Handbewegungen rückwärts. „Ich gehe. Den Arzt kann ich nicht abbestellen, aber Sie können ihn einfach wegschicken."

Bambach antwortete nicht. Er rappelte sich hoch, trat ans Waschbecken und blickte in den Spiegel.

Im Hinausgehen sah Jenny, dass Sabine Bambach ins Zimmer getreten war. Sie betrachtete ihren Mann emotionslos.

Jenny verließ das Haus und suchte Logo. Er war nirgends zu sehen. Am Wagen wartete sie einen Moment und atmete tief durch. Was war bloß in ihn gefahren? Bambach würde ihn mit Sicherheit anzeigen. Alle möglichen Konsequenzen schossen ihr durch den Kopf. Suspendierung? Und was bedeutete das für den Fall? Konnten sie unbefangen weiter ermitteln? Ihr schlechtes Gewissen machte sich bemerkbar. Sie hätte das verhindern müssen.

Sie seufzte und stieg ins Auto, fuhr jedoch nicht gleich los. Sie kramte im Handschuhfach und fand ihre Taschenlampe. Wieder ausgestiegen leuchtete sie ins Gebüsch und fand den Schleichweg an der beschriebenen Stelle. Die Batterien der Lampe waren schwach. Jenny richtete sie auf den Boden und drang ins Gebüsch ein. Äste schlugen ihr ins Gesicht und zweimal stolperte sie über Wurzeln. Nach wenigen Minuten passierte sie einen halb umgefallenen Maschendrahtzaun, aus dem ein Stück herausgeschnitten war. Kurz darauf stand sie auf dem Gelände der Gärtnerei Hölzel.

Auf dem Rückweg leuchtete sie wieder den Boden beidseits des Weges ab. Was war das? Sie bückte sich. Ein Keksriegel-Papier. Die orangene Sorte. Eine Seite war noch klebrig und hatte Ameisen angelockt. Wo hatte sie die kürzlich noch gesehen? Jenny schüttelte den gröbsten Schmutz ab und nahm es mit. Lange konnte es hier noch nicht gelegen haben. Wer benutzte diesen Weg, außer Bambach und Hölzel? Um etwas hier zu lagern, war es zu eng und der Boden zu holprig. Campende Obdachlose oder Jugendliche schieden auch aus. Dann würde mehr Müll herumliegen.

Am Auto holte sie einen Plastikbeutel aus dem Kofferraum und tütete das Papier ein. Dann setzte sie sich ins Auto und wählte Logos Nummer. Wenig überraschend erreichte sie nur die Mailbox und schrie: „Meld dich gefälligst. Und zwar dalli!"

**Samstag, Frankfurt**

„Logo?“, fragte Jenny morgens, bevor Sascha sie richtig begrüßt hatte.

„Krank“, kam die lapidare Antwort.

Sie runzelte die Stirn. „Was hat er?“, fragte sie scheinbar ruhig und merkte, wie die Wut in ihr hochstieg.

Sascha wirkte ratlos. Er schien den Aufruhr, der in Jenny tobte, nicht zu bemerken. „Keine Ahnung. Als ich kam, lag hier ein Zettel vom Nachtdienst, dass er angerufen hat. Ich läute später mal bei ihm durch. Bestimmt schläft er jetzt noch.“

Jenny antwortete nicht, nahm sich einen Kaffee und stellte sich ans Fenster. Sie kochte. Was sollte sie tun? Bestimmt hatte Bambach Logo angezeigt. Es würde nicht lange dauern, bis ihre Aussage benötigt wurde. Sollte sie Logo schützen? Konnte sie für ihn lügen? Wie sie es auch drehte und wendete, Logo hatte völlig überreagiert. Bambach war nicht mal übermäßig aggressiv geworden. Und selbst das hätte Logos Verhalten nicht gerechtfertigt. Entschlossen drehte sie sich um und stellte die Tasse ab. Sie würde nicht für ihn lügen. Offensichtlich hatte er Probleme, aber wenn er nicht mit ihr darüber sprechen wollte, konnte sie ihm auch nicht helfen. Und decken würde sie ihn nicht, allenfalls könnte sie die Sache etwas herunterspielen. Sie setzte sich. „Sascha, ich muss mit dir über Logo reden.“ Sie erzählte ihm, was passiert war.

„Scheiße!“ Er hielt sich erschrocken die Hand vor den Mund. „Und was machen wir nun?“

Trotz der unglücklichen Situation hätte sie fast gelächelt. Das „wir“ zeigte ihr, wie fest ihr Team zusammengewachsen war.

„Wir helfen ihm so gut wir können, aber vertuschen lässt sich das nicht. Ich werde Biederkopf informieren. Und Logo werde ich den Kopf waschen, darauf kannst du dich verlassen!"

„Hältst du das mit Biederkopf für richtig? Vielleicht zeigt Bambach Logo gar nicht an?"

„Das würde mich wundern. Und selbst dann können wir das nicht einfach unter den Tisch fallen lassen. Ich vertraue Biederkopf. Er wird Logo nicht in die Pfanne hauen. Eher wird er versuchen, ihm zu helfen."

„Sollten wir nicht erst mit Logo reden?"

Sie überlegte. „Ich werde ihm noch eine Chance geben. Wenn er wieder abblockt, muss Biederkopf alles erfahren. Ich fahr gleich zu Logo. Mir doch egal, ob er noch schläft."

Jenny machte einen Abstecher in die Spusi und gab das Keksriegelpapier ab. Alleine fuhr sie nach Bergen-Enkheim, wo Logo mit seiner Freundin Marion wohnte. Sie war noch nie hier gewesen, hatte Marion allerdings mal auf einer Weihnachtsfeier kennengelernt.

Direkt vor dem modernen Mehrfamilienhaus fand sie einen Parkplatz. Als sie klingelte, beschleunigte sich ihr Puls. Logo würde unangenehm überrascht sein, aber das war nicht ihr Problem. Nach einem Augenblick ertönte der Türöffner.

Jenny stieg die Treppe hinauf in den ersten Stock. Die linke Wohnungstür war nur angelehnt. Als Jenny auf sie zuging, öffnete sie sich und ein rotblonder Frauenkopf spähte heraus.

„Hi, Marion", meinte Jenny freundlich und streckte die Hand aus.

„Du?" Marion sah wenig erfreut aus und machte keine Anstalten, nach der ausgestreckten Hand zu greifen. Jenny zog sie verlegen zurück.

„Was willst du?"

„Logo sprechen!"

„Logo?"

Was sollte das jetzt, überlegte Jenny. „Ja. Ist er nicht zu Hause?“

„Findest du das lustig?“ Jenny war zur Gänze verwirrt, was man ihr deutlich ansah. Marions Gesicht wurde eine Spur weicher. „Logo wohnt nicht mehr hier. Weißt du das nicht?“

Jenny schüttelte den Kopf. „Ich hatte keine Ahnung. Seit wann?“

„Schon ein paar Wochen. Ging einfach nicht mehr.“

„Wo wohnt er jetzt?“

„Keine Ahnung. Hat nach einem Streit seine Sachen gepackt und ist weg. Ein paar sind noch hier. Wenn du ihn siehst, sag ihm bitte, er soll den Rest endlich abholen.“

„Ist gut.“ Jenny wandte sich zum Gehen, drehte sich jedoch entschlossen um. „Können wir uns nicht kurz unterhalten? Logo hat ernsthafte Probleme.“

Marion zögerte. „Eigentlich geht mich das nichts mehr an. Aber von mir aus.“ Sie ließ Jenny eintreten. „Komm ins Wohnzimmer und setz dich! Mich wundert wirklich, dass gerade du nichts von unserer Trennung weißt. Ich dachte, er wäre geradewegs zu dir gelaufen.“

„Er hat nichts davon erzählt. Sonst wär ich ja nicht hier. Ich hab nur bemerkt, dass er seit einigen Wochen verändert ist.“

„Verändert ist gut. Durchgeknallt. Er war ja schon immer eifersüchtig, aber in den letzten Monaten wurde es unerträglich.“

„Gibt’s einen Grund? Geht mich ja nichts an, aber er ist ein guter Freund. Wüsste gerne, was los ist.“

„Am Anfang nicht. Mittlerweile schon. Aber jetzt geht’s ihn nichts mehr an.“

Jenny seufzte. „Ich dachte echt, es läuft gut mit euch. Er hat letztes Jahr sogar von Heirat gesprochen.“

„So? Das wundert mich. Er wollte nämlich gar nicht. Hat zwar hier bequem gelebt, sich bedienen lassen und alles für selbstverständlich gehalten. Aber zurück kam nichts."

„So kenn ich ihn gar nicht."

„Du. Du bist ja auch seine Jenny."

„Wie meinst du das?"

„Er hat sogar im Schlaf deinen Namen gesagt." Jenny war entgeistert. „Wir sind nur Freunde, wirklich."

„Ist mir inzwischen auch egal. Ich fands nur heftig, weil er mir nachspioniert hat. Alles wollte er kontrollieren. Aber im Schlaf von anderen Frauen sprechen ..."

Jenny stand auf. „Ich muss ihn finden. Weißt du, wo er sein könnte?"

„Keine Ahnung. So richtig gute Freunde hat er nicht. Nur dich." Jenny verabschiedete sich und lief wie betäubt die Treppe hinunter. Peinlich, das Ganze. Wo sollte sie Logo suchen? Marion hatte nicht mal gefragt, in welchen Schwierigkeiten er steckte.

Was wusste sie eigentlich über ihn? Hatte er noch Familie? Eltern? Wie konnte es sein, dass sie so eng befreundet waren und sie so wenig über ihn informiert war? Sie stand vor ihrem Auto und wusste nicht, wo sie hinfahren sollte.

Das Klingeln ihres Handys riss sie aus ihrem Gedanken. Sascha war dran und klang aufgeregt. „Biederkopf war eben hier. Hat aber Logo nicht erwähnt. Bisher scheint Bambach noch keine Anzeige erstattet zu haben. Hast du schon mit Logo gesprochen?"

„Ich finde ihn nicht."

„Findest ihn nicht?", echote Sascha.

Jenny erzählte ihm von ihrem Gespräch mit Marion und endete mit der Frage: „Wo könnte ich ihn suchen?"

Es war einen Moment ruhig, als würde Sascha seine Antwort sorgfältig überlegen. „Mir fällt nichts ein. Aber wenn er alleine sein will lass ihn doch."

„Ich kann doch nicht einfach nichts machen."

„Ach weißte, Männer sind da etwas anders. Vielleicht will er momentan einfach nicht reden. Er kommt bestimmt von selbst, wenn er soweit ist. Machen können wir ja eh nichts. Oder willst du ihn zur Fahndung ausschreiben?"

„Nee, aber ich kann das als Chefin nicht einfach so durchgehen lassen. Und als Freundin will ich ihn nicht im Stich lassen."

„Wart doch erst mal, ob Bambach was unternimmt. Und lass Logo etwas Zeit."

„Na gut. Aber nicht allzu lange. Alles hat Grenzen, auch meine Geduld." Jenny legte auf und stand verloren herum. Hatte Sascha recht? Am liebsten würde sie immer alles ausdiskutieren, aber manchmal war das kontraproduktiv. Sie selbst war auch nicht gerade mitteilsam, wenn sie Probleme hatte. Gut, das Problem Logo würde sie erst mal auf Eis legen. Sie griff nochmal nach dem Handy. „Sascha? Was hat Biederkopf überhaupt in Bezug auf Hölzel gesagt?"

„Er muss ihn laufen lassen. Die Spuren reichen nicht, obwohl das auf der Kettensäge menschliches Blut ist. Zwar waren im Gewächshaus und auf der Kettensäge nur Abdrücke von Hölzel, aber immerhin gehören sie ja ihm. Bei der Durchsuchung des Wohnhauses fand sich nichts Belastendes, nur ein paar uralte Pornohefte."

„Mist, ich fahr zu seiner Frau und warn sie vor."

Jenny beeilte sich und fuhr nach kaum zwanzig Minuten zügig auf Hölzels Hof. Seine Frau stand mit einer Kittelschürze bekleidet da und putzte Fenster. Als Jenny ausstieg, kam sie herüber und sah sie fragend an.

„Ihr Mann kommt nach Hause", platzte Jenny heraus. „Jeden Moment. Ich wollte Sie vorwarnen. Leider haben wir nicht genug, um ihn festzuhalten."

„Heißt das, dass er es nicht war?"

„Dass wir nicht genug Hinweise haben, heißt natürlich nicht, dass er unschuldig ist. Aber für seine Schuld gibt es keine Beweise. Warum haben Sie mir nicht von dem Durchgang im Zaun erzählt? Da hätte jeder aufs Grundstück kommen können."

„Ich dachte, mein Mann hätte den längst geschlossen?"

„Nein, aber er sollte das bald tun. Ist ja nicht ungefährlich. Wollen Sie hier weg, bevor Ihr Mann heimkommt?" Die Frau sah sie verwirrt an. „Weg? Aber wohin denn?"

„Vielleicht zu einer Freundin? Er wird wissen, dass Sie die Sache gemeldet haben."

Langsam schüttelte die Frau den Kopf. „Er wird mir nichts tun. Und ich hab niemanden, zu dem ich gehen kann. Machen Sie sich keine Sorgen, Frau Kommissarin."

Jenny trat von einem Bein aufs andere. „Tu ich aber. Rufen Sie mich sofort an, wenn irgendetwas ist. Ich werde morgen nochmal nach Ihnen schauen."

„Sie sind sehr nett." Jenny verabschiedete sich verlegen.

Sie fuhr auf direktem Weg ins Präsidium. Nach einem kurzen Abstecher zu Sascha, der immer noch über den Berichten schwitzte, ging sie zwei Stockwerke höher und klopfte an Biederkopfs Tür.

Auf sein Herein öffnete sie und trat an seinen Schreibtisch. Wie lange schien es her, dass sie hier gesessen und über den Urlaub diskutiert hatten? Biederkopf stand auf.

„Frau Becker. Gibt es etwas Neues? Sie sehen ...ähm ... wie soll ich sagen..."

„Ich sehe schlecht aus?", lächelte sie.

„Das wollte ich nicht sagen, aber vielleicht müde. Sorgenvoll trifft es noch besser."

Er ahnte nicht, wie recht er hatte. Sie nickte. „Ich schlafe schlecht."

„Macht Ihnen die USA-Sache Sorgen?"

Sie winkte ab. „Mir geht alles Mögliche im Kopf herum. Aber ich habe ein Anliegen. Wir müssen Ammerlands Chef vorladen. Die ganze Angelegenheit ist zu undurchsichtig. Bis heute ist sein genauer Auftrag nicht klar. Das Motiv."

Biederkopf rieb sich nachdenklich das Kinn. „Und das mit Ammerlands Chef geht nicht telefonisch?"

Jenny schüttelte entschieden den Kopf. „Er hat sich von Anfang an quer gestellt."

Biederkopf seufzte. „Verdammt! Das wird Ärger geben."

Jenny atmete aus. „Sind wir doch gewohnt."

Der Staatsanwalt schenkte ihr ein schiefes Lächeln, während er nach dem Telefon griff. „Ich bestelle ihn für morgen Vormittag. Wenn er nicht will, lasse ich ihn herbringen. Dann sehen wir, was er zu sagen hat."

Jenny lächelte dankbar. „Gibt es sonst etwas ... äh ... Ungewöhnliches?"

Er hielt inne. „Was meinen Sie?"

„Irgendetwas, das Sie mir noch mitteilen möchten? Sonst gehe ich was essen."

Biederkopf wandte sich wieder dem Telefon zu. „Nichts. Gehen Sie ruhig."

Jenny machte einen Abstecher in die Kantine und aß rasch eine Kohlroulade, die überraschend gut schmeckte. Für Sascha nahm sie ein Stück Kuchen mit. Im Büro angekommen, trat sie an seinen Schreibtisch und stellte ihm den Kuchen hin.

„Schokoladenkuchen! Womit hab ich das verdient?", strahlte er.

„Das braucht man, wenn man den ganzen Morgen über Berichten sitzt. Was rausgefunden?"

„Allerdings! Volks hat uns belogen! Nicht nur, dass seine Frau mit Ammerland telefoniert hat. Es waren auch zwei Anrufe von Volks eigenem Handy auf dem von Ammerland. Beide am Tag vor dem Mord. Es kam allerdings keine Verbindung zustande. Hat er uns nicht erzählt, er kennt ihn gar nicht?“

Jenny merkte auf. „Das ist ja interessant. Den nehmen wir uns nochmal vor. Finde raus, wann genau die Anrufe stattgefunden haben.“

„Wird gemacht.“ Er stand auf und streckte sich. „Findest du es nicht seltsam, dass noch keine Anzeige erfolgt ist?“

„Ja, wirklich seltsam.“ Jenny massierte mit den Fingern eine Stelle zwischen den Augen, wo ein leichter Schmerz sich festzusetzen begann. „Was hält ihn ab? Logo hat ihn ganz schön zugerichtet.“

„Mit Sicherheit hat er etwas zu verbergen.“

„Kann mir auch schon denken, was. Diese ängstliche, sich dauernd duckende Frau. Das stinkt geradezu nach häuslicher Gewalt. Vielleicht bekommen wir was raus, wenn wir sie allein vernehmen. Aber wie kriegen wir sie da weg? Er lässt sie kaum aus dem Haus, geschweige denn aus den Augen. Und um sie vorzuladen, haben wir nicht genug.“

„Dann kommen wir wohl auch nicht an Krankenberichte?“, fragte Sascha ohne viel Hoffnung.

„Auf keinen Fall. Außerdem glaube ich nicht, dass Bambach sie zum Arzt gehen lässt.“ Ärgerlich tigerte sie durchs Zimmer. „Etwas ist mir aufgefallen an ihrer Aussage. Sie hat mir erzählt, sie hätte seit Jahren nicht mehr den Schleichweg zwischen den beiden Grundstücken benutzt. Damals wäre er noch nicht so zugewachsen gewesen. Woher weiß sie das überhaupt, wenn sie ihn so ewig nicht gegangen ist? Ich hab das Gefühl, bei diesem Fall lügen alle und arbeiten zudem gegen uns.“

„Selbst die Kollegen“, meinte Sascha trocken.

„Das geht mir am meisten an die Nieren“, gab Jenny zu. „Ich hab wahnsinnige Kopfschmerzen.“ Sie wühlte in ihrer Schreibtischschublade. „Verdammt, und keine Tabletten mehr.“

„Fahr doch einfach nach Hause“, meinte Sascha mitfühlend. „Ich halte hier die Stellung. Schalt mal ein bisschen ab. Bist ja kaum zur Ruhe gekommen nach deinem Urlaub. Und der war ja nicht gerade erholsam.“

Jenny rang sich ein Lächeln ab. „Hast recht, Kleiner. Aber nur, wenn du versprichst anzurufen, sobald es irgendetwas Neues gibt.“

„Versprochen“, erklärte Sascha feierlich und hielt sich die Hand vors Herz, sodass Jenny lachen musste.

Sie griff ihre Tasche. „Kasper. Aber vorher fahr ich noch bei Volks vorbei. Das kann nicht warten. Bis morgen, hoffentlich.“

Auf gut Glück fuhr sie zu Volks Frische-Center, obwohl es schon später Nachmittag war. Sie hatte Glück, er wollte gerade in seinen Jaguar steigen. Als sie neben ihm anhielt, drehte er sich um.

„Gut, dass ich sie noch antreffe, Herr Volks. Ich muss sie kurz sprechen.“

„Sicher“, er lächelte höflich. „Sollen wir hineingehen?“

„Nicht nötig. Warum haben Sie uns verschwiegen, dass Sie Ammerland kannten?“

„Ich kannte ihn nicht!“

„Sie haben zweimal versucht, ihn auf seinem Handy anzurufen. Am Tag vor dem Mord.“

„Da wusste ich nicht, dass es sein Handy ist. Ich wollte nur überprüfen, wen meine Frau dauernd anruft.“

„Sie kontrollieren sie?“

„Ich liebe sie sehr, aber sie ist ... wie soll ich sagen, recht oberflächlich.“

„Das heißt?“, hakte Jenny nach.

„Sie hat als meine Frau nicht wirklich etwas zu tun, langweilt sich und das bringt sie auf dumme Gedanken. Man muss sie manchmal vor sich selbst schützen.“

„Aha. Und was wollten Sie von Ammerland?“

„Ihm sagen, er solle sie in Ruhe lassen."

„Hätten sie das nicht besser mit Ihrer Frau klären sollen?"

„Sie reagiert sehr empfindlich, wenn sie merkt, dass ich ihre Anrufe und Mails überwache. Ich wollte sie nicht aufregen."

„Und Sie haben Ammerland nicht doch vielleicht getroffen? Um ihm deutlich zu machen, dass er Ihre Frau in Ruhe lassen sollte?"

„Nein und nochmal nein! Meine Frau kann mir außerdem ein Alibi für den ganzen Montagabend geben!"

„Das ist natürlich etwas anderes", meinte Jenny ironisch und verabschiedete sich. Seltsamer Zufall, dass sie hier gleich auf mehrere Männer gestoßen war, die ihre Frauen so unterdrückten und kontrollierten. Ein moderner Geschäftsmann wie Volks ... Eigentlich waren die Zeiten heute doch anders.

Mit gemischten Gefühlen fuhr sie nach Hause. Einerseits war sie tatsächlich erschöpft, andererseits ging ihr so viel im Kopf herum, dass sie sowieso nicht zur Ruhe kommen würde. Sie parkte vor ihrem Haus, stieg aus und zögerte einen Moment. Kurz entschlossen machte sie den Reißverschluss ihrer Jacke zu, klappte den Kragen hoch und lief los. Über einen kleinen Trampelpfad an der Kleingarten-Anlage vorbei gelangte sie in die Sossenheimer Obstwiesen. Sie lief zügig bis zur Nidda und in einem großen Bogen zurück. Ihre Ohren waren eiskalt, aber ihr Kopf war frei.

Als sie die Wohnung eine halbe Stunde später betrat, kam sie ihr überheizt vor und sie öffnete die Fenster.

Ein Blick in den Kühlschrank zeigte gähnende Leere. Nur etwas Schinken und Käse und zwei Bier waren noch darin. Daneben ein angebrochenes Glas Gurken. Für einen Käse-Schinken-Toast reichte es. Eine Viertelstunde später saß sie auf der Couch, ein Glas Bier neben sich, und aß ihren Toast. Es klingelte. Nanu? Seufzend stellte sie ihren Teller ab. Wer konnte das sein? Hoffentlich nur ein Nachbar. Normalerweise tauchte niemand unerwartet bei ihr auf. Sie spähte durch den Spion. Fehlanzeige. Über die Türsprechanlage fragte sie: „Ja, bitte. Wer ist da?"

Einen Moment blieb es still. „Logo", erklang es leise.

Sie atmete tief ein und drückte den Türöffner. Wortlos öffnete sie die Tür und ließ Logo eintreten. Er entzog sich ihrem Blick, ging direkt ins Wohnzimmer und blieb in der Mitte stehen.

„Du isst grade?"

Sie ging ihm nach. „Willst du auch was?"

Er schüttelte den Kopf.

„Ein Bier?"

„Gerne."

Sie nahm ihren Teller mit dem halb aufgegessenen Toast mit in die Küche und angelte ein kaltes Bier aus dem Kühlschrank.

Logo stand immer noch mitten im Zimmer und sah zu Boden, als sie zurückkam.

„Setz dich! Du machst mich ganz nervös."

Er blickte kurz auf und setzte sich ans andere Ende des Sofas. Jenny stellte das Bier vor ihm ab und kehrte an ihren Platz zurück. Wortlos sah sie ihn an. Sie würde es ihm nicht leicht machen.

Endlich räusperte er sich. „Tut mir leid." Dann verstummte er und sah zu Boden.

Jenny brach nach einem Moment, der ihr wie eine Ewigkeit vorkam, das Schweigen. „Was?"

„Ach", er rieb sich das Kinn. „Alles. Wie ich mich in letzter Zeit benommen habe. Was ich bei Bambach abgezogen habe. Und vor allem, dass ich einfach verschwunden bin."

Sie nickte. „War nicht die beste Idee."

Logo lehnte sich zurück. Er sah erschöpft aus und so, als hätte er nicht nur vergessen sich heute Morgen zu rasieren, sondern auch gestern Abend ins Bett zu gehen. „Du warst bei Marion?“

Sie nickte. „Woher weißt du das?“

Er lachte bitter und schüttelte den Kopf. „Ich sitze seit Tagen in jeder freien Minute vor ihrem Haus und beobachte sie. Erbärmlich, nicht? Ich hab dich reingehen sehen. Jetzt weißt du es also.“

Jenny wusste einen Moment nicht, was sie sagen sollte. Dann explodierte sie. „Und nur weil du Liebeskummer hast und dich in Selbstmitleid suhlst, gefährdest du die Ermittlungen in einem Mordfall, schlägst Zeugen zusammen und bringst deine Kollegen in größte Schwierigkeiten?“

Er sah sie geschockt an. Dann ließ er resigniert die Schultern hängen. „Du hast mit allem recht. Das war unmöglich. Ich kann mich nur nochmal entschuldigen. Ich werde alle Konsequenzen tragen. Soll ich dir meine Dienstmarke geben?“

Jenny war aufgestanden und lief wütend im Zimmer auf und ab. Er sah jämmerlich aus. In Jenny tobte ein Kampf. Sie war hin- und hergerissen zwischen Ärger und Mitgefühl. „Über die dienstlichen Konsequenzen reden wir noch. Was war denn mit Marion?“

„Sie hat einen anderen. Ich genüge ihr nicht mehr.“

„Warum hast du nicht gesagt, dass es Probleme gibt? Ich wäre für dich da gewesen.“

Er blieb lange still. „Ich wollt´s nicht wahrhaben. Hab immer getan, als wär alles in Ordnung, obwohl es das schon lange nicht mehr war. Und du hattest genug eigene Probleme.“

Jenny fiel ihm ins Wort. „Hör auf. Das ist kein Argument. Ich dachte, wir wären Freunde.“

Logo blickte auf. „Sind wir auch. Hoffe ich.“

Jenny setzte sich neben ihn. „Klar“, meinte sie und legte die Hand auf seine Schulter. „Jetzt erzähl mal.“

„Gibt nicht viel zu erzählen. Hab gemerkt, dass sie unzufrieden war. Dachte aber, das ist nur so eine Phase und sie würde sich schon wieder einkriegen. Hab´s einfach ignoriert." Jenny seufzte innerlich. „Dann ist sie immer öfter spät heimgekommen. Und eines Abends, ich war beim Sport und hab auf dem Heimweg kurz angehalten, um was zu essen, hab ich sie gesehen. Durchs Fenster. In dieser Schicki-Micki-Bar im Ostend. Sie saß am Tisch mit so einem gestylten Typen und er hat ihre Hand gehalten. Mittlerweile weiß ich, wer er ist. Rechtsanwalt. Geld wie Heu. Geschieden. Da kann ich nicht mithalten."

Jenny sah es im Augenblick als kontraproduktiv an Logo zu erklären, dass sein Ignorieren wahrscheinlich mehr zur Entfremdung beigetragen hatte als das Geld des Rechtsanwalts.

„Hast du ihr gesagt, dass du sie gesehen hast?"

„Klar. Als sie heimkam, hab ich sie zur Rede gestellt. Sie hat auch nichts abgestritten. Ich bin wütend weggerannt und hab bei einem Freund geschlafen. Später hab ich nur noch meine Sachen abgeholt. Die meisten zumindest."

„Ach je! Und wo wohnst du jetzt?"

„In einer kleinen Pension. Nur bis ich eine Wohnung gefunden habe. Hab versucht nochmal mit Marion zu reden, aber es hat keinen Zweck. Das hat sie deutlich klar gemacht."

„Tut mir echt leid, Logo. Verstehe, dass dich das aus der Bahn geworfen hat. Wann war das?"

„Als du in den USA warst. Ich bin so ein Jammerlappen. Wollte sie anflehen, zu mir zurückzukommen. Aber nicht mal das hab ich mich getraut." Er ließ den Kopf hängen.

Jenny tätschelte ihm die Schulter. „Ist schlimm, ich weiß. Aber kein Weltuntergang. Hört sich jetzt blöd an, aber du lernst bestimmt jemand anderen kennen."

Er rieb sich die Augen. „Ich werd auch nicht jünger. Meine Güte, ich steh völlig neben mir. Hab sogar die Arbeit vernachlässigt. Sascha war toll. Er hat mich gedeckt. Und das mit Bambach ... Natürlich werde ich alle Konsequenzen tragen."

„Bis jetzt kam noch keine Anzeige."

Logo hob erstaunt den Kopf. „Warum nicht?"

„Keine Ahnung. Ich find das auch seltsam. Vielleicht hat er was zu verbergen."

„Hat er was mit dem Mord zu tun?"

„Auf das Alibi von seiner Frau würde ich nichts geben."

„Und Hölzel?"

„Der ist wieder frei. Brauchst du eine Auszeit, Logo?"

Er wehrte ab. „Gestern wurde mir alles zu viel. Bin einfach ausgerastet. Aber jetzt hab ich mich wieder im Griff. War gut mit dir zu reden. Und die Arbeit wird mir auch gut tun. Dann renn ich wenigstens nicht mehr Marion hinterher." Er sah beschämt zu Boden.

Jenny klopfte ihm abschließend auf die Schulter und stand auf. „Magst du hier schlafen?"

Er erhob sich ebenfalls. „Nein, aber danke. Ich hab mich ganz gut eingerichtet. Und ab dem ersten hab ich eventuell eine Wohnung im Ostend."

Sie drückte ihn nochmal und brachte ihn zur Tür. Durchs Fenster sah sie ihm nach, wie er davonfuhr. Eine Sorge weniger. Logo würde sich wieder fangen. Er tat ihr leid, aber Liebeskummer dauerte nicht ewig. Aber er durfte sich nie mehr so gehen lassen, nie mehr!

Wie dumm sind diese Polizisten.

Alles, aber auch alles kann man ihnen erzählen.

Schade, dass nicht alle so dumm sind.

Mittlerweile fühle ich mich ununterbrochen beobachtet.

Vielleicht sollte ich mich wehren? Wieder mal.

Das letzte Mal ist lange her und war nicht wirklich ernst gemeint.

Alleine macht es schließlich keinen Spaß.

Wie sehr man sich an jemanden gewöhnt.

Mit den Jahren ist es einfacher geworden.

Wenn ich nur ab und zu dem Drang nachgeben kann.

Ammerlands wird es immer wieder geben.

## Sonntag, Frankfurt

Ammerlands Chef beschwerte sich schon, bevor er überhaupt das Vernehmungszimmer betreten hatte. Sein Anwalt legte ihm beschwichtigend die Hand auf den Arm.

„Dr. Böckel, Rechtsanwalt“, er verbeugte sich leicht vor Biederkopf. „Können wir diese ... äh ... unangenehme Angelegenheit bitte schnell hinter uns bringen?“

„Natürlich“, meinte der Staatsanwalt und bat sie ins Zimmer. Dort stellte er Jenny vor, die bisher geflissentlich übersehen worden war.

Eine gespannte Atmosphäre lag über dem Raum, in dem nur ein großer rechteckiger Tisch und vier Stühle standen. Weber musterte Jenny herablassend und wandte sich wieder an Biederkopf, der ihm jedoch ins Wort fiel. „Bitte nehmen Sie Platz. Kommissarin Becker wird die Befragung durchführen. Ich bin nur Zuschauer. Etwas zu trinken?“

Weber klappte den Mund wieder zu und verneinte. Sein Anwalt bat um ein Wasser.

Jenny setzte sich und musterte die zwei Männer in aller Ruhe. Ob sie endlich einen Schritt weiter kommen würden? An der Zeit wäre es ja.

Weber rutschte unruhig auf seinem Stuhl herum und blickte sich nach Biederkopf um. „Können wir endlich anfangen? Wissen Sie, was meine Zeit kostet? Uns sonntags hierher zu bestellen ...“

Jenny ließ sich bewusst etwas Zeit mit der Antwort. „Es war leider nicht möglich, die gewünschten Informationen telefonisch zu erfragen.“

Böckel meldete sich mit einem Seitenblick zu Weber zu Wort. „Was genau möchten Sie von meinem Mandanten wissen?“

Jenny lehnte sich zurück. „Welchen Auftrag hatte Ammerland in Frankfurt und wen sollte er treffen?“

„Aber das wissen Sie doch bereits!“, rief Weber dazwischen.

„Keinesfalls“, antwortete Jenny scharf. „Sie haben uns nur über seinen Termin bei Hölzel informiert. Er sollte sich auch mit Volks treffen. Und wir fragen uns, ob es auch eine Verbindung zu Martin Bambach gibt. Und was ist mit der Gärtnervereinigung?“

Weber lehnte sich zu Böckel und flüsterte ihm ins Ohr. Dann setzte er sich wieder aufrecht. „Ja, er hatte auch einen Termin mit Herrn Volks. Ebenso mit der Vereinigung der Gärtner. Von einem Termin mit Herrn Bambach ist mir nichts bekannt. Möglicherweise wollte Herr Ammerland ihn aber kontaktieren.“

„Warum?“

Diesmal antwortete der Anwalt. „Nun, Sie müssen die Reise von Herrn Ammerland als eine Art, wie soll ich sagen, Vorfühlen ansehen. Er sollte alle kontaktieren, die mit diesem unseligen Streit zu tun haben und feststellen, wie im jeweiligen Fall die Ansichten und Absichten sind.“

„Und wie weit sollte dieses Vorfühlen gehen?“

„Wie meinen Sie das?“

„War er befugt Geld anzubieten, damit Hölzel aufhörte, Wind zu machen?“

Weber schoss hoch. „Was erlauben Sie sich?“ Böckel hielt ihn wieder zurück. „Wir distanzieren uns nachdrücklich von diesen Verdächtigungen. Die Firma Frosti hat nie und wird auch nie mit Bestechung arbeiten.“

„Ist es richtig, dass einer Kooperation mit dem Frische-Center Volks von Ihrer Seite aus nichts im Wege steht?“

„Das ist richtig. Wir halten das sogar für eine, will sagen, ideale Lösung. Herr Volks scheint aufgeschlossen zu sein. Nicht so wie ...“

„Wie Hölzel?“

„Ja, Herr Hölzel ist ein ... schwieriger Mensch.“

„Hölzel ist doch nur ein kleines Licht."

„Aber er versteht es großen Wind zu machen. Die dauernden Artikel in der Zeitung werfen ein schlechtes Licht auf unsere Firma. Auch für eine zukünftige Zusammenarbeit mit den anderen Parteien sind sie nicht förderlich."

„Bambach wird als der Kopf hinter Hölzel angesehen. Könnte es sein, dass Ammerland deshalb auch mit ihm reden wollte?"

Böckel sah Weber fragend an. „Könnte sein. Leider hat sich Ammerland nach seiner Abreise nach Frankfurt nicht mehr gemeldet. Ich weiß wirklich nicht, was er vorhatte. Abgesprochen waren lediglich die Treffen mit Hölzel, Volks und dem Vorsitzenden der Gärtner. Er sollte sich vor Ort umschauen."

„Umschauen?"

„Natürlich. Ein Bild machen von den Betrieben. Hölzel zum Beispiel können wir schlecht einschätzen."

„Ammerland sollte also spionieren?"

„So nennen Sie es."

„Egal. Es könnte wichtig sein. Vielleicht kam er nochmal zurück, um sich auf dem Gelände umzusehen, und wurde dabei erwischt."

„Glauben Sie, dass Hölzel ihn ermordet hat?"

„Ich glaube bisher gar nichts. Noch etwas anderes. Wir wissen, dass Ammerland sich mit einer Frau treffen wollte."

Böckel sah Weber irritiert an.

„In seinem Hotelzimmer haben wir eine große Anzahl Kondome gefunden. Wussten Sie, was er in seiner Freizeit tat?"

Weber plusterte sich auf. „Natürlich nicht! Unsere Firma legt Wert auf ein solides Familienleben. Deshalb stelle ich auch ungern ledige Mitarbeiter ein. Sittenlosigkeit billige ich keinesfalls. Aber natürlich kann ich nicht die Betten meiner

Mitarbeiter kontrollieren!" Jenny nahm wahr, dass Biederkopf resigniert und fast unmerklich den Kopf schüttelte.

„Gut", sie beugte sich vor. „Fällt Ihnen noch irgendetwas ein, was hilfreich sein könnte?" Nach kurzer Zwiesprache verneinte Böckel. „Dann müssen Sie nur noch kurz warten, bis Ihre Aussage schriftlich aufgenommen ist. Sie unterschreiben und können die Heimreise antreten."

Weber murmelte etwas Unfreundliches und blickte aus dem Fenster. Der Anwalt erhob sich mit Jenny und reichte ihr die Hand. „Schrecklich, so ein Mord. Ich hoffe, Sie klären ihn bald auf."

„Das hoffe ich auch", nickte Jenny und ging.

Biederkopf folgte ihr und winkte sie ein Stück den Gang hinunter. „Was halten Sie von der Sache, Frau Becker?"

Sie dachte angestrengt nach. „Die verbergen etwas und ich weiß zu wenig, um sie festzunageln. Offensichtlich liefen da Verhandlungen mit allen Parteien. Anzunehmen, dass es zu Konflikten kam."

„Möglich. Nur wie beweisen wir es?"

„Ich muss Hölzel und Bambach knacken. Vielleicht kann ich bluffen und so tun, als hätten wir von Ammerlands Firma etwas erfahren. Bambachs Frau will ich auch sprechen, aber alleine."

„Tun Sie das. Und passen Sie auf sich auf."

Mit dieser Bemerkung drehte er sich um und ging den Gang hinunter. Jenny starrte ihm nach.

Eine Zeit lang war sie sicher gewesen, dass Biederkopf an ihr interessiert war. Seit sie aus den USA zurück war, verhielt er sich jedoch merkwürdig zurückhaltend. Eigentlich sollte ihr das recht sein, da sie noch nicht bereit für eine neue Beziehung war. Aber irgendwie störte es sie.

Sie schüttelte die Gedanken ab und machte sich auf den Weg zurück in ihr Büro, im riesigen Komplex des neuen Polizeipräsidiums eine halbe Tagesreise. Unterwegs grübelte sie weiter. Der Fall nahm ihre Zeit fast komplett in Anspruch. Daneben noch die Sache mit Logo. Ihre eigenen Probleme waren dabei in den Hintergrund gedrängt worden.

Im Büro zurück rief sie Walli in Kassel an und verabredete für den späten Nachmittag einen Termin mit ihr. Seltsamerweise schien die Frau wenig überrascht. „Wollte dich sowieso anrufen, Jenny“, meinte sie. „Ich muss dir was zeigen.“ Auf Jennys Nachfrage wollte sie allerdings am Telefon nichts weiter sagen.

Dann schnappte sich Jenny Sascha und fuhr wieder einmal Richtung Oberrad. Logo ließen sie im Büro. „Sind mittlerweile alle Hotelmitarbeiter vernommen worden?“

„Ja, aber niemand erinnert sich an Ammerland.“

„Und die anderen Gäste?“

„Ein Paar ist von Frankfurt aus zu einem Trekking-Urlaub gefahren. Keine Möglichkeit sie zu kontaktieren. Eine Frau hat Ammerland gesehen, wie er Montagnachmittag das Zimmer verließ, alleine.“

„Und sonst?“

„Nix.“

„Okay. Warten wir ab, was Bambach zu sagen hat. Eigentlich hoffe ich ja, dass er nicht da ist. Würde zu gerne seine Frau allein sprechen.“

„Wir können ihn doch vorladen?“

„Mit welcher Begründung?“

Sascha dachte einen Moment nach. „Verdacht auf häusliche Gewalt?“

„Dazu müsste seine Frau reden. Bisher streitet sie alles ab. Vielleicht stimmt's ja auch nicht.“

„Macht aber den Eindruck.“

„Kann auch sein, dass er sie psychisch bedroht, nicht körperlich.“

„Wär genauso schlimm, oder?“

„Natürlich, aber noch schwerer nachzuweisen.“

Als sie kurz vor der Einfahrt zu Bambachs Hof waren, bog ein Kombi heraus und fuhr in die andere Richtung davon.

„War er das? Er fährt doch so einen Wagen."

„Konnte es nicht erkennen. Vielleicht auch ein Kunde. Wir werdens gleich sehen."

Das Glück war auf ihrer Seite. Als sie auf den Hof fuhren, stand kein Auto da. Niemand zeigte sich. Sie parkten und gingen auf das Haus zu.

„Die Gardine hat sich eben bewegt", meinte Jenny.

„Soll ich wieder draußen warten?"

„Genau. Und wenn Bambach zurückkommt, halt ihn unauffällig auf."

Sascha nickte und postierte sich neben der Eingangstür. Jenny klingelte. Es dauerte lange, bis sie ein Geräusch hinter der Tür hörte. Der Türspion verdunkelte sich kurz.

„Frau Bambach", rief Jenny. „Ich muss mit Ihnen reden, bitte öffnen Sie."

Nach einigen Sekunden wurde die alte Holztür einen Spalt weit geöffnet und Frau Bambach lugte heraus. Sie sah grässlich aus. Ihre Haare waren strähnig, ihr Gesicht verschwollen und ihr Blick irrte hin und her. Neben dem Auge hatte sie einen Bluterguss.

„Ich darf niemanden reinlassen."

„Uns schon, müssen Sie sogar."

Jenny drückte gegen die Tür. Obwohl sie wenig Kraft aufgewendet hatte, stolperte die Frau zurück. Ohne Widerstand konnte Jenny die Tür ganz öffnen und trat ein. Frau Bambach trug einen Morgenrock aus billigem Material. An den Füßen hatte sie ausgetretene Hausschuhe. Sie starrte Jenny an wie ein Reh im Scheinwerferlicht.

„Können wir vielleicht in die Küche gehen? Irgendwo, wo wir uns hinsetzen können?"

„Mein Mann wird sehr sehr böse sein", flüsterte die Frau, schlurfte jedoch voran in die Küche. Sie wartete, bis Jenny saß, und ließ sich dann auf die Eckbank gleiten. Jenny meinte, ein schmerzhaftes Zucken bemerkt zu haben. Sie beugte sich vor und versuchte ihre Stimme sanft und vertrauenerweckend klingen zu lassen. „Frau Bambach. Wie geht es Ihnen?"

Die Frau schaute sie aus großen Augen an, aber ihr Blick wanderte weiter ins Leere. „Gut", murmelte sie.

„Entschuldigen Sie, aber das sieht mir nicht so aus. Woher haben Sie das Veilchen?"

„Ich hab mich gestoßen." Sie legte eine kurze Pause ein und holte tief Luft. „Ich bin so ungeschickt. Die Sache mit dem Mord ..." Ihre Stimme verlor sich.

Jenny begann von Neuem. „Sie scheinen Angst vor ihrem Mann zu haben?"

Jenny dachte zunächst, die Frau würde gar nicht antworten, bis sie ihre leise Stimme vernahm. „Nein, mein Mann ist sehr gut zu mir." Es klang wie auswendig gelernt.

„Frau Bambach, ich kann Ihnen helfen. Wenn Ihr Mann Sie bedroht, kann ich dafür sorgen, dass er Ihnen nicht mehr zu nahe kommt." Frau Bambach schüttelte abwehrend den Kopf. „Ich könnte Sie hier wegbringen an einen sicheren Ort, wo man sich um Sie kümmert."

„Er würde mich finden."

Jenny lehnte sich zurück. Da hatten sie das Eingeständnis! Jetzt musste sie die Frau nur noch dazu bringen, sich helfen zu lassen.

„Wenn ich Sie mitnehme, kann er Ihnen nichts tun. Aber wir können Ihnen nicht helfen, wenn Sie nicht gegen ihn aussagen."

„Aussagen? Das könnte ich nie." Panik hatte sich in ihre Stimme geschlichen. „Bitte gehen Sie jetzt. Er muss bald zurückkommen. Wenn er Sie hier sieht! Nachdem, was letztes Mal passiert ist."

„Was passiert ist, tut mir leid, aber wir werden auch mit ihm nochmal sprechen müssen. Er steht immer noch in Verdacht, etwas mit dem Mord zu tun zu haben."

Die Frau schwieg und blickte zu Boden.

„Frau Bambach? Wissen Sie etwas, was Sie mir bisher nicht gesagt haben?" Jenny beugte sich vor und berührte sie vorsichtig am Arm. „Sagen Sie´s mir. Sie können mir alles sagen."

Die Frau räusperte sich. Ihre Augen glänzten feucht. „An dem Abend ... als ... als dieser Mord geschah ..." Ihre Stimme verlor sich.

„Ja?", drängte Jenny.

„Da war er nochmal weg. Eine Stunde etwa. Aber er würde nie ... er hat sicher nicht ..."

„Keine Sorge, wir überprüfen das."

„Aber Sie dürfen nicht sagen, dass ich ..."

In diesem Moment hörte Jenny ein Auto vorfahren. Kurz darauf zwei erregte Stimmen, von denen eine Sascha gehörte. Einen Moment später donnerte die Tür auf und knallte gegen die Wand. Frau Bambach sprang erschrocken auf.

Jenny stand ebenfalls auf, aber deutlich langsamer. „Herr Bambach, mäßigen Sie sich."

„Mäßigen?" Der Mann kam drohend auf sie zu. „Nachdem, was Sie hier das letzte Mal abgezogen haben? Ich habe mich schon genug gemäßigt, indem ich Ihren Kollegen nicht angezeigt habe. Und jetzt kommen Sie her und belästigen meine kranke Frau?"

„Wenn Ihre Frau krank ist, dann wohl durch Ihre Schuld!", meinte Jenny scharf. Dem Mann verschlug es kurz die Sprache.

„Was ...? Wie ...?"

Er blickte zu seiner Frau, die sofort zurückschrak. „Was hast du für einen Blödsinn erzählt?"

„Nichts", schluchzte sie und wich noch weiter zurück. „Wirklich nicht. Bitte ..."

Jenny trat zu ihr. „Frau Bambach, jetzt wäre der richtige Zeitpunkt, etwas zu sagen. Hat Ihr Mann Sie misshandelt?"

Sie schüttelte den Kopf und schluchzte. „Nein, nein, nein."

Bambach wandte sich zu Jenny. „Da hören Sie es. Gehen Sie."

„Ich bin auch Ihretwegen gekommen. Wir wissen, dass Sie am Abend des Mordes noch einmal weg waren. Wo waren Sie?"

„Ich war nicht weg. Wie kommen Sie darauf?"

Jenny blickte zu seiner Frau.

Er zog die Brauen zusammen. „Susanne? Was hast du erzählt?"

„Dass Sie weg waren. Für eine Stunde etwa", ging Jenny dazwischen.

„Wie kommst du dazu, so einen Blödsinn zu erzählen. Sag sofort die Wahrheit."

Die Frau blickte verängstigt von ihm zu Jenny. Zaghaft begann sie zu sprechen: „Ich ... glaube, ich ... habe mich ... geirrt, tut mir leid. Es war am Abend vorher."

„Na also", blaffte Bambach. Er wandte sich wieder an Jenny. „Noch was?"

Sie fluchte innerlich, zwang sich aber zur Ruhe. „Wissen Sie etwas davon, dass Ammerland Sie und Herrn Hölzel beeinflussen wollte? Durch Bestechung oder Drohungen?"

„Hab ihn ja nicht gesprochen. Hölzel hat nichts davon gesagt. Und womit hätte er drohen sollen?"

„Wie sieht´s mit Bestechung aus? Hätte er damit Chancen gehabt?"

„Kommt auf die Summe an, würde ich sagen. Jeder hat seinen Preis. Müsste aber hoch gewesen sein. War ne Ehrensache für Wilhelm."

Jenny warf Frau Bambach einen fragenden Blick zu, dem sie auswich, und ging hinaus zu Sascha, der in der offenen Eingangstür stand, offenbar bereit einzugreifen, wenn nötig.

„Komm", meinte sie kurz und ging an ihm vorbei zum Auto.

„Ich konnte ihn nicht länger aufhalten."

„Schon okay. Ich hatte die Frau fast so weit. Aber dann hat sie nen Rückzieher gemacht. Wir müssen sie hier wegbringen. Hast du ne Idee wie?"

„Vielleicht kann uns Frau Hölzel helfen."

„Meinst du? Na gut. Je öfter wir da rein schneien, desto nervöser wird Hölzel hoffentlich."

Als sie auf den Hof fuhren, sahen sie die Eheleute Hölzel neben den ersten Gewächshäusern stehen, offenbar in einen Streit verwickelt. Sie stiegen aus und beide verstummten. Frau Hölzel kam auf sie zu, während ihr Mann ausspuckte und in Richtung der anderen Gewächshäuser davonging. Jenny blickte ihm unentschlossen nach.

„Frau Kommissarin. Und Herr Meister. Wie kann ich Ihnen helfen? Gibt's was Neues?"

„Wir bräuchten Ihre Hilfe, Frau Hölzel."

„Tatsächlich?", sie war sichtlich geschmeichelt. „Nun, gerne, wenn ich kann."

„Ist alles in Ordnung? Es sah aus, als hätten Sie gestritten?"

Sie winkte ab. „Ging nur um Kleinigkeiten."

Jenny ließ es auf sich beruhen. „Wir würden gerne mit Frau Bambach allein sprechen, ihr Mann lässt sie aber kaum aus den Augen. Sehen Sie irgendeine Möglichkeit, uns behilflich zu sein? Zum Beispiel, indem Sie sie einladen?"

Frau Hölzel blickte unruhig hin und her. „Ich weiß nicht. Wir stehen uns nicht nahe. Kurz, nachdem sie hier hergezogen waren, habe ich sie mal eingeladen, aber dabei ist es geblieben. Ihr Mann wollte das nicht."

„Wissen Sie vielleicht, wann Herr Bambach mal hier ist?“

„Nein, in letzter Zeit sehr selten. Und er bleibt auch nicht lange. Ich verstehe, was Sie meinen, aber wenn ich Ihnen dann Bescheid sage, ist er schon wieder weg, bis Sie hier sind.“

„Sie könnten Ihren Mann fragen, wann er kommt.“

„Falls sie das vorher planen. Aber meinem Mann käme das seltsam vor. Er würde wahrscheinlich Bambach davon erzählen.“

„Wie verhält sich Ihr Mann sonst?“

„Noch mürrischer. Redet gar nicht mehr mit mir. Außer wenn er mir sagt, was ich zu tun habe.“

„Halten Sie trotzdem die Augen auf! Vielleicht ergibt sich etwas.“

„Natürlich, Frau Kommissarin. Ich wäre froh, wenn ich helfen könnte. Ist ein furchtbares Gefühl, wenn auf dem eigenen Grundstück ein Mord passiert und man nicht weiß, wer der Täter ist.“

Dass sie nicht sicher war, ob es ihr Mann getan hatte, blieb ungesagt. Sie verabschiedeten sich und fuhren vom Hof.

„Alle Achtung. Die Frau hat Rückgrat“, meinte Sascha. Jenny nickte.

„Allerdings. Finde sie auch sehr sympathisch. Was hätte aus ihr werden können, wenn sie andere Möglichkeiten gehabt hätte. Oder einen anderen Mann.“

„Es ist nie zu spät. So alt ist sie ja nicht.“

„Wenn du dein Leben lang in so einer Abhängigkeit lebst, ist es unglaublich schwierig da rauszukommen. Immerhin hat sie sich schon gegen ihren Mann gestellt, indem sie uns hilft. Und Geld hat sie auch kaum.“ Sascha schwieg. Jenny hielt unterwegs an. „Willst du auch heiße Fleischwurst?“

„Klar“, sofort hellte sich sein Gesicht auf.

„Ein Viertel?“

„Nee, ne halbe schaff ich schon.“

Sie blickte auf seinen Gürtel, über dem sich kein bisschen Bauch wölbte. „Deinen Stoffwechsel möchte ich haben."

Er lächelte selbstzufrieden und klopfte sich auf den Bauch.

„Was tut sich bei dir denn in Sachen Liebe, Sascha?"

„Nicht viel, macht aber nichts. Gefällt mir momentan ganz gut."

Sie nickte. Soviel sie wusste, war seine letzte Freundin recht besitzergreifend gewesen und hatte wenig Verständnis für seinen Beruf, insbesondere den Schichtdienst gehabt.

„Und du?", fragte er vorsichtig und wurde ein ganz kleines bisschen rot. „Kannst du wieder an so was denken?"

Sie blickte ihn überrascht an. „Denken schon, ja, aber so richtig auf etwas einlassen könnte ich mich jetzt noch nicht, glaube ich."

„Verständlich. Ich dachte ja mal, der Staatsanwalt hätte großes Interesse."

„Dachte ich auch", meinte Jenny trocken und in einem Ton, der jedes Nachfragen untersagte. Sascha verstand und wechselte das Thema. „Fahren wir jetzt zurück? Bin gespannt, ob die Spusi noch was gefunden hat. Die haben auch den Weg zwischen den beiden Grundstücken abgesucht?"

„Ja, ich hab sie nochmal hingeschickt, nachdem ich den Weg entdeckt hatte. Jetzt fahren wir erst mal bei Frau Volks vorbei. Bin gespannt, was sie zu ihrem Treffen mit Bambach zu sagen hat."

Doch nicht Frau Volks öffnete ihnen die Tür, sondern eine ältere Frau, die ihr etwas ähnlich sah. „Meine Schwester ist nicht hier", meinte sie, ohne Jenny und Sascha hineinzubitten. „Es geht ihr nicht gut und Tobias hat sie in ihr Ferienhaus nach Grömitz bringen lassen."

„Wir müssen sie dringend noch einmal befragen."

„Bitte bereden Sie das mit ihm. Soviel ich weiß, hat er einen Arzt hinzugezogen. Ich bezweifle, dass er eine Befragung erlaubt." Sie schloss ohne ein weiteres Wort die Tür.

„Verdammt, da hat er ja schnell reagiert, der Herr Volks!", murrte Jenny.

„Er muss doch wissen, dass ihn das erst recht verdächtig macht."

„Denkt wohl nicht sehr klar, wenn es um seine Frau geht. Will er seine Frau schützen oder unter Kontrolle halten? Damit wird er nicht durchkommen."

Im Präsidium saß Logo am Tisch und aß ein Brötchen aus der Kantine, während er im Bericht der Spurensicherung blätterte. „Sie haben alles Mögliche auf dem Weg gefunden. Hauptsächlich Müll und Tierkot. An deinem Keks-Papier könnte DNA sein, die Ergebnisse kommen aber frühestens in einer Woche."

„Jetzt fällts mir ein! Volks futtert diese Keksriegel! Seine Frau hat das erwähnt. Das könnte ihn mit dem Tatort in Verbindung bringen. Vielleicht wollte er doch mit Ammerland reden, aber wieso dort?", grübelte Jenny.

„Hier, Moment", rief Logo dazwischen. „Das ist wichtig! Ein Handschuh. Lag im Gebüsch neben dem Weg. Kann erst ganz kurz draußen gelegen haben. Mann, Mann, Mann! Das Wichtigste schreiben die am Ende des Berichts."

„Hol das Ding sofort her, Logo. Vielleicht finden wir heraus, wem er gehört!"

„Nochmal nach Oberrad?", murrte Sascha. „Ich nehm mir da bald ein Zimmer."

Frau Hölzel blickte verwirrt, als sie schon wieder auf den Hof fuhren. Das Auto ihres Mannes stand dort, er selbst war jedoch nicht zu sehen.

„Frau Hölzel, im Gebüsch hinter dem letzten Gewächshaus wurde dieser Handschuh gefunden. Haben Sie so einen schon mal gesehen?"

„Natürlich! Martin Bambach hatte so einen an, als er letztens hier war. Sind mir aufgefallen, weil sie so gar nicht zum Arbeiten taugen. Helles Wildleder. Ist er jetzt verdächtig?"

„Nicht unbedingt. Wir müssen erst den Handschuh untersuchen."

„Zum Glück kann man ja auch kleinste Blutspuren sichtbar machen", erklärte Frau Hölzel. Sascha schaute sie erstaunt an.

„Ich lese so viel", meinte sie verlegen. „Und Kriminalistik hat mich schon immer interessiert."

Er nickte verständnisvoll, doch Jenny hatte es plötzlich eilig. „Komm, wir müssen los."

Sie fuhren zu Bambach, der ihnen im Hof entgegen kam. Als Jenny ausstieg, tobte er gleich los. „Ich habe einen Anwalt kontaktiert. Sie haben kein Recht, mich zu belästigen und mit meiner Frau muss ich Sie auch nicht sprechen lassen. Gleich kommt ein Arzt, der wird Ihnen mitteilen, dass sie gesundheitlich nicht in der Lage ist, eine weitere Befragung zu überstehen."

„Jetzt halten Sie mal die Luft an", meinte Jenny ärgerlich und streckte ihm den Plastikbeutel entgegen. „Ist das Ihr Handschuh?"

Er blickte überrascht und griff danach. Sie zog ihn ein Stück weg.

„Nur gucken, nicht anfassen!"

Bambach zögerte. „Sieht aus wie meiner. Aber ich hab..."

„Bitte holen Sie Ihr Paar. Dann sehen wir, ob beide da sind. Wir warten auch gerne hier."

Wortlos drehte er sich auf dem Absatz um und verschwand im Haus. Kaum eine Minute später war er wieder draußen und hielt einen Handschuh in der Hand. Sein Zorn schien deutlich abgeklungen. „Mir fehlt tatsächlich einer. Woher haben Sie den?"

„Lag in der Nähe des Tatorts."

„Was? Kann gar nicht sein. Ich war seit Tagen nicht drüben. Und schon gar nicht bei den Gewächshäusern. Den muss jemand da hingelegt haben."

„Natürlich. Seit wann fehlt er Ihnen denn? Anders gefragt, wann haben Sie beide Handschuhe zum letzten Mal zusammen gesehen?"

Er überlegte. „Schon ein paar Tage her."

„Und Sie können sich nicht erklären, wie er auf Hölzels Grundstück kam? Wo bewahren Sie die Handschuhe auf?"

Er runzelte die Stirn. „Keine Ahnung. Meistens hab ich sie in einer Jackentasche. Oder im Auto. Der hier lag auf der Garderobe."

„Wir melden uns", meinte Jenny kurz angebunden, drehte sich um und stieg wieder ins Auto. Bambach starrte ihr verblüfft nach.

„Bete, dass wir was drauf finden", murmelte Jenny, während sie die Strecke zum Präsidium zum zweiten Mal fuhr.

„Warum sollte er Ammerland töten?"

„Das müssen wir herausfinden. Ich glaube, keiner von denen sagt die Wahrheit."

Im Präsidium gingen sie direkt zur Spurensicherung. Jenny schnappte sich einen jungen Kollegen, der gerade im Laborbereich zugange war. Einzig ein weißer halblanger Kittel zeichnete ihn als Labormitarbeiter aus. Darunter trug er ein labbriges T-Shirt mit der Werbung einer Hardrock-Band, ausgewaschene Jeans und Sneakers mit offenen Schnürsenkeln. Ein Pferdeschwanz rundete das Erscheinungsbild ab. Unsicher betrachtete sie ihn. „Arbeiten Sie hier im Labor? Ich müsste dringend etwas untersuchen lassen. Es eilt."

Er gähnte ungerührt. „Alles eilt. Was haben Sie denn?"

Sie zeigte ihm die Tüte. „Könnte der Hauptbeweis in einem Mordfall sein. Zunächst würde mir reichen, wenn ich wüsste, ob Blut drauf ist."

„Geben Sie mal her. Und füllen Sie in der Zeit den Zettel hier aus."

Jenny drückte Sascha das Formular in die Hand und folgte dem Jungen. Waren die heut echt so jung, wenn sie hier anfingen, oder kamen sie ihr nur so jung vor, weil sie selbst älter wurde? Eine der Fragen, denen man am besten nicht weiter nachging. Hoffentlich war er qualifiziert. Oder hatte sie eben ihr wichtigstes Beweisstück einem Praktikanten in die Hand gedrückt?

„Äh, Jenny Becker", stellte sie sich vor, in der Hoffnung, dann auch seinen Namen und vielleicht noch seine Stellung hier zu erfahren

„Mmmh", antwortete er, während er schon dabei war, den Handschuh mit einer Pinzette aus dem Frischhaltebeutel zu ziehen.

Hilflos blickte sie sich um. Niemand, den sie kannte, war zu sehen. „Äh, ich bin furchtbar neugierig. Und interessiere mich sehr für Ihre Arbeit. Was machen Sie da gerade?"

Seine Hand hielt in der Luft inne und er sah sie an, als hätte sie sie nicht alle. „Ich untersuche Ihren Handschuh auf Blut. Das wollten Sie doch. Das heißt, grade hole ich ihn aus der Tüte."

Jenny bekam ein heißes Gesicht. Sie machte sich hier zum Affen.

Die Tür öffnete sich. Erleichtert blickte sie dem Mann, der eintrat, entgegen. Er war Anfang sechzig, großgewachsen und hatte graumeliertes Haar. „Phil! Meine Rettung."

„Jenny!", rief er erfreut. „Man sieht dich selten bei uns. Wie geht's dir?"

„Danke, gut", antwortete sie ungeduldig, „und dir?"

„Danke der Nachfrage. Was führt dich her?“, erkundigte er sich.

„Der Handschuh hier.“ Sie sah den älteren Mann besorgt an.

Phil trat näher. „Mordfall?“

Sie bejahte. „Wahrscheinlich wichtiges Beweisstück!“

Er tätschelte ihr beruhigend die Schulter. „Bei Dr. Fröhlich bist du in besten Händen. Wenn jemand Spuren findet, dann er.“

Hoppla, hatte Phil diesen Typen eben gerade als Doktor bezeichnet? Jenny zweifelte an ihrer Menschenkenntnis. Der Leiter der Spurensicherung beugte sich über Dr. Fröhlichs Schulter.

„Blut“, sagte der Jüngling, „Hier, sehen Sie.“ Er rückte ein Stück zur Seite, sodass Jenny auf den Tisch blicken konnte. Der Handschuh lag auf einer weißen Unterlage, daneben stand eine Flasche mit einer klaren Flüssigkeit. Phil ging zur Tür. „Ich mache das Licht aus, dann sieht man es besser.“

Als nur noch Dämmerlicht vorherrschte, beleuchtete der Junge den Handschuh kurz. Eine kleine Stelle der Handfläche fluoreszierte blau-weiß.

„Eindeutig“, bestätigte Jenny.

Phil machte das Licht wieder an. „Menschlich?“, fragte er nach.

„Haben wir gleich“. Dr. Fröhlich zupfte eine winzige Menge Fasern vom Stoff des Handschuhs und gab sie auf eine Vertiefung in einem kleinen weißen Untersetzer. Dann tropfte er etwas Flüssigkeit aus einer Pipette darauf. Die klare Flüssigkeit schlug farblich in Blau um.

„Definitiv menschliches Blut. Ich lasse die DNA bestimmen. Nach Fingerabdrücken suche ich auch. Außen und innen. Und nach sonstigen anhaftenden Spuren. Noch was?“

Jenny bemerkte erst einen Moment später, dass sie mit der Frage gemeint war. „Äh, ich glaube, das ist alles. Wie...“

„... lange? Ne Woche circa."

Phil lachte. „So dynamisch war ich auch mal. Können wir sonst noch was für dich tun?"

Jenny lächelte. „Nein, das ist alles. Schön, dich mal wieder zu sehen."

„Ich komm noch mit raus." Vor der Tür grinste er breit. „Du setzt kein großes Vertrauen in meinen jungen Kollegen?"

„Doch doch", beeilte sie sich zu versichern. „Zuerst hatte ich Zweifel, weil er so verdammt jung aussieht. Aber das kommt mir bestimmt nur so vor."

Phil lachte. „Ging mir zuerst auch so. Mitte zwanzig erst, aber schon eine Koryphäe auf seinem Gebiet. Könnte überall arbeiten, aber interessiert sich für Kriminalistik. Gut für uns. Deine Probe ist bei ihm in besten Händen."

„Das glaube ich mittlerweile auch. Machs gut, Phil!"

Jenny schickte Sascha ins Büro zurück, hastete zum Büro des Staatsanwaltes und erzählte ihm von dem Fund. „Reicht das, um Bambach festzunehmen?"

Er schüttelte bedächtig den Kopf. „Keinesfalls. Kann den Handschuh ja verloren haben und jemand anderes hat ihn gefunden. So würde er jedenfalls argumentieren. Da müssen wir schon mehr in der Hand haben."

„Verdammt!" Jenny blickte zu Boden.

„Warten wir, ob es Ammerlands Blut ist."

Jenny nickte resigniert und blickte auf die Uhr. „Schon so spät! Ich habe einen Termin in Kassel bei Waltraut Wingarter."

„Wird Zeit, dass wir die Sache mit den Anschlägen auf Sie aufklären. Diese Irmtraud ist wie vom Erdboden verschluckt. Mir ist immer noch nicht klar, wie sie an ihre Informationen kam. Woher wusste sie, dass Sie an meiner statt reisen? Ich habe online gebucht. Von hier aus über den Dienst-PC. Unsere Spezialisten haben mir versichert, dass sich da niemand rein hacken kann."

„Wahrscheinlich arbeitet Sie hier im Haus", meinte Jenny ironisch. Er starrte sie an. „Was ist? Das war nur ein Spaß."

„Und wenn es so ist?"

„Dann hätte ich sie doch erkannt. So gut kann sich niemand verkleiden."

„Bei über zweitausend Mitarbeitern? Diese Verkleidung war ja wohl ausgesprochen professionell. Wenn sie in einer Abteilung arbeitet, wo Sie ihr fast nie begegnen?"

Jenny schüttelte den Kopf. „Und wo wäre die Verbindung zu IHM? Oder macht sie das auf eigene Faust? Ich sehe kein Motiv. Hab ich sie mal verärgert? Das hört sich für mich an wie in einem schlechten Film."

„Trotzdem sollten wir darüber nachdenken, wer Zugang zu den Informationen hatte. Darin liegt vielleicht der Schlüssel zur Lösung."

Jenny nickte widerstrebend. „Ich muss dann los."

Sie sammelte Sascha in ihrem Büro ein. Logo sollte ruhig noch etwas Zeit über den Akten verbringen. Strafe musste sein. Außerdem konnte er da momentan am wenigsten Schaden anrichten. Sie traute seinem Gemütszustand noch nicht vollständig.

## Sonntag, Kassel

Jenny und Sascha quälten sich durch den Verkehr stadtauswärts Richtung Kassel.

„Was ist denn los heute?“ wunderte sich Jenny. „Wo kommt der ganze Verkehr her. Ist doch Sonntag?“

„Fußball und Messe“, antwortete Sascha genervt. Die Fahrt über die A 5 an Friedberg und Gießen vorbei dauerte über eine Stunde. Eine weitere Stunde brauchten sie, um das Seniorenheim, in dem Waltraut lebte, zu finden. Am Ende war Jenny so weit, Sascha, der die Karte auf dem Schoß balancierte, irgendwo auszusetzen.

„Da vorne, da ist es“, rief er erfreut.

„Und warum hast du mir vorhin zweimal gesagt, ich solle an der vorigen Kreuzung rechts abbiegen? Wir waren schon vor einer Viertelstunde fast hier.“

Er grinste verlegen. „Ich kann nix dafür, dass das Navi kaputt ist. Karten lesen war noch nie meine Stärke.“

„Ach was?“

Am Empfang zeigte ihnen eine adrett gekleidete junge Frau den Weg zu Waltrauts Apartment. Sie liefen ein paar lange Gänge entlang, deren eine Seite aus Glas bestand. Ein wunderschön angelegter Garten mit einem Springbrunnen in der Mitte erstreckte sich auf der anderen Seite.

Waltrauts Wohnung lag im Erdgeschoss. Sie klingelten, doch es tat sich nichts. Ungeduldig klopfte Jenny.

„Waltraut? Jenny hier!“

Sie sah auf die Uhr. Zwar waren sie fast zehn Minuten zu spät, aber Walli würde deswegen wohl kaum weggegangen sein. Vielleicht hatte sie sich in der Zeit vertan. Sie klingelte nochmal. Nichts. „Komm, wir fragen am Empfang.“

Die junge Frau an der Rezeption blickte sie verwirrt an. „Nicht da? Aber ich habe sie vor einer guten Stunde heimkommen sehen. Und sie sagte mir auch, dass sie Besuch erwarte.“ Ihre Kollegin mischte sich ein. „Ich dachte, die Dame, die vorhin bei ihr war, sei ihr Besuch?“

Jenny wurde hellhörig. „Welche Dame? Wann war das?“

„Vor einer halben Stunde etwa. Ich habe sie zufällig ins Apartment von Frau Wingarter gehen sehen.“

„Ist sie auch wieder rausgekommen?“

„Nein, weder sie noch Frau Wingarter. Aber hier kommen und gehen dauernd Leute. Ich achte nicht darauf. Wir sind ja eine Wohnanlage, kein Pflegeheim.“

„Oh mein Gott“, murmelte Jenny und zückte ihren Ausweis. „Polizei, bitte öffnen Sie sofort Frau Wingarters Wohnung. Rasch! Sie haben doch einen Schlüssel?“

Die junge Frau schaute verwirrt den Dienstausweis an, während die ältere schnell reagierte. Aus einem abgeschlossenen Schrank an der hinteren Wand holte sie einen Schlüsselbund und kam hinter dem Empfangstresen hervor. „Kommen Sie!“

Im Laufschritt eilten sie zur Wohnung. Nach einem nochmaligen Klopfen öffneten sie mit dem Schlüssel.

„Warten Sie bitte draußen!“, wies Jenny die Angestellte an. Sie und Sascha betraten mit gezogenen Dienstwaffen die Wohnung. Sie kamen in einen kleinen Flur mit Garderobe.

Stille. Irgendwie roch es unangenehm. Mit einer Kopfbewegung wies Jenny Sascha an durch die Türöffnung rechts zu schauen. Vorsichtig blickte er hinein und schüttelte dann den Kopf. Geradeaus befand sich eine zweite, angelehnte Tür. Sie stellten sich zu beiden Seiten auf und Jenny gab ihr einen Schubs. Ein großes, lichtdurchflutetes Zimmer tat sich vor ihnen auf.

Auf dem Boden lag Walli, blutüberströmt und seltsam verrenkt. Jenny ging neben ihr in die Hocke und tastete nach ihrem Puls, während Sascha den Rest der Wohnung sicherte.

„Leer“, meinte er und hockte sich neben Jenny. Sie schüttelte den Kopf. „Noch warm. Wir haben sie gerade verpasst.“

Er stand auf und zückte sein Handy. Jenny erhob sich ebenfalls. Ihr war leicht schwindelig. Wieso Walli? Hatte sie etwas gewusst? Keine Sekunde hatte sie Zweifel, dass Irmtraud hier gewesen war. Aber warum kurz vor ihnen? Zufall? Woher wusste sie von ihrem geplanten Besuch?

Jenny nahm ihr eigenes Handy, rief den Staatsanwalt an und erzählte ihm von dem Mord. „Ich bleibe hier, bis die Spusi und die Gerichtsmedizin da sind. Und die Kollegen aus Kassel."

„Gut, erstatten Sie mir Bericht, wenn Sie zurück sind."

Jenny ging vor die Tür, wo die Angestellte unruhig wartete. „Frau Wingarter ist tot. Ermordet. Bitte versuchen Sie sich ganz genau an die Frau zu erinnern, die Sie hier gesehen haben. Wie heißen Sie eigentlich?"

„Gisela, Gisela Baumgartner."

„Frau Baumgartner, wie sah die Frau aus?"

Sie überlegte. „Ich habe sie nicht richtig gesehen. Sie schien mir schon etwas älter. Also so Ihr Alter."

Jenny zuckte zusammen. „Sie hatte dunkelbraune Haare. Altmodisch gekleidet. Bieder würde ich sagen. Auch die Frisur. Ans Gesicht kann ich mich kaum erinnern, das hab ich nur so halb von der Seite gesehen."

Jenny zog das Phantombild von Irmtraud aus der Tasche. „Könnte das die Frau gewesen sein?"

Frau Baumgartner zog eine Brille aus der Brusttasche und setzte sie auf. Dann nahm sie das Foto. „Könnte sein. Nicht hundertprozentig, aber Haarfarbe und Frisur passen."

Sascha trat neben sie. Jenny blickte ihn an. „Wir haben sie knapp verpasst. Wenn ich mir vorstelle ..."

Sie wandte sich zu der Frau, die immer noch angespannt vor ihr stand. „Gehen Sie ruhig wieder an Ihre Arbeit. Ich habe nachher noch ein paar Fragen an Sie."

„Ruhig? Wie stellen Sie sich das vor, nachdem was hier passiert ist?“ Frau Baumgartner entfernte sich, zweifellos um ihre Kollegen zu informieren.

„Walli hat etwas gewusst. Und Irmtraud hatte Angst, dass sie plaudert“, sagte Jenny.

„Was könnte das sein? Und wieso wusste Irmtraud davon?“

„Ich habe nicht die leiseste Ahnung.“

„Wir müssen alles über Frau Wingarter herausfinden“, meinte Sascha. „Wie war sie, als du sie angerufen hast?

„Nicht begeistert. Obwohl sie wiederstrebend meinte, sie müsse mir etwas zeigen.“

„Weiß sie denn, dass wir Irmtraud suchen?“

„Nein. Ich wollte es ihr persönlich sagen.“

„Eines wissen wir jedenfalls. Irmtraud kennt deine Schritte im Voraus. Vielleicht hört sie dich ab? Oder sie beobachtet dich?“

„Gruselig.“ In Jenny Kopf drehte sich alles. Am liebsten hätte sie sich umgeschaut, ob Irmtraud hinter einer Ecke lauerte. Tief in sich hatte sie die ganze Zeit noch bezweifelt, dass Irmtraud sie in den USA tatsächlich hatte umbringen wollen. Na, das hatte sich ja nun geklärt.

Endlich traf die Verstärkung ein. Als Erstes kam der Kollege vom Kasseler Kommissariat zusammen mit dem Fotografen. Er stellte sich als Nikolaus Ziegler vor. „Ich weiß. Sagen sie nichts. Ich kann nichts für den Namen.“

Jenny lächelte. Der Kollege war groß und so dünn, dass Jenny sich fragte, ob er krank war. Knöchel und Handgelenke schauten weit aus Hosenbeinen und Ärmeln hinaus. Jenny erzählte ihm, was vorgefallen war.

Er kratzte sich am Kopf. „Wilde Geschichte. Kann ich helfen?“

„Wir müssen Frau Wingarter und ihre Wohnung durchsuchen. Und alle Mitarbeiter des Seniorenheims müssen befragt werden.“

„Soll ich eine Fahndung herausgeben?“

„Zwecklos, die Frau kann draußen ihre Verkleidung abgelegt haben. Wir wissen nicht, wie sie aussieht oder welches Auto sie fährt. Allenfalls hat sie jemand wegrennen und in einen Wagen einsteigen sehen.“

„Darum kümmere ich mich als erstes.“ Er drehte sich um und gab einem jüngeren Kollegen Anweisungen. Dann wandte er sich wieder an Jenny. „Der Gerichtsmediziner sollte jeden Moment hier sein. Und die Spusi natürlich.“

„Was dagegen, wenn wir bei den Befragungen helfen?“

„Nee. Ist ja sozusagen Ihr Fall. Soll´n wir die Tote nach Frankfurt schicken?“

„Das wäre mir sehr recht.“

Die nächsten zwei Stunden vergingen wie im Flug. Der Gerichtsmediziner untersuchte die Tote und bestätigte das Offensichtliche. Der Todeszeitpunkt lag nicht länger als eine Stunde zurück. Todesursache schienen zwei Verletzungen im Brust- und Halsbereich zu sein. Wahrscheinlich Messerstiche.

„Der Täter muss stark mit Blut verschmiert gewesen sein“, meinte er abschließend.

Jenny ließ die Spurensicherung ihre Arbeit machen. Sie verabredete mit Ziegler eng in Verbindung zu bleiben, dann suchte sie Sascha und fand ihn bei Frau Baumgartner am Empfang.

„Walli war mit einer Frau Püschel befreundet. Sie wohnt auf der gegenüberliegenden Seite der Wohnanlage. Mit Frau Baumgartner hat sie sich auch öfter unterhalten, aber nur über allgemeine Dinge und Angelegenheiten, die die Wohnanlage betrafen.“

„Dann gehen wir jetzt zu Frau Püschel. In die Wohnung können wir noch nicht.“ Am Empfang vorbei bogen sie in den anderen Flügel der Wohnanlage ein und klingelten an Appartement 2.

Sofort wurde ihnen geöffnet und eine grellbunt gekleidete ältere Dame musterte sie. Ihre Haare waren knallrot und hoch toupiert. Trotzdem kam sie samt Frisur kaum auf eine Körpergröße von 1,50. Neben dem großen Sascha sah sie winzig aus.

„Ich kaufe nichts und am Weltuntergang bin ich auch nicht interessiert."

„Ich auch nicht, Frau Püschel, Polizei. Es geht um Frau Wingarter. Dürfen wir reinkommen?"

Noch einmal wurden sie streng gemustert, dann öffnete sie die Tür und ließ sie in ein kleines vollgestelltes Wohnzimmer vorangehen.

„Setzten sie sich", meinte sie gnädig. „Was hat Walli wieder angestellt?"

„Wieder?" Jenny wurde hellhörig.

Die Frau stockte. „Das war nur so dahin gesagt. Also, was ist nun mit ihr?"

„Ich muss Ihnen leider mitteilen, dass Frau Wingarter heute tot in ihrer Wohnung gefunden wurde."

Frau Püschel wurde blass und griff sich ans Herz. „Tot? Das Herz? Aber dann wären Sie nicht hier, oder?"

„Sie wurde ermordet."

„Mein Gott!"

„Sascha, hol Frau Püschel bitte ein Glas Wasser." Jenny nahm die Frau am Arm und half ihr zu einem Sessel. „Sie waren befreundet?"

„Ja, wir kennen uns zwar erst, seit sie vor zwei Jahren hierhergezogen ist, aber Walli und ich waren gute Freundinnen."

„Haben Sie eine Idee, wer etwas gegen sie hatte?"

Sie lachte trocken. „Ihre Exmänner bestimmt. Aber das ist zu lange her. Sie suchte schon wieder einen Neuen."

„Frau Püschel, hat Walli Ihnen von ihrem Amerika-Urlaub erzählt?"

„Natürlich. Einen ganzen Abend haben wir Bilder angeschaut und darüber gelacht. Sie hatte so eine lustige Art, die Leute zu charakterisieren. Sogar in ihrem Album."

Jenny merkte auf. „Ein Foto-Album? Sie hat es wieder mitgenommen, nehme ich an?"

„Es müsste in ihrer Wohnung sein. *„Amerika"* steht drauf. Das hat sie sicher nicht aus der Hand gegeben!" Sie sagte es mit einem merkwürdigen Unterton.

„Wie meinen Sie das?"

„Die Kommentare waren ... nun, ich will mal sagen, sie würde sie nicht jedem zeigen."

„Abfällig?"

„Zum Teil. Sehen Sie, ich will nicht schlecht von meiner Freundin sprechen."

„Vielleicht hilft es, den Täter zu finden."

Frau Püschel ließ sich das einen Moment durch den Kopf gehen. „Walli ist nicht zum Spaß verreist. Zum einen hoffte sie, einen Ehemann zu finden, einen reichen, wie ich nicht extra betonen muss. Zum anderen war sie der Meinung, dass man nirgends so viel über seine Mitreisenden herausfindet, wie in einer Reisegruppe. Sie hat Informationen gesammelt. Und falls es sich ergab, hat sie ... Gefälligkeiten erbeten."

Jenny blickte verblüfft zu Sascha. „Gefälligkeiten? Reden wir hier über Erpressung?"

„Ein böses Wort. So dürfen Sie das nicht sehen. Ein Beispiel: Wenn sie gesehen hätte, dass jemand fremdgeht, hätte sie angedeutet, dass sie etwas weiß. Dann hätte sie es vielleicht hingebogen, dass man zusammen isst und rein zufällig vergessen, die Rechnung zu bezahlen."

„Ich dachte, sie wäre durch ihre Ehen finanziell gut situiert?"

„Natürlich. Das war mehr ein Sport für sie. Wie Ehemänner sammeln! Übrigens beerben wir uns gegenseitig. Sie hatte ja keine Angehörigen. Also hab ich auch ein Mordmotiv!"

Der Gedanke schien ihr zu gefallen.

Jenny war in Gedanken schon woanders. „Danke, Frau Püschel, das wars erst mal."

Schnell gingen sie zurück zu Wallis Wohnung. Die Spusi packte gerade zusammen. „Habt ihr ein Fotoalbum gefunden, wo Amerika draufsteht?"

„Nein, überhaupt kein Fotoalbum. Aber die Schranktüren standen auf und ein Fach war leer."

„Verdammt, dann hat Irmtraud das Album jetzt."

Sie tauschten Telefonnummern, verabschiedeten sich und fuhren zurück nach Frankfurt. Mittlerweile war es nach zwanzig Uhr und stockdunkel. Schweigend fuhren sie an Gießen vorbei durch den Taunus zurück nach Frankfurt. Jenny genoss bei jeder Rückkehr in die Stadt den Moment, wo sie den ersten Blick auf die Skyline werfen konnte.

Im Büro war niemand mehr, aber ein Stück den Gang hinunter fiel Licht aus einem Zimmer. Jenny blickte sich um. „Wir sollten auch nach Hause gehen. Biederkopf weiß Bescheid. Alles andere kann bis morgen warten. Rufst du Logo noch an?"

Sascha nickte. „Heute ist mir nicht wohl dabei, wenn du allein nach Hause fährst? Soll ich mitkommen?" Erstaunt blickte sie ihn an. „Nee. Hat sich doch nichts geändert."

„Irgendwie schon", meinte er, ließ es jedoch auf sich beruhen.

Auf dem Heimweg blickte Jenny mehrfach in den Rückspiegel. Zweimal fiel ihr ein dunkles Auto auf, das in gleichbleibendem Abstand hinter ihr herfuhr. Oder täuschte sie sich? War sie etwa nervös? Sie lächelte über ihre Furcht und bog in ihre Sackgasse. Hier herrschte schon tagsüber fast kein Verkehr.

Doch da war der Wagen wieder. Er hielt ein Stück hinter ihr am Straßenrand. Verflixt! Was sollte sie tun? Logo oder Sascha anrufen und im Auto sitzen bleiben? Aber es würde ewig dauern, bis sie hier wären. Den Notruf? Bestimmt nicht.

Sie überlegte fieberhaft, ihr Puls galoppierte. Sie blickte wieder in den Rückspiegel und sah feine Schweißperlen auf ihrer Stirn. Was war nur mit ihr los? Früher war sie nicht so ein Feigling gewesen. Reiß Dich zusammen, schalt sie sich. Entschlossen verließ sie ihr Auto und lief schnell auf den anderen Wagen zu. Zur Sicherheit hatte sie die Hand an der Waffe.

Jetzt waren es nur noch wenige Schritte. Sie zog die Waffe, hielt den Atem an, und spähte durchs Seitenfenster, das gerade heruntergelassen wurde.

„Du?", rief sie halb erleichtert und halb empört. Die Anspannung fiel von ihr ab und sie ließ die Waffe sinken. „Neues Auto?"

Sascha nickte verlegen.

„Dachtest wohl, deshalb merk ich nichts?"

Er grinste sie von unten herauf an. „Hätte wissen müssen, dass du´s merkst. Ist mir aber egal. Hauptsache, du bist gut zu Hause angekommen. Winkst du mir nochmal, wenn alles okay ist?"

„Kindskopf. Mach ich."

Sie ging in ihre Wohnung und machte einen Rundgang durch alle Zimmer. Alles war wie immer. Dann trat sie auf den Balkon hinaus und gab Sascha das Okay-Zeichen. Er blendete kurz auf, wendete und fuhr davon.

Jenny stellte sich unter die Dusche, nahm sich danach ein Bier und machte sich einen Teller Käsewürfel. Richtigen Hunger hatte sie nicht. Die Sache schlug ihr auf den Magen. Und ja, sie hatte Angst, so ungerne sie es zugab.

Kaum hatte sie es sich bequem gemacht, döste sie weg, doch immer wieder schreckte sie hoch und glaubte, Geräusche zu hören. Gegen Mitternacht wachte sie auf und wechselte ins Schlafzimmer. Vorher kontrollierte sie noch einmal Fenster und Türen.

Die Gestalt, die im Gebüsch auf der anderen Straßenseite gelauert hatte, drehte sich gegen drei Uhr um und ging davon.

**Montag, Frankfurt**

Mit ungutem Gefühl betrat Jenny Biederkopfs Büro. Sein Anruf hatte dringend geklungen und ihr waren die Aufregung und die unterdrückte Erregung in seiner Stimme nicht entgangen.

Er saß nicht hinter seinem Schreibtisch, sondern stand am Fenster, drehte sich schnell herum und kam auf sie zu. Obwohl er den Mund öffnete, kam nichts heraus.

„Ist was passiert?“, fragte Jenny, die Schreckliches ahnte. Logo oder Sascha tot oder mindestens verletzt. Keiner von ihnen war im Büro gewesen, als sie vor zehn Minuten eingetroffen war.

Es war offensichtlich, dass sich der Staatsanwalt nur mit größter Anstrengung zusammenriss. „Setzen Sie sich, Frau Becker.“ Er selbst blieb stehen und ballte die Hände.

In Jenny stieg Panik auf. „Ist was mit Logo oder Sascha?“, fragte sie eindringlich.

Überrascht blickte er auf. „Nein, nein. Es geht um etwas ganz anderes.“ Erleichtert atmete Jenny auf. Die Angst ging langsam in Neugier über.

Biederkopf ging hinter seinen Schreibtisch, setzte sich jedoch nicht, sondern stützte sich mit den Händen auf und beugte sich vor. „Ich war bei Gascon“, stieß er schließlich hervor.

„Was?!“ Jenny sprang auf. „Warum?“

Er haute mit der Hand auf den Tisch. „Weil ich sicher bin, dass dieser Dreckskerl etwas mit den Mordanschlägen auf Sie zu tun hat!“

Jennys Gedanken überschlugen sich. „Was hat er gesagt?“

„Was wohl“, knirschte der Staatsanwalt durch zusammengebissene Zähne. „Nichts. Nichts Hilfreiches zumindest.“

Jenny ließ sich schwer zurück auf den Stuhl fallen. „Hätte auch nichts anderes erwartet."

„Aber jetzt ..." Biederkopf rang nach Worten. „Er will Sie sehen."

Jenny wurde blass. Sie bekam keine Luft mehr. „Sehen?", krächzte sie?

Endlich setzte sich Biederkopf. Sein Gesicht war hochrot. „Er hat heute in aller Herrgottsfrühe seinen Anwalt zu sich bestellt. Der hat mich eben kontaktiert. Angeblich hat Gascon Informationen über die Anschläge, aber er will sie nur Ihnen geben."

Jennys Hände waren schweißnass. Panik überwältigte sie. Schon der Gedanke, IHM irgendwann im Gerichtssaal gegenübersitzen zu müssen, löste Horror in ihr aus. Aber im Gefängnis, von Angesicht zu Angesicht. Unmöglich.

„Sie werden das natürlich nicht tun! Aber ich dachte, Sie müssten es wissen."

Jenny sah auf und nickte langsam. In ihrem Kopf drehte sich alles. „Wann? Wann will er mich sehen?"

„Heute. Sofort. Sonst würde er gar nichts sagen."

Jenny war schlecht. Zittrig stand sie auf. „Ich muss ... Ich muss einen Moment raus."

Biederkopf stand auf und kam um den Schreibtisch herum auf sie zu, doch sie winkte ab. „Alleine."

Sie wankte fast zum Waschraum am Ende des Ganges. Zum Glück war er leer. Sie kühlte ihr Gesicht mit eiskaltem Wasser, ging zum Fenster und legte die Stirn daran.

Gascon wiedersehen. Nur der Gedanke löste Herzrasen aus. Aber: Es war auch eine Chance. Sie waren keinen Schritt weitergekommen bei ihrer Suche nach Irmtraud. Und wenn sie ehrlich war, fraß die Angst vor weiteren Mordanschlägen sie von innen auf. Wie würde es in ein paar Wochen aussehen, wenn Irmtraud immer noch nicht gefasst wäre? Wäre sie dann ein zitterndes Bündel, das bei jedem Geräusch zusammenzuckte?

Jenny atmete tief durch. Noch nie war sie vor etwas weggelaufen. Sie hatte sich immer allen Problemen gestellt. Würde sie es auch diesmal schaffen? Sie wusste es nicht.

Biederkopf stand in der Bürotür, als sie – immer noch zittrig – zurückkam. „Vergessen Sie die Sache!“, rief er ihr entgegen. „Ich hätte Ihnen das gar nicht erzählen dürfen!“

„Ich mach´s“, stieß Jenny hervor, bevor sie der Mut ganz verließ. „Bleiben Sie bei mir?“

Biederkopf war sprachlos. „Stehen Sie das durch? Ist Ihnen klar, was Sie auf sich nehmen? Er wird mit Ihnen spielen, Sie quälen. Und am Ende absolut nichts mitteilen!“

„Ich weiß“, nickte sie, „aber ich muss es probieren. Moment, ich hole meine Jacke.“

Logo und Sascha saßen im Büro, waren in eine angeregte Diskussion vertieft und nickten nur, als Jenny beiläufig erwähnte, sie würde kurz was erledigen.

Eine Viertelstunde später waren sie im Wagen des Staatsanwaltes auf der Autobahn Richtung Darmstadt.

Als sie auf dem Parkplatz des Untersuchungsgefängnisses Weiterstadt ankamen, verkrampfte sich Jennys Magen und ihr wurde übel. Hatte sie sich zu viel vorgenommen? Das Gebäude war ihr noch nie so grau und trostlos vorgekommen. Er saß hinter diesen Mauern und lachte sich bei dem Gedanken, sie hierher gelockt zu haben, bestimmt schon ins Fäustchen! Worauf hatte sie sich eingelassen? Wahrscheinlich war sie leichenblass. Biederkopf sah sie besorgt an. Sie wich seinem Blick aus und betrat entschlossen das Gebäude.

Diesmal warteten sie vor dem Raum, bis Gascon eingetroffen und fixiert war. Biederkopf fasste Jenny an den Oberarmen. „Sie müssen das nicht tun. Noch können wir das Ganze abblasen. Ich kann nochmal versuchen, mit ihm zu reden.“

Sie starrte ihn an. „Er wird nur mit mir reden. Ich muss das hinter mich bringen. Nur so kann ich von der Sache loskommen und frei sein.“ Biederkopf nickte und trat zurück.

Jenny holte tief Luft, öffnete die Tür und trat ein. Sie nickte dem wachhabenden Beamten zu und er verließ wie ausgemacht das Zimmer. Biederkopf und er würden das Treffen durch das vergitterte Glasfenster beobachten.

Sie blickte erst einen Moment im Zimmer herum, bis sie den Mut fand, Gascon anzuschauen.

Obwohl sie sich vorbereitet glaubte, war es wie ein Schock, ihn so nahe vor sich zu sehen. Dann blickte er hoch und lächelte. Jenny prallte zurück. Sie presste sich mit dem Rücken an die Wand, so weit weg von ihm wie möglich.

Als er zu sprechen anhob, überlief sie ein Schauder.

„Liebling“, begann er mit samtweicher Stimme. „Endlich. Du glaubst nicht, wie ich dich vermisst habe.“

Jennys Gedanken rasten. Was plante er? Wie sollte sie damit umgehen? Rede mit ihm, befahl sie sich.

„Hast du deshalb versucht, mich umbringen zu lassen?“

Unwillig runzelte er die Stirn. „Das habe ich mitnichten. Hätte ich das gewollt, wärst du jetzt tot.“

„Wie in Kanada?“

Wieder das charmante Lächeln, das Jenny einmal so viel bedeutet hatte. Jetzt sah sie es als pure Maske.

„Ach Kanada. Das war etwas anderes. Du wolltest mich verraten. Dabei war unsere Zeit dort so schön. Besonders die Nächte, erinnerst du dich noch?“

„Nein“, antwortete sie schroff. „Warum wolltest du mich sehen?“

„Spielverderber. Warum hast du es so eilig? Früher haben wir endlose Gespräche geführt. Das fehlt mir. In Einzelhaft gibt es nicht viel Unterhaltung.“

Jenny versuchte es mit einer anderen Taktik. „Vielleicht kann ich dafür sorgen, dass die Isolationshaft aufgehoben wird, wenn du uns hilfst."

Er legte den Kopf zurück und lachte herzlich. „Jenny, Jenny, meinst du, ich will mit diesen Kretins verkehren? Nein, ich will, dass du mich besuchst."

Während er sprach, betrachtete Jenny ihn. Sie sah die Falten um Augen und Mund und sein dünn gewordenes Haar. Jetzt endlich sah sie auch die Leblosigkeit seiner Augen. Warum hatte sie ihn damals nicht durchschaut? Nicht erkannt, was sich wirklich hinter seiner charmanten Schale verbarg?

Ihre Panik, die sie bisher nur mühsam unterdrückt hatte, ließ nach. „Hör auf mit mir zu spielen", sagte sie kalt. „Hilf uns oder lass es! Mich wirst du nie wiedersehen, bis zu deinem Prozess."

Neugierig blickte er sie an. Offensichtlich erkannte er die Veränderung. Sein Lächeln verblasste. „Fein, fein, meine kleine Jenny wird erwachsen. Aber immer noch sieht sie nicht, was direkt vor ihr liegt."

„Wie meinst du das?"

„Wie ich es sage. Du willst wissen, wer dich umbringen will? Schau dich um. Sie ist ganz nah! Ständig."

„Sprich nicht in Rätseln!"

Wieder lächelte er kalt. „Denk nach. Ich habe dir genug geholfen. Ein bisschen musst du schon selbst tun. Möge der bessere gewinnen."

Sein Gesichtsausdruck besagte deutlich, dass das Gespräch für ihn beendet war.

Jenny wandte sich um und gab durchs Fenster das Zeichen, sie hinauszulassen. Draußen nahm Biederkopf sie in seine Arme. Sie zitterte wie Espenlaub. Einen Moment ließ sie sich fallen, dann straffte sie sich.

„Mir geht's gut. Aber was fangen wir damit an?"

„Lassen Sie uns sofort fahren, an diesem Ort hält man es nicht lange aus."

Auf der Autobahn Richtung Frankfurt rasten Jennys Gedanken. Ihr war schlecht. Was meinte ER mit ständig nah? War das im übertragenen Sinn gemeint? Jemand, der ihr nahe stand, oder jemand, der sich in der Umgebung aufhielt? Eine Nachbarin? Oder vielleicht jemand, der ihr folgte? Wo hielt sie sich am häufigsten auf? Ihr wurde schwindlig. Während ihrer Beziehung hatte Gascon sie immer wieder aufgezogen, dass das Präsidium ihr eigentliches Zuhause sei und sie da mehr Zeit verbrächte als sonst wo. Ihr kam ein Verdacht. Sie glaubte zu wissen, wovon Gascon gesprochen hatte. Sie schlug die Hände vors Gesicht.

Biederkopf warf ihr ununterbrochen besorgte Blicke zu. Zweimal versuchte er, mit ihr zu sprechen, aber sie blockte ab. „Ich muss nachdenken."

Jetzt setzte er den Blinker, um auf den nächsten Rastplatz abzubiegen.

Jenny blickte auf. „Nein, es geht schon. Wir müssen zurück, Ich glaube, ich weiß, wo wir Irmtraud finden." Den Rest der Fahrt schwieg sie.

In Frankfurt folgte sie dem Staatsanwalt in´s Büro und schloss die Tür. Entschlossen ergriff sie das Wort. „Ich glaube, Gascon meint das wörtlich, dass Irmtraud in meiner Nähe ist. Wenn sie hier arbeitet, würde das alles erklären! Sowohl, wie sie an ihre Informationen kam, als auch, wie sie die Briefe in mein Büro hat schmuggeln können. Ebenso, wie sie meine Privatadresse erfahren hat. Sogar an meinen Schlüssel konnte sie so herankommen, ich lasse ihn oft genug hier im Büro liegen."

Biederkopf blieb einen Moment still. „Unvorstellbar. Sie meinen also wirklich, sie könnte hier im Präsidium arbeiten? Ohne, dass Sie sie erkannt haben?"

„Sie haben es selbst gesagt. Es gibt Abteilungen, in denen ich noch nie war. Und wenn sie auf dem Flur an mir vorbei liefe ... ohne Verkleidung würde ich sie bestimmt nicht erkennen."

„Also hat sie erfahren, dass Sie gestern zu Walli wollten, und ist Ihnen zuvorgekommen? Wer wusste davon?"

„Sie, Logo und Sascha, sonst niemand."

„Ich habe mit niemandem darüber gesprochen. Holen wir mal Ihre Kollegen, einverstanden?"

Sie nickte. Einige Minuten später kamen beide ins Zimmer. Biederkopf übernahm es, ihnen von dem Besuch im Gefängnis zu erzählen. „Jenny", meinte Logo nur und sah sie besorgt an. Sascha trat neben sie, doch sie wehrte ab. Es fiel ihr auch so schon schwer, die Fassung zu wahren.

Logo zog aus Biederkopfs Erklärung die richtigen Schlüsse und fragte: „Die soll hier arbeiten?"

„Hier?", echote Sascha ungläubig. „Aber ... selbst wenn sie hier im Haus arbeitet, weiß sie doch nicht, was wir unter uns reden oder planen. "

„Hat einer von Ihnen mit irgendjemandem über den Termin bei Frau Wingarter gesprochen?", erkundigte sich Biederkopf.

Beide überlegten gründlich und verneinten entschieden.

Biederkopf griff nach dem Hörer und blaffte ins Telefon. „Ich brauche sofort jemanden in meinem Büro, der die Räume auf Abhörgeräte untersucht."

Schweigend warteten sie. Zehn Minuten später kam eine junge Frau in einem Blaumann vorbei. Sie scannte den Raum mit einem elektronischen Gerät und erklärte kurz darauf in sicherem Tonfall: „Sauber."

Biederkopf verzweifelte. „Das verstehe ich nicht. Die Telefonvermittlung läuft zwar über PC, aber mir wurde versichert, dass er nicht hackbar ist." Ratlos sahen sie sich an.

„Stimmt auch", meldete sich die Frau von der Technik zu Wort, während sie ihre Sachen zusammenpackte. „Kann niemand mithören. Höchstens die in der Zentrale. Tschüss dann."

Alle drei starrten ihr schweigend nach. Biederkopf griff wieder zum Telefon. „Personalabteilung? Schicken Sie mir sofort die Akten aller Mitarbeiter aus der Telefonzentrale! Es eilt! Und ich muss wissen, ob einer von ihnen gestern nicht da war. Oder früher gegangen ist. Ach, und ob jemand Urlaub im letzten Monat hatte."

Er legte auf und wies ihnen schweigend einen Platz zu. Keinem war nach Reden. Jenny trommelte auf die Lehne ihres Sessels, Logo wippte mit dem Fuß, Sascha summte und Biederkopf lief auf und ab.

Die zehn Minuten, bis es klopfte, kamen ihnen wie eine Ewigkeit vor. Eine ältere Frau kam herein. „Die gewünschten Unterlagen, Herr Biederkopf."

Kaum war sie draußen, sprangen alle auf und scharten sich um den Tisch. Vier Personalakten lagen vor ihnen. Die ersten beiden waren Männer. Bei der dritten handelte es sich um eine etwa sechzigjährige, grauhaarige Frau. Nur pro forma warf Biederkopf Jenny einen Blick zu. Sie schüttelte den Kopf. Langsam öffnete er die vierte Akte. Eine etwa fünfunddreißigjährige Frau mit blonden Haaren blickte ihnen entgegen. Ihr Gesicht war schmal, die Augen blau. Sie war ausgesprochen hübsch.

Jenny zog die Akte zu sich heran. Lange betrachtete sie sie. „Ich bin nicht sicher."

Biederkopf zog die Akte wieder zu sich und blätterte weiter. „Marie-Christine Lenard. Ledig, geschieden. Geboren in Colmar. Arbeitet seit drei Jahren hier. Keine Auffälligkeiten. Wohnt in Bornheim." Er hob die Akte hoch. Darunter lag ein Memo. „Frau Lenard hat sich gestern Mittag krankgemeldet. Und sie hatte Urlaub während Ihrer USA-Reise."

„Bingo“, meinte Biederkopf.

Logo ließ sich auf seinen Stuhl fallen. „Das erklärt alles. Sie hatte jederzeit Zugang zum Gebäude, konnte Gespräche mithören, sich Zugang zu unserem Büro verschaffen. Wahrscheinlich hat sie einen Abdruck von deinem Schlüssel gemacht. So konnte sie den einen Brief bei dir im Wohnzimmer deponieren und den Zweiten in deinem Koffer.“ Saschas Gesicht war rot vor Wut. Jenny war wie betäubt. „Aber warum? Wie steht sie mit IHM in Verbindung? Oder steckt ER gar nicht dahinter? Aber woher hat ER es dann gewusst?“

„Das wird sie uns hoffentlich sagen, sobald wir sie haben. Wollen Sie das übernehmen?“

Jenny fuhr herum. „Sie ist hier? Ich dachte, sie ist krank?“

„Nur gestern. Heute müsste sie an ihrem Arbeitsplatz sein.“

Logo und Sascha fassten synchron an ihren Gürtel, Jenny, die ihre Waffe immer im Hosenbund trug, nach hinten. „Los! Ich kann's kaum erwarten.“

„Ich komme natürlich mit“, meinte Biederkopf. „Und bitte Vorsicht. Sie ist gefährlich.“ Aus einer Schublade nahm er Handschellen und folgte ihnen.

Die Telefonzentrale befand sich im Erdgeschoss nahe des Haupteingangs. Große Glasfenster trennten sie vom Gang. Schon von Weitem erkannten sie Irmtraud beziehungsweise die Person, die sich hinter diesem Namen verborgen hatte. Jenny blieb stehen und starrte durchs Fenster. Die Frau hob den Kopf und starrte zurück. Langsam legte sie den Hörer hin und stand auf. Jenny war wie erstarrt. Die Frau drehte sich um und ging zur Tür. Da machte es „Klick“ bei Jenny. Das Aussehen konnte man verändern, den Gang nur schwer. Eindeutig: Es war Irmtraud. Sie rannte den Gang entlang hinter ihren Kollegen her, die schon um die nächste Biegung verschwunden waren. „Sie ist es. Und sie haut ab“, rief sie ihnen hinterher.

Da öffnete sich schon die Tür und Irmtraud alias Marie-Christine Lenard kam heraus. Sie blieb stehen, als sie sich den drei Männern gegenübersah. Dann drehte sie den Kopf nach rechts und sah Jenny an.

„Sie", zischte sie. „Sie sollten schon längst tot sein! Oder soll ich du sagen, Jenny?" Sie lachte hysterisch auf.

Biederkopf packte sie am Arm und legte ihr Handschellen an. Sascha und Logo standen mit gezogenen Waffen daneben. Dann führten sie sie ab Richtung Arrestzellen. Jenny blieb wie zur Salzsäule erstarrt stehen, unfähig einen klaren Gedanken zu fassen.

Logo sprach sie an. „Alles in Ordnung?" Sie nickte schwach. Er kam zu ihr und nahm sie in den Arm. „Alles gut. Wir haben sie. Jetzt klärt sich alles auf."

Jenny fasste sich wieder. „Ich will sie gleich vernehmen, nachdem sie erkennungsdienstlich erfasst wurde."

„Dachte ich mir. Darfst du aber nicht, wie du genau weißt. Immerhin bist du betroffen und in diesem Fall sogar das Opfer. Wenn auch glücklicherweise ein Beinahe-Opfer."

„Ach, verflucht!"

„Biederkopf lässt dich bestimmt dabei sein. Oder zumindest zuhören."

Der Staatsanwalt kam schon wieder den Gang entlang. „Halbe Stunde. Vernehmungsraum fünf." Dann drehte er sich abrupt um und ging in Richtung seines Büros.

„Siehste", meinte Logo.

Jenny ließ ihn stehen und ging Richtung Kantine. Immer wenn sie aufgeregt oder wütend war, bekam sie Hunger. Einen Kaffee und ein Käsebrötchen später war sie ruhiger. Ein Blick auf die Uhr zeigte ihr, dass es bald Zeit war, zum Vernehmungsraum zu gehen. Biederkopf stand davor und telefonierte, als sie eintraf.

Er beendete das Gespräch und nickte ihr zu. „Ist schon drin. Mal sehen, ob sie etwas sagt oder ob wir auf ihren Anwalt warten müssen.“

Sie öffneten die Tür und betraten das Zimmer. Marie-Christine Lenard trug Handschellen und saß auf einem Holzstuhl auf der anderen Seite des zerkratzten Tisches.

Neben der Tür lehnte eine Polizistin in Uniform. Biederkopf schickte sie hinaus und zog Jenny und sich jeweils einen ebenso unbequem wirkenden Stuhl heran. Beide setzten sich.

Nachdem Biederkopf ein Aufnahmegerät gestartet hatte, wies er Lenard auf ihre Rechte hin.

Sie saß so entspannt, wie ihre Handschellen es erlaubten, auf ihrem Stuhl und hatte den Mund zu einem spöttischen Lächeln verzogen. Jenny betrachtete sie. Ohne ihre Maske sah sie um einiges jünger aus. Jünger und attraktiver. Ihre Haare waren glatt und hatten einen leicht rötlichen Schimmer, die Augen waren grün und ihr Gesicht schmal. Sie musste es mit irgendwelchen Einlagen verbreitert haben. Ihre Figur zeichnete sich schlank und wohlproportioniert unter dem engen grünen Pulli ab. Mit verengten Augen starrte sie Jenny an. Bevor Biederkopf etwas sagen konnte, fing sie mit rauchiger, melodischer Stimme an zu sprechen. Nur vage erinnerte sie an Irmtrauds leiernden Tonfall: „Gratulation. Da haben Sie ja am Ende doch gewonnen.“ Sie blickte Jenny abschätzend an.

Jenny und Biederkopf runzelten gleichzeitig die Stirn. Mit einem warnenden Blick zu ihr fragte er: „Gewonnen? Wie meinen Sie das?“ Spöttisch sah sie ihn unter gesenkten Lidern an. „Sie hat gewonnen und ich verloren. Alles.“

„Erklären Sie uns das.“

„Warum sollte ich?“

„Weil Sie mit einer geringeren Strafe rechnen können, wenn Sie mit uns zusammenarbeiten.“ Sie zuckte gleichgültig mit den Schultern. „Mir doch egal. Meine Rache ist gescheitert. Alles andere interessiert mich nicht."

Biederkopf blieb einen Moment stumm. Jenny konnte sich nicht zurückhalten. „Arbeiten Sie mit IHM, also ich meine mit Gascon, zusammen?" Das war offenbar das Stichwort. Die Frau stieß einen Schrei aus, sodass Jenny und der Staatsanwalt erschrocken zusammenfuhren.

„Wag es nicht, seinen Namen auszusprechen, du Schlampe!" Sie hatte sich nach vorne geworfen und den Stuhl fast umgestürzt. Jetzt ließ sie sich zurückfallen.

Jenny war zwar perplex, beugte sich aber vor und bohrte nach. „Wie stehen Sie zu ihm? Er hat Sie nie erwähnt!" Lenards Gesicht verzerrte sich zu einer hässlichen Fratze. „Erwähnt? Er hat mich geliebt. Dich hat er nur benutzt und ich habe ihm geholfen. Von Anfang an!" Sie verstummte und atmete schwer.

Biederkopf stand auf und winkte Jenny nach draußen. Vor der Tür wandte er sich an sie. „Es wäre besser, wenn Sie nicht beim Verhör anwesend wären. Es war ein Fehler, Sie dabei sein zu lassen."

„Aber", begann Jenny, „ich scheine sie zu provozieren. Sie sagt dann vielleicht mehr."

„Aber was sie sagt, hat vor Gericht keinen Bestand. Der Fall muss wasserdicht werden."

Jenny verzog ärgerlich das Gesicht. „Verstehe. Aber es gefällt mir nicht."

Biederkopf hob wenig mitfühlend die Schultern und nickte zur nächsten Tür. „Hören Sie vom Nebenraum aus zu." Er wandte sich um, öffnete die Tür und verschwand wieder im Zimmer.

Jenny blieb nichts anderes übrig, als ins Nebenzimmer zu gehen. Sie stellte sich hinter die Einwegscheibe und schaltete den Lautsprecher an. Marie-Christine Lenard hatte sich wieder beruhigt.

Biederkopf spielte während der Vernehmung mit einem Stift, den er aus der Brusttasche genommen hatte. „Erzählen Sie mir von sich und Gascon."

Sie fing an zu lächeln. „Er ist toll, etwas ganz Besonderes. Es war Liebe auf den ersten Blick bei uns beiden. In einem Internet-Chat haben wir uns kennengelernt, so einem für Polizeibedienstete. Dann haben wir uns bei ihm zu Hause getroffen. Er sagte, er hat mich gesehen und es war um ihn geschehen."

„Aber", begann Biederkopf stirnrunzelnd, „dann hat er eine Beziehung zu Frau Becker angefangen?"

„Ja", zischte sie wütend. „Mit der Schlampe. Er hat es mir erklärt. Er musste mit jemandem zusammen sein, der direkten Anteil an den Ermittlungen gegen ihn hatte. Ich hab ihm sogar geholfen sie auszusuchen."

„Sie wussten, dass er ein Mörder war?"

„Mörder? Das waren doch alles ... Die mussten aus dem Weg. Wertloser Abschaum!"

„Abschaum?"

Sie nickte heftig. „Seine Frau ... die wusste gar nicht, was sie an ihm hat. Wollte ihn verlassen! Der Junge hat ihn bestohlen. Ihn! Alle waren sie Abschaum."

Biederkopf nickte und Jenny ballte hinter der Scheibe die Hände so fest zusammen, dass es wehtat.

„Und dann? Was war, als er mit ihr nach Kanada fuhr?"

„Er hat mir gesagt, dass er sie dort tötet. Aber dann hat sie ihn fast umgebracht! Und er musste ins Gefängnis." Die letzten Worte heulte sie fast.

Biederkopf wartete einen Moment, bis sie sich beruhigt hatte und wieder sprechen konnte. „Und die Briefe?"

„Er hat alles genau geplant. Ich hatte exakte Anweisungen, wann ich welchen Brief bei ihr deponieren sollte, falls ihm etwas passiert. Ich hatte den Schlüssel zu einem Schließfach, das ich nur öffnen durfte, falls er stirbt oder ins Gefängnis muss. Sehen sie, wie er mir vertraut hat?“

„Sie hatten also keinen Kontakt mehr zu ihm?“

Sie schluchzte. „Gar keinen. Ging ja nicht. Und Sie ist schuld!“, schrie sie und versuchte aufzuspringen.

„Setzen Sie sich!“ Seine Stimme war scharf und sie reagierte überraschenderweise. „Warum wollten Sie Frau Becker umbringen?“

„Es ging immer nur um sie, sie, sie!“ Sie kreischte jetzt hysterisch. „Ich kann es nicht mehr hören. Mich wollte er belohnen, mich wollte er heiraten, stattdessen kam sie. Nie war ein Brief für mich dabei. Immer nur ihr Name stand drauf. Sie stand zwischen uns und würde immer zwischen uns stehen. Kapieren Sie das? Ich hab‘s nicht mehr ausgehalten!“ Schlagartig wurde sie ruhig und lächelte.

Jenny lief eine Gänsehaut über den Rücken.

„Ich wusste alles. Kann ja Ihre Telefongespräche mithören.“ Sie runzelte die Stirn. „Als Sie ihn im Untersuchungsgefängnis haben isolieren lassen. Das war nicht nett!“ Sie lächelte wieder. „Und als Sie den Urlaub umgebucht haben. Es war ganz einfach, einen Platz in der Reisegruppe zu bekommen. Früher habe ich mal geschauspielert. Ich kenne mich gut mit Masken aus. Ich dachte, Johann könnte mir helfen, aber er war nur für eines gut. Da musste ich mir selbst helfen.“ Sie grinste selbstgefällig. „Blöd nur, dass wir nie allein waren. In Las Vegas hätte es fast geklappt, aber auf dem See war ich mir sicher. Wenn sie nur früher an Deck gegangen wäre. Dann wär sie jetzt tot und er hätte nur noch mich. Mich!“ Sie lachte wie eine Wahnsinnige und schluchzte im nächsten Moment.

„Warum musste Frau Wingarter sterben?“

„Die alte Kuh. Hat mich dauernd fotografiert und wollte mich aushorchen. Dachte, ich merke das nicht. Und als ich am Telefon gehört habe, dass sie der Becker etwas zeigen will, war sie fällig. Sicher ist sicher."

Biederkopf stand auf und verließ den Raum, kurz darauf trat er zu Jenny ins Nebenzimmer. Er schüttelte den Kopf. „Die Frau ist total irre. Ihr Anwalt wird mit Sicherheit auf Unzurechnungsfähigkeit plädieren und damit problemlos durchkommen. Was halten Sie davon?"

Jenny starrte ihn an. Zu viele Gedanken gingen ihr durch den Kopf. Es hätte sie nicht überraschen sollen. Paul Gascon hatte diese Macht über Menschen. Schließlich hatte er ja auch sie dazu gebracht, ihm zu vertrauen und sich in ihn zu verlieben. Und Irmtraud? Fast tat sie ihr leid. Aber nur fast.

„Ich bin froh, dass das jetzt ein Ende hat", flüsterte sie und schwankte leicht. Biederkopf fing sie auf und hielt sie einen Moment im Arm.

„Jetzt ist alles vorüber", murmelte er an ihrem Ohr und strich ihr leicht über den Kopf. Sie genoss es einen Moment, dann machte sie sich verlegen von ihm los.

„Klingt glaubwürdig und passt alles ins Bild", meinte sie betont energisch. „Eigentlich ein Witz. Er sitzt im Knast und weiß nicht, was seine Gespielin treibt. Die ganze Planung zum Teufel. Das muss ihn wahnsinnig gemacht haben. Der Schuss ging nach hinten los. Kein Wunder, dass er sie mehr oder weniger ausgeliefert hat. Ich stimme mit Ihnen überein, sie ist verrückt. Was Liebe alles anrichten kann, fast kann man sie als Opfer ansehen."

„Sie war vielleicht vorher schon labil. Das hat er schnell rausgehabt und sie benutzt."

Jenny nickte. „Sie ist besessen von ihm. Was geschieht jetzt mit ihr?"

„Ich lasse sie ins Gefängnis bringen und von einem Psychiater untersuchen. Dann sehen wir weiter."

Sie verließen den Raum und er brachte Jenny zurück zu ihrem Büro. Sascha und Logo sprangen auf, als sie hereinkamen, und bestürmten sie mit Fragen. Erschöpft winkte sie ab. Biederkopf erklärte ihnen kurz, was bei der Vernehmung herausgekommen war. Beide waren verblüfft und bestürzt. Logo legte den Arm um Jenny und Sascha tätschelte ihr unbeholfen die Schulter. „Jetzt wird alles gut."

Sie nickte und musste sich zusammennehmen, um nicht loszuheulen. Die Anspannung der letzten Tage war zu viel. Die Erinnerungen, die hochkamen, belasteten sie.

Logo wechselte ungewohnt taktvoll das Thema. „Ich habe in der Zwischenzeit recherchiert über Frau Lenard. In Colmar geboren, Vater unbekannt, Mutter früh verstorben. Im Präsidium arbeitet sie erst seit drei Jahren. Keine Auffälligkeiten. Wenn man sie allerdings googelt, stößt man auf allerlei Interessantes. Mitglied in mehreren Online-Gruppen. Chats und Selbsthilfegruppen. Für Kontaktarme, Singles, Einsame. Gascon hatte sicher leichtes Spiel mit ihr."

Jenny nickte. „Sie hat sich Hoffnungen gemacht. Zuerst dachte sie, dass er sich nur mit mir eingelassen hat, solange er mich als Polizistin brauchte. Sie hoffte sicherlich, dass er mich in Kanada los wird, doch dann wurde er überführt und wanderte ins Gefängnis. Jetzt hat sie sicher eine Liebeserklärung von ihm erwartet, die aber nie kam."

„Das hätte er aus dem Gefängnis heraus doch gar nicht tun können?", wandte Sascha ein.

„Wenn er so akribisch geplant hat, mich nach seiner Verhaftung weiter zu schikanieren, hat sie bestimmt angenommen, dass er auch für sie Vorkehrungen getroffen hat. Dass sie einen Liebesbrief finden würde oder so etwas. Doch alle Briefe, die er bei ihr deponiert hatte, waren für mich. Irgendwann hat sie erkannt, dass ihm nie etwas an ihr gelegen hat und das hat ihr den Rest gegeben und ihre fragile geistige Gesundheit endgültig zerstört."

Logos Gesicht spiegelte die Abscheu, die er empfand. „Einen Mörder zu decken und ihm auch noch zu helfen..."

Jenny seufzte und ließ sich auf einen Stuhl fallen. „Wie viele Frauen schreiben Massenmördern Liebesbriefe ins Gefängnis und machen ihnen sogar Heiratsanträge?"

Biederkopfs Handy klingelte. Er hörte einen Moment zu. „Alles sicherstellen und versiegeln. Die Spusi", meinte er, als er das Gespräch weggeklickt hatte. „In ihrer Wohnung waren massenhaft Zeitungsausschnitte über Gascon. Und tonnenweise Psychopharmaka."

„Wer hätte das gedacht?", murmelte Logo.

„Ich würde vorschlagen, wir gehen jetzt alle nach Hause", rief der Staatsanwalt aufgesetzt fröhlich. „Das haben wir uns verdient." Jenny nickte schwach.

Als Biederkopf draußen war, fragte Logo. „Oder sollen wir noch was trinken gehen? Damit du auf andere Gedanken kommst?" Jenny zögerte einen Moment, doch dann besann sie sich und meinte entschlossen: „Gerne. Ablenkung ist bestimmt besser, als zu Hause zu grübeln."

„Dann komm", meinte Logo und griff seine Jacke. „Kleiner, kommst du auch mit?" Sascha nickte. „Klar. Soll´n wir Biederkopf auch fragen?"

Bevor Logo antworten konnte, verneinte Jenny rasch. Der intime Moment vorhin hatte sie zu sehr berührt, als dass sie jetzt mit dem Staatsanwalt zusammensitzen könnte. „Wo gehen wir hin? Ins Seppche?" Sascha winkte ab. „Lieber nicht. Lasst uns in den Sandweg fahren, ich hätt unheimlich Lust auf mexikanisch."

„Als ob du nicht Lust auf alles hättest. Hauptsache, es ist was zu essen", spottete Logo.

Sascha blickte beleidigt.

Jenny fühlte sich seltsam fern von dem Geplänkel der beiden. So vieles ging ihr durch den Kopf. Sie rang sich jedoch ein Lächeln ab und meinte: „Wenn´s ums Essen geht, seid ihr doch beide vorne dabei. Mexikaner dann."

Sie bogen gerade in den Sandweg ein, als Jennys Handy klingelte. Am liebsten hätte sie es ignoriert.

Zuerst verstand sie kein Wort, so sehr schluchzte die Frau am anderen Ende. Dann erkannte sie die Bedeutung einzelner Wörter. „Frau Hölzel?“, fragte sie. Das gewimmerte „ja“ war kaum zu verstehen. „Beruhigen Sie sich, Frau Hölzel, was ist denn los?“

Die Frau schien sich einen Moment zu sammeln. „Ich hab ihn umgebracht!“ Jenny starrte einen Moment das Handy an. Dann bedeutete sie Logo anzuhalten. „Wen haben Sie umgebracht?“

„Bambach“, schluchzte sie auf.

„Wo sind Sie?“

„Zu Hause. Er liegt im Wohnzimmer.“

„Bleiben Sie, wo Sie sind. Fassen Sie nichts an. Wir sind unterwegs.“ Sie legte auf. „Schnell, zu Hölzel. Seine Frau sagt, sie hat Bambach umgebracht.“

Logo fuhr wie der Teufel, während Jenny die Spusi, die Gerichtsmedizin und für alle Fälle einen Krankenwagen orderte. Als sie auf den Hof fuhren, stand noch kein anderer Wagen da, außer dem von Hölzel.

Frau Hölzel wartete vor dem Haus und rang die Hände. Aus dem Haupthaus kam gerade ihr Mann, bekleidet mit einer ausgeleierten Schlafanzughose und einem weißen Feinripp-unterhemd und sah den Beamten verwirrt hinterher.

Jenny nickte Frau Hölzel zu und lief an ihr vorbei ins Haus, während Sascha bei der Frau blieb. Sie ging geradeaus durch in das winzige Wohnzimmer, wo auf einem fadenscheinigen Teppich Bambachs Körper lag. Rasch kniete sie sich neben ihn und suchte seinen Puls.

Sie zögerte. Da war doch was. Oder hielt sie ihren eigenen Puls für den von Bambach? Sie fühlte nochmal und beobachtete seinen Brustkorb. Da war tatsächlich ein ganz leichtes Heben und Senken festzustellen.

„Logo“, rief sie. „Er lebt. Schau, wo der Krankenwagen bleibt. Die sollen sich beeilen. Er ist nicht tot.“

Vorsichtig untersuchte sie den Mann. Am Kopf hatte er eine große Wunde, die stark blutete. Sonst konnte sie keine Verletzungen erkennen. Sie drehte ihn behutsam auf die Seite und kontrollierte seine Atemwege. Wo blieb nur der Krankenwagen? In diesem Moment hörte sie ein Auto und kurz darauf kamen zwei junge Männer in Sanitäteruniformen hereingestürzt. Jenny ging aus dem Weg und ließ sie ihre Arbeit machen.

Draußen hörte sie einen Streit. „Sie können jetzt nicht rein, Frau Hölzel.“ Die Frau zerrte an Sascha und wollte ins Haus. Ihr Mann war verschwunden.

Jenny trat vor sie. „Keine Sorge, er lebt. Die Sanis werden ihm helfen.“ Die Frau sah nicht überzeugt aus.

Jenny nahm sie am Arm und zog sie zur Seite. „Was ist denn passiert?“

Sie fasste sich etwas. „Er kam hier an und drängte sich an mir vorbei ins Haus.“ Sie zitterte. „Dann fing er an, mich anzubrüllen. Ich hätte ihn bei der Polizei verraten. Ich wollte ins Wohnzimmer flüchten, da stürzte er sich auf mich. Ich konnte gerade noch einen Kerzenständer greifen und auf ihn einschlagen. Ich dachte wirklich, er wäre tot.“ Tränen überströmten ihr Gesicht.

Jenny war verwirrt. Woher hätte Bambach wissen sollen, dass Frau Hölzel ihn als den Besitzer des Handschuhs identifiziert hatte? Niemand hatte es im Beisein Bambachs erwähnt. Oder doch?

„Setzen Sie sich hier auf die Bank. Ins Haus können Sie jetzt nicht. Am besten wäre es, wenn Sie heute Nacht woanders unterkämen.“

Frau Hölzel sah sie hilflos an. „Wo denn? Zu meinem Mann kann ich auf keinen Fall."

„Wo ist der überhaupt? Ich bringe Sie nachher in ein Hotel."

Frau Hölzel sah bei dem Gedanken noch unglücklicher aus als zuvor. Jenny vermutete, dass sie an die Kosten dachte.

Hölzel kam wieder aus dem Haupthaus und schlurfte über den Hof. Offensichtlich hatte er sich etwas angezogen, er trug jetzt Arbeitshose und Hemd. Seine Frau würdigte er keines Blickes.

„Wassn hier los?", murrte er. Jenny verzog kurz das Gesicht. „Gehen Sie bitte zurück in Ihr Haus. Es gab einen Unfall."

„Wasn fürn Unfall?"

„Herr Bambach hat versucht, Ihre Frau zu überfallen. Sie hat ihn niedergeschlagen."

Das erste Mal sah Hölzel seine Frau direkt an. „Bambach?", fragte er ungläubig. „Warum soll der dich überfallen?"

Sie flüsterte fast: „Offensichtlich hat er Ammerland umgebracht."

Hölzel kratzte sich am Kopf. Unschlüssig blickte er sich um, dann schlurfte er wortlos zurück über den Hof. Seine Frau starrte ihm nach. Sie tat Jenny leid.

Sie trat zu Logo. „Ich nehme sie für heute Nacht mit zu mir. In ihrem Haus kann sie nicht bleiben, zu ihrem Mann auch nicht und für ein Hotel hat sie kein Geld."

Logo war empört. „Sie hat jemanden niedergeschlagen!"

„Sieht wie Notwehr aus."

„Das wissen wir nicht sicher", gab Logo zu bedenken.

Jenny blickte zu Boden. „Was machen wir dann mit ihr?" In diesem Moment kamen die Sanitäter mit Bambach auf einer Trage aus dem Haus. Während sie ihn in den Krankenwagen luden, trat Jenny neben sie. „Wie sieht´s aus?"

„Schwer zu sagen. Momentan ist er stabil, aber wir wissen nicht, wie schwer seine Kopfverletzung ist."

Jenny nickte. „Okay, mein Kollege wird mit ins Krankenhaus fahren. Sascha?" Sascha setzte sich hinten in den Krankenwagen, der Sanitäter schlug die Türen zu und mit Blaulicht fuhren sie los.

Die Spusi traf ein und Jenny wies ihnen den Weg zum Tatort. Als sie wieder aus dem Haus kam, fuhr gerade ein Mercedes auf den Hof.

„Oh, oh. Wir haben vergessen, dem Prof Bescheid zu sagen."

Logo wurde blass. „Ich bin dann mal weg."

„Feigling!"

Frau Hölzel stand mit Tränen im Gesicht daneben und blickte von einem zum anderen.

Der Prof war aus dem Wagen gestiegen und kam mit großen Schritten über den Hof. Offensichtlich hatte man ihn von einer Veranstaltung geholt, denn er trug Abendkleidung und sein Gesichtsausdruck war noch mürrischer als sonst.

„Wo ist die Leiche?", fragte er, ohne sich mit einer Begrüßung aufzuhalten. Jenny druckste herum.

„Keine Leiche", murmelte sie.

„Wie meinen Sie das?", presste der Prof heraus.

„Es handelt sich um ein Missverständnis. Uns wurde eine Leiche gemeldet, der Mann war aber nur schwer verletzt. Er ist in kritischem Zustand, aber er lebt."

„Und niemand von ihnen hat es für nötig gehalten, mich zu informieren?"

„Tut mir leid, hab ich völlig vergessen."

„Aber ich werde das nicht so schnell vergessen. Wissen Sie, von wo Sie mich weggeholt haben?" Jenny schüttelte wortlos den Kopf. „New York Philharmonic in der Alten Oper. Ein Jahrhundertereignis. Ach, was verstehen Sie denn davon?“ Er warf die Hände in die Luft, drehte sich auf dem Absatz um und rauschte davon.

Logo blickte um die Hausecke.

„Kannst rauskommen, die Luft ist rein“, meine Jenny.

„Wie schlimm war´s?“, fragte er, als er heranschlenderte.

„Ging so. Diesmal hat er ja recht.“

Sie hatte Frau Hölzel fast vergessen. Die Frau stand leichenblass neben ihnen und sah aus, als hätte sie ein schlechtes Gewissen, dem Gerichtsmediziner keine Leiche präsentiert zu haben.

Jenny traf spontan eine Entscheidung. „Sie kommen mit zu mir, wenn Ihnen das recht ist. Ich hab ein Gästezimmer, das leer steht.“

„Aber“, stotterte die Frau, „das kann ich nicht annehmen.“

„Doch, können Sie. Ich hatte heute auch einen schweren Tag und kann Gesellschaft gebrauchen.“

Frau Hölzel sah sie zweifelnd an. „Wenn das so ist ...“

„Logo, gehst du zu Frau Bambach? Und schaust hier noch nach dem Rechten? Kannst ja mit den Kollegen zurückfahren.“

Sie spürte Logos Missbilligung fast körperlich. „Kein Problem. Bis morgen.“

Jenny erlaubte Frau Hölzel ins Haus zu gehen, um das Nötigste einzupacken. Dann fuhren sie gemeinsam in ihre Wohnung nach Sossenheim.

„Setzen Sie sich doch“, bat sie die Frau, als sie ins Wohnzimmer traten. „Ich mach uns eine Kleinigkeit zu essen. Ich hab Hunger. Was möchten Sie trinken?“

„Ein Glas Wasser wäre nett.“

„Vielleicht ein Glas Wein dazu. Oder ein Bier? Ich hätte auch Apfelwein da.“

„Ach, wenn es nicht zu viele Umstände macht. Ein Glas Apfelwein würde ich gerne nehmen. Gespritzt.“

Jenny brachte ihr das Gewünschte und machte dann einen Teller mit belegten Broten und eingelegtem Gemüse. Es war Frau Hölzel sichtlich unangenehm sich bedienen zu lassen.

„Greifen Sie zu“, meinte Jenny freundlich. „Ich find´s nett, nicht alleine essen zu müssen. Die eingelegten Zucchini schmecken gut.“

Das Glas Apfelwein machte Frau Hölzel etwas lockerer und sie setzte sich entspannt zurück. „Wollen Sie mich befragen?“, fragte sie Jenny erwartungsvoll.

„Nein, das wäre nicht angebracht und heut Abend möchte ich nicht mehr dienstlich werden.“

„Sie hatten einen schweren Tag?“

Jenny seufzte. „Irgendwie schon. Auch wenn wir heute einen großen Fall aufgeklärt haben.“

„Das ist doch gut.“

„Der Fall hat mich persönlich betroffen. Das wühlt einen auf. Es ist nicht immer einfach, Einblicke in menschliche Abgründe zu bekommen.“

Frau Hölzel zögerte einen langen Moment. „Möchten Sie mir von dem Fall erzählen?“

Jenny wollte gerade strikt verneinen, zögerte dann jedoch. Auf einmal hatte sie ein überwältigendes Bedürfnis, sich dieser freundlichen Frau, die vom Leben nicht gerade gut behandelt worden war, anzuvertrauen.

Ohne es zu wollen, hörte sie sich selbst plötzlich über den Fall sprechen. Weniger über die kriminalistischen Tatsachen, als über ihre Gefühle. Die Gefühle von Verrat, Versagen, Demütigung und Enttäuschung, die immer noch tief in ihr waren.

In Frau Hölzel hatte sie eine aufmerksame, verständnisvolle Zuhörerin. Als sie geendet hatte, fühlte sich Jenny viel besser und schaute auf die Uhr. „Du meine Güte, schon halb eins. Wir müssen morgen früh raus und auf´s Präsidium. Und ich rede Ihnen hier die Ohren voll."

Frau Hölzel wehrte ab. „Ich glaube, das hat uns beiden gut getan. Danke für Ihr Vertrauen."

Jenny lächelte, zeigte ihr das Gästezimmer und wünschte eine gute Nacht.

**Dienstag, Frankfurt**

Morgens machten sich die beiden Frauen fertig, ohne viel zu reden, und fuhren ins Präsidium. Als Erstes rief Jenny im Krankenhaus an. „Gute Neuigkeiten", rief sie, als sie auflegte. „Bambachs Zustand ist stabil. Sie halten ihn noch in einem künstlichen Koma, bis sich das Hämatom in seinem Kopf zurückgebildet hat, aber die Aussichten sind gut, dass er wieder gesund wird. Seine Frau ist bei ihm."

Ein merkwürdiger Ausdruck huschte über Frau Hölzels Gesicht. Jenny schaltete sofort. „Er wird Ihnen nichts tun können. Wir werden ihn sofort in Gewahrsam nehmen."

„Gut, das ist gut", meinte sie langsam.

„So", sagte Jenny fröhlich, um das Thema zu wechseln. „Jetzt nehmen wir Ihre Aussage auf und dann fahre ich Sie zurück." Es wurde elf Uhr, bis sie fertig waren.

Logo hatte am Abend vorher Frau Bambach benachrichtigt und sie zum Krankenhaus bringen lassen. „Die Spurensicherung hat übrigens alles bestätigt, was Frau Hölzel ausgesagt hat", teilte er Jenny mit, als die Frau kurz draußen war.

„Zweifelst du an ihrer Geschichte?", fragte Jenny erstaunt. Logo verzog das Gesicht. „Nein, aber *ich* hab gelernt, dass nicht immer alles stimmt, was man uns erzählt."

„Warum betonst du das *ich* so. Glaubst du, ich hab das vergessen?"

„Ich glaube nur, du lässt dich zu sehr in den Fall hineinziehen. Verlier nicht deine Objektivität, nur weil du die Frau magst!"

„Kümmer dich um deine Probleme!", meinte sie spitz. Klugerweise antwortete er nicht.

Gegen Mittag fuhr sie Frau Hölzel nach Hause. Ihr Mann werkelte grade im Hof und schaute auf, drehte sich aber sofort schweigend weg. Jenny legte der Frau zum Abschied die Hand auf den Arm. „Wenn Ihnen danach ist, rufen Sie mich ruhig an. Jederzeit."

Frau Hölzel nickte. „Danke für alles."

Jenny verabschiedete sich und fuhr vom Hof. Sie machte einen kurzen Abstecher zu Bambachs Gelände. Niemand da. Frau Bambach war wohl im Krankenhaus bei ihrem Mann und die Spurensicherung fertig. Jenny blieb einen Moment im Auto sitzen und schaute sich um. Sie dachte angestrengt nach. Bedeutete der Angriff auf Frau Hölzel, dass Bambach auch den Mord an Ammerland begangen hatte? Oder hatte er nur herausbekommen, dass sie ihn angeschwärzt hatte und war sauer deswegen? Und wie hatte er das herausbekommen? Sie war das Gespräch mit Bambach im Geist noch einmal Wort für Wort durchgegangen. Niemand hatte Frau Hölzel erwähnt.

Sollte Bambach der Mörder sein, wäre Susanne Bambach endlich frei. Jenny hoffte nur, dass sie mit der gewonnenen Freiheit etwas anfangen würde. Vielleicht würden sich die beiden Nachbarinnen ja gegenseitig helfen. Auch Frau Hölzel würde sie es wünschen aus ihrer Abhängigkeit zu entkommen.

Sie seufzte. Es war nicht ihre Angelegenheit. Aber Anteil nahm sie trotzdem. Manchmal befürchtete sie, zu viel.

So richtig war Jenny noch gar nicht bewusst geworden, dass sie selbst außer Gefahr war. Niemand trachtete ihr mehr nach dem Leben. Sie atmete tief durch. Ein bisschen Frieden könnte sie gut gebrauchen.

Ihr Handy klingelte. „Ja, Logo?"

„Du musst sofort ins Krankenhaus kommen. Frau Bambach hat versucht, ihren Mann umzubringen!"

„Was?!" Sie starrte entgeistert das Telefon an. „Bin unterwegs." Logo hatte schon aufgelegt.

In Höchsttempo fuhr sie über die Kaiserleibrücke zum Krankenhaus, das ganz in der Nähe des Zoos lag. Sie hielt auf einer Sperrfläche und rannte hinein. Logo kam ihr aus dem Aufzug entgegen. „Hier entlang!“ Während sie nach oben fuhren, informierte er sie. „Frau Bambach war die ganze Nacht hier, aber erst heute Morgen war sie mit ihrem Mann in der Intensivstation allein. Sie haben Frau Bambach erwischt, wie sie ihm ein Kissen auf´s Gesicht gedrückt hat. Seine Atmung hatte schon ausgesetzt. Zum Glück konnten die Ärzte ihn wiederbeleben. Sein Zustand ist stabil.“

Jenny fluchte. „Das hätten wir voraussehen müssen. Sie hat die Gelegenheit genutzt, sich an ihm zu rächen.“

„Als ich sie informiert habe, schien sie sehr betroffen. Ich hätte nicht im Traum an so etwas gedacht.“

„Bring mich zu ihm.“

Sie meldeten sich an der Pforte der Intensivstation an und betraten das Zimmer. Bambach lag leblos in seinem Bett, das Gesicht mit einer Atemmaske bedeckt. Schläuche und Kabel führten zu verschiedenen Geräten, deren Funktionen Jenny ein Rätsel waren. Sie sah sich um. Ein Fenster gab den Blick auf die Stationszentrale frei, von der die Schwestern Sichtkontakt auf die Patienten hatten. Eine dunkelhaarige Frau saß hinter dem Tresen und blickte in ihre Richtung.

„Da hat sich also niemand aufgehalten?“ Logo schüttelte den Kopf. Jenny ging aus dem Zimmer und zu der Schwester. Von Nahem sah sie, dass es sich um eine Asiatin handelte.

„Kommissarin Becker, Sie hatten Dienst während des Vorfalls?“

Die Frau nickte. Sie war blass und ihre Augen weit aufgerissen. „Schwester Marianne und ich.“

„Wo ist Schwester Marianne?“

„Sie versorgt gerade einen Patienten.“

Jenny sah sich um. Um die Station reihten sich einzelne Zimmer, die jeweils durch eine große Scheibe einsehbar waren. In einem davon beugte sich eine Schwester über einen Patienten. „Wie konnte es sein, dass Sie nichts gesehen haben?“

Die Schwester breitete die Arme aus. „Wir versorgen hier zu zweit sechs Intensiv-Patienten. Früher waren wir fünf Schwestern. Zwei Patienten ging es schlecht. Wir waren bei ihnen, um sie zu versorgen.“

„Und wenn es mehreren gleichzeitig schlecht geht?“

Die Schwester zuckte hilflos mit den Schultern. Jenny wünschte sich inständig, niemals schwer krank zu werden.

„Wir haben dann den Alarm gehört“, fügte die Frau hinzu. „Vom Atemmonitor. Da bin ich ins Zimmer gelaufen.“

„Was haben Sie genau gesehen?“

„Seine Frau stand über das Bett gebeugt und hat ihm ein Kissen aufs Gesicht gedrückt. Ich habe sie weggestoßen und dann kam auch schon meine Kollegin. Herr Bambach atmete nicht. Wir haben mit der Wiederbelebung angefangen und nach einem Notfall-Team gerufen.“

„Was tat Frau Bambach in der Zeit?“

„Sie stand einfach an der Wand und sah zu, bis der Sicherheitsdienst kam. Der hat sie rausgebracht.“

Jenny sah zu Logo. „Redest Du mit denen? Ist sie schon auf dem Präsidium?“

„Ja, hab sie gleich wegbringen lassen.“

Jenny wandte sich noch einmal an die Schwester. „Wann wird Herr Bambach aufwachen?“

„Er wurde für einige Tage in ein künstliches Koma versetzt. Genaueres kann Ihnen nur der behandelnde Arzt sagen.“

„Logo, sprichst du mit ihm? Wir müssen verständigt werden, bevor er geweckt wird. Dann muss eine Wache her. Ich fahre aufs Präsidium, um mit Frau Bambach zu reden.“

„Ich kümmere mich um alles. Bis später.“

Im Präsidium angekommen, ging Jenny direkt zu den Arrestzellen. Biederkopf war ebenfalls da und wartete, bis die

Formalitäten der Aufnahme abgeschlossen waren. Er sah nicht sehr zufrieden aus. „Hätte man das nicht vorhersehen können?“

Jenny fühlte sich schrecklich. „Ich hab mit meiner Einschätzung in dieser Hinsicht komplett danebengelegen.“

„Selten, dass sich misshandelte Frauen gegen ihre Peiniger wenden. Aber nicht so selten.“

„Wir wissen nicht sicher, dass er sie misshandelt hat. Warum geht sie das Risiko ein erwischt zu werden? Sie hätte abwarten können, ob er überhaupt wieder aufwacht.“

„Dann wäre es zu spät gewesen. Sie hat die Gelegenheit genutzt.“

„Was droht ihr jetzt?“

„Im besten Fall versuchter Totschlag. Kommt drauf an, inwieweit der Richter mildernde Umstände gelten lässt. Ich habe schon Fälle gesehen, bei denen es auf eine Bewährungsstrafe mit Auflagen rauslief.“

„Wir sollten sie psychologisch untersuchen und betreuen lassen.“

„Natürlich.“

Jenny blickte ihn leicht verwundert an. Wieder war er so kühl. Warf er ihr vor, dass sie Susanne Bambachs Tat nicht vorausgesehen und verhindert hatte? Nun, dann war er in guter Gesellschaft. Sie machte sich selbst reichlich Vorwürfe.

Zwei uniformierte Beamte erschienen und brachten Frau Bambach in einen Vernehmungsraum. Die Frau sah blass und verhärmt aus. Die Beamten stützten sie an beiden Armen und trugen sie mehr, als dass sie sie führten.

Biederkopf beugte sich zu Jenny. „Wollen Sie lieber alleine mit ihr sein?“

„Wäre besser. So und so werde ich sie nur ganz behutsam befragen.“

Sie trat in den Verhörraum. Die Beamten setzten die Frau auf einen Stuhl auf der anderen Seite des quadratischen Tisches. Fragend blickten sie zu Jenny.

„Handschellen werden nicht nötig sein“, meinte sie. „Frau Bambach, möchten Sie etwas trinken?“

Die Frau blickte auf wie in Zeitlupe und schüttelte zaghaft den Kopf. Jenny setzte sich. „Sie wissen, dass Sie eines Verbrechens bezichtigt werden. Möchten Sie, dass ein Anwalt bei dieser Befragung anwesend ist?“ Nach einer Weile kam wieder ein zaghaftes Kopfschütteln.

„Ihre Rechte haben Sie verstanden?“ Diesmal ein Nicken. „Haben Sie versucht, Ihren Ehemann zu töten?“

Es sah aus, als sei die Frau geistig weit weg, doch dann nahm Jenny erneut ein zaghaftes Nicken wahr. „Sie müssen laut antworten.“ Die Frau räusperte sich. „Ja.“

„Warum?“

Nach langer Zeit kam die geflüsterte Antwort. „Damit er mir nicht mehr wehtun kann.“

Mehr war aus der Frau nicht herauszubekommen. Sie starrte ins Leere und reagierte nicht mehr auf Jennys Fragen.

Sie beendete nach einigen Versuchen die Vernehmung und verließ das Zimmer. Biederkopf wartete draußen. „Immerhin ein Geständnis“, meinte er trocken. Jenny nickte. Sie hatte kein gutes Gefühl bei der Sache. Biederkopf betrachtete sie prüfend. „Mitleid?“ Sie dachte sorgfältig über ihre Antwort nach.

„Seltsamerweise nicht. Sie hat viel durchgemacht, aber...“

„Aber?“

„Irgendwas stimmt nicht mit ihr. Manchmal glaube ich, sie spielt eine Rolle.“

„Woran machen Sie das fest?“

Sie blickte ihn abwesend an. „Gefühl“, erklärte sie.

Er setzte zu einer Antwort an, schwieg dann jedoch. Gemeinsam liefen sie zum Fahrstuhl und fuhren nach oben.

„Verrückter Fall“, meinte er beim Abschied. „Zwei Mordversuche und immer noch wissen wir nicht, warum Ammerland eigentlich umgebracht wurde.“

Jenny nickte nur und verabschiedete sich. Nachdenklich lief sie zurück in ihr Büro. Sascha empfing sie mit neugierigen Fragen, schaltete dann aber eine Stufe zurück, als er merkte, wie bedrückt Jenny war. Sie trat ans Fenster und starrte hinaus. „Der Fall macht mich fertig. Das ganze Unglück dieser Frauen. Wie einsam muss Frau Hölzel sein und wie verzweifelt. Und Frau Bambach ... Wär es dir recht, wenn ich mir den Rest des Tages freinehme?“

Sascha druckste herum. „Ich wollte noch ein paar Sachen mit dir besprechen. Das Blut an Bambachs Handschuh stammt von Ammerland. Die haben die Untersuchung vorgezogen.“

„Scheint ja immer mehr auf ihn als Täter hinzudeuten. Nun, er läuft uns nicht weg. Die Ärzte haben ihn für Tage ins künstliche Koma versetzt. Kümmer dich mal alleine, Logo kommt auch bald zurück, der spricht noch mit dem Arzt. Ich bin wirklich restlos fertig.“

Jenny fuhr nicht direkt nach Hause. Sie machte einen Abstecher Richtung Feldberg und hielt auf dem Parkplatz in der sogenannten Applauskurve. Im Sommer herrschte hier Hochbetrieb an Motorradfahrern, die die enge Kurve mit mehr oder weniger Geschick nahmen.

Sie lief eine halbe Stunde durch den Wald, bis sie an die Waldgaststätte Fuchstanz kam. Dort trank sie einen heißen Kakao und machte sich auf den Rückweg. Der Wald war um diese schon recht kühle Jahreszeit fast leer. Nur ab und zu begegnete sie einem einsamen Spaziergänger, der seinen Hund ausführte. Sie genoss die körperliche Bewegung und fühlte sich deutlich besser, als sie wieder am Auto ankam.

**Mittwoch, Frankfurt**

Am anderen Morgen holte Jenny die Realität wieder ein. Sie telefonierte zuerst mit dem Krankenhaus und schärfte den Mitarbeitern nochmals ein, niemanden zu Bambach zu lassen.

Sein Arzt hatte versichert, dass er noch mindestens fünf Tage im Koma gehalten werden würde. Nach wie vor bestünde die Gefahr, dass er niemals das Bewusstsein wieder erlangen würde.

Anschließend telefonierte Jenny mit Frau Hölzel, die sich über das, was vorgefallen war, geschockt zeigte. „Kann ich Susanne besuchen?"

„Erst mal nicht. Später vielleicht."

Irmtraud alias Marie-Christine Lenard war in die psychiatrische Klinik der Uniklinik Frankfurt eingewiesen worden. Eine Erstuntersuchung legte den Verdacht auf Schizophrenie nahe. Somit würde sie wohl schuldunfähig gesprochen werden. Jenny hoffte indes, dass sie trotzdem recht lange in Sicherheitsverwahrung bleiben würde. Am besten lebenslang.

Ob sie in Gascons Prozess aussagen könnte und würde? Jenny wischte den Gedanken schnell beiseite. Der Prozess, der voraussichtlich nächstes Jahr stattfinden würde, war nichts, über das sie sich erlaubte nachzudenken. Irgendwann würde sie sich ihm stellen müssen. Aber jetzt noch nicht.

Biederkopf kam ins Büro. Er nickte höflich in die Runde und wandte sich an Jenny. „Wollen Sie es nochmal bei der Bambach probieren? Vielleicht redet sie jetzt."

„Hat sie einen Anwalt?"

„Sie will keinen."

„Gut", meinte Jenny. „Ich komme gleich rüber."

„Ich lasse sie ins Vernehmungszimmer bringen."

Ohne ein weiteres Wort ging er wieder. Logo schaute stirnrunzelnd auf.

„Was ist denn mit dem los?“ Sascha hatte wieder mal nichts mitbekommen.

„Wieso?“ Jenny griff nach ihrer Jacke. „Vielleicht hat er auch mal schlechte Laune.“

„So rein dienstlich kennt man ihn gar nicht“, brummte Logo und vertiefte sich in einen Bericht.

Jenny machte sich Gedanken, was das Verhalten des Staatsanwalts anging. So wortkarg hatte sie ihn selten erlebt. Normalerweise legte er eine freundliche Art an den Tag, die sie nun umso mehr zu würdigen wusste. Sollte es sich nicht ändern, würde sie ihn darauf ansprechen. Aber jetzt waren andere Dinge dringender.

Frau Bambach sah noch verhärmter aus als am Abend zuvor. „Wie geht es meinem Mann?“, brachte sie über die Lippen, bevor Jenny etwas sagen konnte.

„Nach wie vor stabil.“ Sie wusste nicht, ob es Erleichterung oder Enttäuschung war, was sich auf den totenblassen Zügen der Frau zeigte.

„Möchten Sie jetzt mit mir sprechen?“, fragte Jenny.

Frau Bambach schüttelte mit dem Kopf und starrte eisern in die andere Richtung. Jenny seufzte. Bei allem Verständnis für die schlimme Lage der Frau, diese Bockigkeit nervte. Sie setzte sich ihr gegenüber und versuchte ihren Blick einzufangen.

„Frau Bambach. Jeder versteht Ihre Lage und weiß, was Ihr Mann Ihnen angetan hat. Aber wir können Ihnen nur helfen, wenn Sie mit uns reden. Wenn Sie kooperieren und über Ihre Motive, Ihren Mann zu töten, reden...“

„Töten?“ Die Frau sah sie entgeistert an. „Aber ich wollte ihn doch nicht töten.“

„Nicht?“

„Aber nein.“

„Warum haben Sie ihm ein Kissen aufs Gesicht gedrückt?"

Die Frau blickte sie aus großen Augen an. „Ich ... ich weiß nicht. Ich kann mich nicht erinnern. Nur, dass er da lag. Er sagte etwas zu mir, er bedrohte mich."

„Er sagte etwas? Was?"

„Bald bin ich wieder zu Hause."

„Soviel ich weiß, war er gar nicht bei Bewusstsein."

„Nur kurz, er öffnete die Augen, sah mich." Sie legte eine dramatische Pause ein und erste Tränen flossen die Wange herab. „Dann murmelte er ganz leise ... ich musste mein Ohr ganz nahe heranbringen ... bald bin ich wieder zu Hause. Da habe ich Panik bekommen. Und dann weiß ich nichts mehr. Nur, dass man mich zurückriss und ich ein Kissen in der Hand hatte." Sie zog die Nase hoch und wischte Tränen ab.

Jenny war baff. Das war ja eine ganz neue Geschichte. Eine, die sich Frau Bambach über Nacht ausgedacht hatte? Tatsächlich hatte man auf dem Überwachungsvideo gesehen, dass sie sich über ihren Mann beugte.

Jenny überlegte. Ein guter Anwalt würde auf vorübergehende Unzurechnungsfähigkeit plädieren. Auf eine Tat im Affekt, motiviert durch die Angst, die Frau Bambach vor ihrem Mann hatte. Hier kam sie nicht weiter. Sie hoffte, dass Bambach sich erinnern würde.

Jenny stand auf und stützte sich mit den Händen auf den Tisch. „Frau Bambach, ich rate Ihnen dringend, sich einen Anwalt zu nehmen."

Dann verließ sie grußlos das Zimmer. Ihr Mitgefühl hatte sich in etwas anderes verwandelt. Zwar spürte sie durchaus noch einen Rest Mitleid mit der misshandelten Frau, mittlerweile schien ihr jedoch zu viel Berechnung im Spiel zu sein. Sie ging kurz bei Biederkopf vorbei und erzählte ihm von der Vernehmung. Er stimmte mit ihr überein, dass sie weitere Befragungen erst nach Hinzuziehen eines Anwaltes durchführen sollten. Zudem veranlasste er, Frau Bambach psychologisch untersuchen zu lassen.

Als Jenny ins Büro zurückkam, studierte Logo gerade eine Liste und sah auf. „Du Jenny, ich bin hier auf etwas Seltsames gestoßen."

Sie beugte sich über seinen Schreibtisch. „Zeig mal."

„Das sind die Telefonverbindungen von Frau Hölzel. Du glaubst nicht, mit wem sie die letzten Tage mehrfach telefoniert hat."

„Machs nicht so spannend!"

„Mit Bambachs Anschluss."

Jenny stutzte. „Was? Wie passt das ins Bild?"

Logo schaute auf das Blatt. „Das erste Mal am Morgen nach dem Tatabend. Ob sie Bambach oder seine Frau angerufen hat?"

„Das müssen wir unbedingt herausfinden. Sie hat uns angelogen. Ich fahr hin, kommst du mit?"

„Sicher." Als er aufstand, klingelte das Telefon. „Steht neben mir. Jenny, das Krankenhaus. Schwester Marianne." Jenny meldete sich. Die Schwester wirkte unsicher. „Hier ist eine Dame. Sie möchte unbedingt zu Herrn Bambach."

„Ihr Name?"

„Eine Frau Hölzel. Moment, wo ist sie denn hin?"

Jenny stutzte. Ihre Gedanken rasten. Was wollte Frau Hölzel bei ihm? Warum hatte sie die Anrufe verschwiegen? Und die anderen Ungereimtheiten? Dass sie den Weg durchs Gebüsch verschwiegen hatte? Und die Sache mit dem Handschuh? Hatte Jenny sie falsch eingeschätzt oder gab es eine harmlose Erklärung? Auf keinen Fall durfte sie in Bambachs Nähe. Diesmal würde Jenny auf Nummer sicher gehen. Nicht noch so ein Fehler wie bei Frau Bambach!

„Lassen Sie sie auf keinen Fall zu ihm. Rufen Sie den Sicherheitsdienst!" Jenny legte auf. „Logo, komm!", rief sie im

Laufen. Gleichzeitig orderte sie per Handy einen Streifenwagen zum Krankenhaus.

Zwanzig Minuten später trafen sie ein. Auf der Intensivstation war alles ruhig. Zwei Leute vom krankenhauseigenen Sicherheitsdienst und zwei Kollegen vom örtlichen Revier warteten vor der Eingangstür und tranken Kaffee. Schwester Marianne stand dabei und blickte Jenny entgegen.

„Wo ist sie?“, rief Jenny außer Atem.

„Sie war weg, als ich mich umgedreht habe“, meinte die Schwester verlegen. „Ich wollte Sie nochmal anrufen, aber ich musste dringend zu einem Patienten, und dann kamen auch schon die Herren hier.“

Die beiden Kollegen grinsten Jenny freundlich an. Das Grinsen verging ihnen jedoch sehr schnell, als sie zischte. „Und sie sind nicht auf die Idee gekommen, im Krankenhaus nach ihr zu suchen? Da drin liegt das Opfer eines Mordanschlags. Eine Bekannte der Täterin wollte zu ihm und Sie trinken Kaffee?“

„Wir wussten ja nicht...“

„Los jetzt. Verlieren Sie nicht noch mehr Zeit. Einer von Ihnen bleibt hier und bewacht Bambach. Der andere begleitet die Herren vom Wachdienst und durchsucht das Krankenhaus.“

„Und was machen wir?“, fragte Logo.

„Wir suchen Frau Hölzel.“Jenny überlegte einen Moment. „Schau du dich hier auf der Station um. Ich will was versuchen.“

Jenny fuhr mit dem Aufzug ins Erdgeschoss. Sie sah sich um und fand dann das Schild, nach dem sie Ausschau gehalten hatte. Ein vages Gefühl hatte sie hierher gebracht. Eine Minute später trat sie durch die Glastür in die krankenhauseigene Cafeteria.

Sie blieb stehen. An einem Tisch ganz hinten in der Ecke saß merkwürdig gebeugt Frau Hölzel. Vor sich hatte sie eine dampfende Tasse, in der sie abwesend rührte. Jenny durchquerte die fast leere Cafeteria und blieb vor dem Tisch stehen. „Darf ich?“ Frau Hölzel rührte weiter, blickte nicht hoch. „Natürlich“, sagte sie leise. Jenny setzte sich bedächtig.

Frau Hölzel legte den Löffel weg und griff nach der Tasse. Sie nahm einen kleinen Schluck und verzog das Gesicht. „Schrecklich“. Ihre Stimme klang merkwürdig unbewegt. Jennys Instinkte schlugen Alarm. Ganz sanft fragte sie: „Was wollten Sie bei Bambach?“

Endlich sah die Frau auf und lächelte auf eine Weise, die Jenny eine Gänsehaut über den Rücken trieb. „Ich hätte wissen müssen, dass man mich nicht zu ihm lässt, nachdem, was Susanne gestern ... sie ist nicht schuld, wissen Sie? Er ist schuld. Und ich bin schuld. Aber nicht sie.“

Jenny verstand nur Bahnhof. „Schuld? An Ammerlands Tod?“

Frau Hölzel schüttelte den Kopf. „Bambach ist schuld an allem. Ohne ihn ... Aber getötet hab ich ihn, den Ammerland.“

„Sie?“ Jetzt war es an Jenny, verblüfft zu schauen. „Aber warum?“

„Ich habe abends Licht im Gewächshaus gesehen. Ich dachte, es wäre ein Obdachloser. Es hat schon einmal einer versucht, sich da einzunisten. Ein gestörter Mensch. Wir mussten die Polizei rufen. Nachher hat sich rausgestellt, dass er wegen sexueller Delikte vorbestraft war. Ich hatte immer Angst, dass er wiederkommt.“ Ihre Stimme schwankte.

„Machen Sie ruhig langsam“, meinte Jenny. Sie blickte kurz über die Schulter und sah Logo hereinkommen. Als er sie erblickte, gab sie ihm einen kurzen Wink, nicht näher zu kommen. Frau Hölzel schien ihn nicht bemerkt zu haben. Sie blickte mit gequältem Gesicht auf.

„Wissen Sie, Sex, also das war nie schön für mich.“

Das bezweifelte Jenny nicht, nachdem sie Herrn Hölzel kennengelernt hatte.

„Ich hatte Riesenangst vor diesem Sexualstraftäter, hab trotzdem eine Gartenschere gegriffen und bin auf das Gewächshaus zugegangen. Die Tür ging plötzlich auf und jemand rannte mich im Dunkeln um. Ich bin in Panik geraten. Ich habe sie ihm irgendwo hin gerammt. Dann war er tot."

Jenny fragte vorsichtig nach. „Haben Sie eine Ahnung, warum Ammerland abends zurückgekommen ist?"

„Mein Mann hat ihm die leeren Gewächshäuser gezeigt. Warum auch immer. Ich habe Ammerlands Handy in einem Eck gefunden. Er hat es sicher nachmittags verloren."

„Was ist passiert, nachdem er tot war?", wollte Jenny wissen.

Jetzt sah die Frau hoch und lächelte erschreckenderweise stolz. „Meine Krimis. Ich habe neulich einen gelesen, in dem der Mörder das gleiche Problem hatte. Wie lasse ich die Leiche verschwinden? Hat in den USA gespielt. Er hat die Leiche zerteilt und die Teile auf Güterzüge geworfen, die ins ganze Land gefahren sind. Eigentlich dumm, weil man ja nur feststellen muss, wo alle Züge durchgekommen sind, aber es hat mich auf die Idee gebracht. Ich habe ihn mit der Kettensäge zerteilt. Dann hab ich die Teile in Plastiktüten verpackt und in sein Auto getragen. Die erste hab ich in der Nähe der Gerbermühle in den Main geworfen, dann bin ich nach Kelsterbach gefahren und hab die zweite von der Autobahnbrücke auf einen Lastwagen geworfen. Vor vielen Jahren hatten wir mal einen Erde-Lieferanten in der Gegend. Daher kannte ich den Weg. Hat ganz schön lange gedauert, bis einer durchfuhr, der oben offen war. Gibt's heute offensichtlich kaum noch. Das Auto hab ich dann an den Flughafen gefahren und bin mit dem 61er Bus zurück nach Sachsenhausen an den Lokalbahnhof. Von da konnte ich heimlaufen." Sie verstummte und trank einen Schluck Tee.

„Und die restlichen Teile?“ Jennys Stimme war brüchig.

„Mit denen bin ich am nächsten Tag in den Zoo gegangen. Wissen Sie, der Zoo hat eine besondere Bedeutung für mich. Ich konnte mir früher nie viel leisten. Aber ein Kunde von uns hat mir eine Dauerkarte für den Zoo geschenkt. In jeder freien Minute bin ich hin. Waren Sie früher auch im Zoo?“

Jenny nickte sprachlos.

„Erinnern Sie sich noch an die Tiger? In diesen winzigen Käfigen. Die immer am Gitter entlang auf und ab liefen?“

Jenny nickte wieder.

„Sie haben mir immer so leidgetan. Und sie haben mich an mich selbst erinnert. Ich lief auch den ganzen Tag und kam nirgendwo hin. Jetzt haben sie es ja viel besser. Sie sind fast frei. Ich habe gewartet, bis niemand in der Nähe war, und die Leichenteile ins Gehege geworfen.“

Jenny musste schlucken. „Und Bambach?“

„Da ich sowieso eine Mörderin war, konnte ich ihn auch gleich loswerden, das miese Schwein. Seit die beiden da wohnten, hat er seine Frau unterdrückt und misshandelt. Sie ist kaum vor die Tür gekommen. Nicht mal mich durfte sie besuchen, bis auf das eine Mal. Ich hatte so gehofft, wir könnten Freundinnen werden. Nachts ist sie manchmal spazieren gegangen, wenn er geschlafen hat. Und wie ängstlich sie immer war. Vor Kurzem hat sie sich mir endlich geöffnet. Mir erzählt, wie schlimm sie es bei ihm hat. Ich hab alles genau geplant. Das Gewächshaus extra nicht sauber gemacht. Sogar Blut hab ich mir aufgehoben und den Handschuh damit präpariert. Den hatte Bambach kurz vorher bei uns verloren.“

„Bambach hat Sie also nicht bedroht?“

„Nein, ich hab ihn unter einem Vorwand zu mir gelockt und niedergeschlagen. Ich dachte wirklich, er wäre tot.“

„Und heute wollten Sie das Angefangene vollenden?“

„Als Susanne versucht hat ihn umzubringen, wurde mir klar, dass sie nie Ruhe finden würde, solange er lebte. Als Sie dann heute am Telefon sagten, er wird wieder gesund…“

Jenny lehnte sich zurück. Ihr schwirrte der Kopf. Dann beugte sie sich wieder vor. „Und jetzt, Frau Hölzel? Was passiert jetzt?“

Die Frau zuckte mit den Schultern. „Es ist doch gleichgültig, was mit mir passiert.“

Jenny ließ unauffällig die Hand nach hinten wandern. „Legen Sie bitte Ihre Waffe ganz langsam auf den Tisch.“

Die Frau blickte überrascht auf die Stelle des Tisches, unter der ihre linke Hand verborgen war. Dann zog sie sie langsam heraus. Die Hand, altersfleckig und mit kurzen unlackierten Nägeln, hielt ein etwa fünfundzwanzig Zentimeter langes Messer. Sie legte es auf dem Tisch ab und nahm die Hände weg. Jenny zog es vorsichtig bis zu ihrer Seite des Tisches und rief dann Logo, der in Begleitung eines uniformierten Beamten an den Tisch geeilt kam. Sie legten Frau Hölzel Handschellen an und der Kollege brachte sie weg. Logo zog einen Plastikbeutel aus der Tasche und schob das Messer vorsichtig hinein.

Jenny lehnte sich erschöpft zurück. Verzweifelt sah sie Logo an. „Ich wollt´s nicht wahrhaben, dass sie etwas damit zu tun hat.“

Er nickte verständnisvoll und setzte sich. „Ich konnte nur wenig mithören.“

Sie wiederholte, was Frau Hölzel ihr gestanden hatte.

„Glaubst du ihr?“

„Eine wilde Geschichte. Aber warum sollte sie die Schuld auf sich nehmen, wenn es nicht so war? Alles ergibt endlich einen Sinn. Wenn auch einen tragischen. Die Tötung Ammerlands könnte sogar ein Unfall gewesen sein. Aber wie kaltblütig, dann noch Bambach umbringen zu wollen. Das schockiert mich.“

„Du mochtest sie.“

Es war eine Feststellung, keine Frage, aber Jenny nickte trotzdem. „Sehr sogar. Wenn ich mir vorstelle, was sie getan hat. Eine Leiche zersägen ... Ich mochte wohl mehr das Bild, das ich mir von ihr gemacht hatte. Warum lernt man bloß nicht aus seinen Fehlern?“

„Komm, denk jetzt nicht weiter drüber nach.“

An diesem Abend kam Jenny spät nach Hause. Es hatte lange gedauert, alle Formalitäten abzuschließen. Die Vernehmung hatte sie diesmal Biederkopf überlassen. Das Gespräch im Café würde sie noch lange nicht ruhig schlafen lassen. Frau Hölzel hatte ein volles Geständnis abgelegt und war schon ins Untersuchungsgefängnis nach Weiterstadt verbracht worden. Jenny ordnete strengste Überwachung an. Sie hielt die Frau für extrem selbstmordgefährdet. Frau Bambach reagierte emotionslos auf die Information über Frau Hölzels Täterschaft. Sie bestätigte, sich bei Frau Hölzel über ihre Lage beklagt zu haben. Nach wenigen Tagen wurde sie bis zu ihrem Prozess nach Hause entlassen, mit der Auflage sich wöchentlich auf dem zuständigen Polizeirevier zu melden.

## Danach

In Jennys Leben kehrte Ruhe ein. Ihre Gedanken drehten sich zwar noch oft um die Ereignisse, die dem Tod Ammerlands gefolgt waren, doch bald gab es andere Fälle, die ihre Aufmerksamkeit erforderten.

Biederkopf hatte sie überraschend zum Essen eingeladen, doch sie hatte abgesagt. Zu viel lastete auf ihr. Als sie versuchte eine Entschuldigung zu formulieren, hatte er sie nur angestarrt. „Ich verstehe." Ein leichter Anflug von Bitterkeit lag in seiner Stimme. Aber sie wollte es ihm erklären. Schließlich lag es nicht an ihm. „Es ist einfach noch zu früh. Ich sehe immer noch ... Vielleicht nach dem Prozess."

Seine Lippen wurden schmal. Er nickte und drehte sich um. Grußlos verließ er den Raum.

Bambachs Genesung machte äußerst langsame Fortschritte. Als man ihn aus dem Koma geweckt hatte, krampfte er, sodass er rasch wieder in einen künstlichen Schlaf versetzt wurde. Möglicherweise hatte sein Gehirn über zu lange Zeit zu wenig Sauerstoff bekommen. Erst wenn er endgültig wach war, würde man das endgültige Ausmaß seiner Hirnschädigung beurteilen können.

Über zwei Wochen später war es soweit. Jenny beschäftigte sich gerade mit einem Bandenmord, als ihr Telefon klingelte.

Ein Doktor Göbel war am Telefon. „Herr Bambach ist aufgewacht", begann er ohne große Einleitung. „Und er möchte Sie sehen."

„Mich?"

„Zumindest jemanden von der Polizei und Sie haben den Fall doch bearbeitet. Ihre Telefonnummer ist hier hinterlegt."

„Sicher. Wie geht es ihm?"

„Lässt sich schwer sagen. Er redet wirr und halluziniert. Und er wirkt sehr erregt. Ich habe ihm ein Beruhigungsmittel geben müssen. Wirklich ruhiger wurde er jedoch erst, als ich ihm versprochen habe, Sie umgehend anzurufen."

„Ich komme sofort." Logo blickte sie fragend an.

„Komm mit, ich erzähl´s dir unterwegs."

Kaum eine halbe Stunde später betraten sie die Station, auf der Bambach lag. Der Arzt wartete bereits auf sie und brachte sie zu ihm. Von der Tür aus sah es aus, als würde Bambach schlafen. Sein Gesicht war so blass, dass es sich kaum von den Kissen abhob.

Als sie näher trat, schlug er die Augen auf. Sie schrak zurück. Sie brannten, als würde ein unsichtbares Feuer in ihm lodern. Er griff überraschend kräftig nach ihrem Unterarm.

„Sie müssen sie finden!", zischte er. „Bevor noch mehr passiert."

Jenny machte sich vorsichtig los. „Keine Angst, Herr Bambach. Wir haben sie. Frau Hölzel ist im Gefängnis. Sie hat den Mord gestanden."

Er schüttelte den Kopf. „Frau Hölzel? Nein! Sie ist gefährlich. Lassen Sie sie nicht weg!" Er schrie fast und warf sich unruhig herum.

Jenny sah hilflos zu dem Arzt, der eine Ampulle von einem Beistelltisch nahm und sie aufzog. Einen Teil injizierte er in den Infusionsschlauch, der in Bambachs Arm mündete. Sofort wurde er etwas ruhiger. Jenny beugte sich vor. „Herr Bambach. Erklären Sie mir ganz langsam und deutlich, was Sie meinen. Sie sind sicher verwirrt. Immerhin lagen Sie über zwei Wochen im Koma. Es kann Ihnen hier nichts passieren." Er wurde noch bleicher, wenn das überhaupt möglich war.

„Zwei Wochen?" Er flüsterte jetzt fast. „Das ist unmöglich. Das darf nicht sein. Sie..."

„Wen meinen Sie mit sie?"

„Susanne!" Unbehaglich sah sich Jenny nach dem Arzt um. Wusste Bambach, dass seine Frau versucht hatte, ihn zu töten?

„Was wissen Sie noch vom letzten Mal, als Sie Ihre Frau gesehen haben?“

Ihm liefen jetzt Tränen übers Gesicht. „Sie wollte mich umbringen. Wieder mal.“

„Wieder mal?“

„Dabei wollte ich immer nur ihr Bestes. Sie müssen sie aufhalten.“

Sie tätschelte ihm die Schulter. „Sie kann Ihnen hier nichts tun.“

Jetzt lachte er unter Tränen. „Mir? Sie glauben, es geht hier um mich?“

Jetzt war Jenny vollends verwirrt. Hatte der Sauerstoffmangel seine Denkfähigkeit beeinträchtigt? Oder verstand sie nur nicht, was er ihr sagen wollte? „Um wen geht es denn sonst? Ihre Frau wollte Sie töten. Weil Sie sie misshandelt haben.“

Er schüttelte den Kopf. „Ich hab ihr nie ein Haar gekrümmt. Ich hab sie geliebt, von klein auf.“

„Aber...“

„Ich musste sie doch beschützen. Ich wusste schon immer, was sie war. Und wozu sie fähig war. Sie ist doch meine kleine Schwester.“ Er sprach jetzt völlig gefasst.

„Schwester?“, echote Jenny und Logo trat näher.

Etwas in Bambachs Gesicht fiel auseinander wie die Scherben einer Schüssel. Tonlos sprach er weiter. „Ja, meine Schwester. Ich wusste immer, was mit ihr los ist. Glauben Sie, dass es Menschen gibt, die böse zur Welt kommen? Ich weiß es. Ich habe es gesehen. Schon als Kleinkind misshandelte sie Tiere, riss Käfern die Flügel aus, brach Küken die Beine und sah dann zu, wie sie starben. Als sie größer wurde, hat sie unseren Hund eingesperrt und verhungern lassen. Täglich hat sie ihn besucht und zugeschaut, wie er dünner und schwächer wurde. Mit Essen hat sie ihn verhöhnt. Und so gut verstellt hat sie sich. Ich bin natürlich zu meinen Eltern gegangen, aber sie haben mir nicht geglaubt. Haben gesagt ich bin eifersüchtig. Ich war nur ein Adoptivkind, müssen Sie wissen. Sie dachten, sie könnten keine eigenen Kinder bekommen. Aber dann kam sie nach wenigen Jahren."

In Jennys Innerem machte sich ein eiskaltes Gefühl breit. „Weiter!", drängte sie ihn.

„Als sie zehn war, ist ihre Freundin beim Schwimmen ertrunken. Viele Jahre später sie mir erzählt, dass sie sie ertränkt hat. Mit einem Ruder hat sie sie unters Wasser gedrückt. Dann ist sie weinend nach Hause gelaufen. Niemand hat Verdacht geschöpft. Ich habe geschwiegen. Immer habe ich gesagt bekommen, ich müsste auf meine kleine Schwester aufpassen, sie beschützen. Stattdessen habe ich angefangen, andere zu beschützen." Sein Redestrom stockte. „Kann ich ein Glas Wasser haben?" Der Arzt reichte ihm eines. „Mit sechzehn hat sie unsere Eltern umgebracht. Sie hat sie eingeschlossen und das Haus angezündet. Lachend stand sie davor, als ich nach Hause kam. Aber ich hätte es nie beweisen können. Sie hätte alles abgestritten und vielleicht sogar mich beschuldigt. Jeder hätte ihr geglaubt, sie war so ein hübsches zartes Mädchen. Da habe ich mich dazu entschlossen, wenigstens zu verhindern, dass sie weiter tötet. Seitdem habe ich aufgepasst, dass sie niemandem mehr schaden konnte. Wir zogen um und ich gab sie als meine Frau aus." Er sah Jennys zweifelnden Blick.

„Für wie alt halten Sie uns?"

Sie überlegte. „Ende vierzig?"

„Ich bin Ende dreißig und meine Schwester ist Anfang dreißig. Mich hat die Sorge altern lassen und sie die Krankheit. Denn sie ist krank. Soziopath nennt man das wohl. Ich habe alles darüber gelesen. Hab ihr über einen befreundeten Apotheker Medikamente besorgt. Ich ließ sie nicht alleine weggehen. Blieb selbst zu Hause, soweit es ging. Verzichtete auf ein eigenes Leben. Vergraulte die meisten Menschen.

Und es klappte. Sie wurde ruhiger. Am Anfang hat sie noch versucht, vor mir wegzulaufen und zweimal hat sie versucht, mich zu töten. Allerdings glaube ich nicht, dass sie es ernst gemeint hat. Eher wollte sie mir zeigen, dass sie es kann. Sie brauchte mich. Alleine wäre sie nie zurechtgekommen. Und das wusste sie. In den letzten Jahren habe ich gedacht, sie hätte sich geändert. Hätte eine Art Frieden gefunden. Als ich jedoch von dem Mord auf dem Nachbargrundstück hörte, wusste ich, sie hat wieder angefangen."

Er schluchzte hemmungslos. „Ich kann ihr nicht mehr helfen. Sie müssen sie aufhalten! Unbedingt. Ohne Kontrolle wird sie weiter morden. Nur zum Spaß!"

Jenny hatte genug gehört. Sie drehte sich zu Logo um. „Schick sofort ein Kommando zu ihr. Ich fahr zur Hölzel und konfrontiere sie. Mal sehen, wie sie reagiert. Einer von beiden lügt und ich werde herausfinden, wer."

Vierzig Minuten später stand sie im Untersuchungsgefängnis vor Frau Hölzel. „Ich habe keine Zeit. Wir wissen, dass Frau Bambach den Mord an Ammerland begangen hat. Warum haben Sie gelogen?"

Die Frau sah ihr gerade ins Gesicht, fast herausfordernd. „Am Abend von Ammerlands Termin hörte ich draußen ein Geräusch. Susanne kam weinend und voller Blut aus dem Gewächshaus. Sie hat nachts immer mal Spaziergänge zu uns herüber gemacht. Ihr Mann ließ sie ja sonst nicht weg. An diesem Abend war sie auf Ammerland gestoßen. Sie hat mir erzählt, dass er sie ins Gewächshaus gezogen hat und vergewaltigen wollte. Da hat sie ihn umgebracht. Bei mir hat sie geklingelt und um Hilfe gebettelt. Sie hat schon genug durchgemacht. Soll sie auch noch ins Gefängnis?" Trotzig sah die Frau Jenny an. „Ihr Mann hätte sie totgeprügelt. Da hab ich ihr geholfen. Hab sie heimgeschickt und versprochen, ich kümmere mich um alles. Dann war alles, wie ich es Ihnen erzählt habe."

Jennys Telefon klingelte. Logo. Sie meldete sich mit einem tonlosen „Ja."

„Das Haus scheint schon ein paar Tage leer zu stehen. Alles Wertvolle ist weg. Ich hab eine Fahndung rausgegeben."

„Hätte sie sich nicht regelmäßig auf dem Revier melden müssen?"

„Vor einer Woche war sie dort. Heute hätte sie wieder hin gemusst."

Jenny ließ die Hand mit dem Telefon sinken, drehte sich um und verließ die Zelle.

## Epilog

Susanne Bambach wurde erst zwei Monate später gefunden. Sie lag nackt in einem Graben in einem schmalen Tal in den Vogesen. Sie war vergewaltigt und erwürgt worden.

Ihr Bruder wurde wieder gesund, verkaufte seine Gärtnerei und zog zurück in seine alte Heimat.

Marie-Christine Lenard wurde für unzurechnungsfähig erklärt und in die Psychiatrie eingewiesen. Auf ungeklärte Weise gelang es ihr, Medikamente über längere Zeit zu sammeln und sich damit umzubringen.

Am merkwürdigsten erschien das Schicksal von Paul Gascon. Obwohl er strengsten Sicherheitsbestimmungen unterlag, wurde er noch vor seinem Prozess von einem Mithäftling in der Dusche erstochen. Es konnte nie geklärt werden, wieso er zu einer Zeit in die Waschräume gebracht wurde, als andere Häftlinge Zutritt hatten. Der Mörder wurde nie gefunden.

Der Kampf um die Grüne Soße tobte weiter. In erster Instanz gewannen die Oberräder Gärtner ihren Prozess gegen die Firma Frosti. Die hatte jedoch bereits angekündigt, in Berufung gehen zu wollen.

Beim Bundespatentamt wurde Markenschutz beantragt. Auch dagegen legte die Firma Frosti Beschwerde ein.

Die Oberräder Gärtner wehrten sich erfolgreich, indem sie auf die von ihnen produzierten Kräuter-Packungen die Bezeichnung „hergestellt nach den Richtlinien des Frankfurter Vereins zum Schutz der Grünen Soße“ aufdrucken ließen.